# Au cœur de l'amour

*Les Braden de Weston*

Amour sublime

## Melissa Foster

*M&F*

AU CŒUR DE L'AMOUR
Tous droits réservés
Copyright © 2018 Melissa Foster (anglais)
Copyright © 2022 Melissa Foster (édition française)

Cet ouvrage a été publié sous le titre original : Lovers at Heart, Reimagined

Print Édition
V1.0

Couverture : Elizabeth Mackey Designs
Traduit de l'anglais par Adeline Nevo et Valentin Translation

WORLD LITERARY PRESS
IMPRIMÉ AUX ÉTATS-UNIS D'AMÉRIQUE

# Note aux lecteurs

Treat Braden et Max Armstrong ont une place très spéciale dans mon cœur. Leur histoire d'amour introduit ma série chouchou, *Les Braden*, et vous présente certains de mes personnages préférés et une famille qui est devenue si réelle à mes yeux qu'elle est constamment à mes côtés.

Avec la collection de romances *Amour sublime*, vous découvrirez une grande famille de héros farouchement loyaux et vifs d'esprit et de femmes puissantes en quête du grand amour. Ils sont bourrés de défauts, mais drôles et attachants. Les personnages de chaque série font des apparitions dans les autres tomes d'*Amour sublime*. Tous les tomes d'*Amour sublime* peuvent être lus indépendamment les uns des autres ou dans l'ensemble des différentes séries. À la fin de ce livre, vous trouverez plus d'informations sur les romances écrites par Melissa.

Inscrivez-vous à la newsletter de Melissa pour rester informés des prochaines parutions :
www.MelissaFoster.com/Francaise-News

Pour plus d'informations sur la série *Amour sublime* en français, consultez :
www.MelissaFoster.com/Amour-Sublime

Pour plus d'informations sur les titres d'*Amour sublime*, consultez :
www.MelissaFoster.com

# CHAPITRE UN

Treat Braden n'avait pas l'habitude d'affréter des charters. Ce n'était pas son genre de faire étalage de sa richesse, mais il fallait absolument qu'il s'éloigne de son complexe hôtelier situé à Nassau, et rater son vol l'avait carrément énervé. Il était propriétaire de plusieurs stations balnéaires de luxe à travers le monde entier, et avait si souvent été présenté dans des émissions de voyage qu'il avait mal au ventre à l'idée de devoir faire le jeu ridicule des médias. Dernièrement – surtout depuis sa rencontre avec Max Amstrong –, le faste et la splendeur qui l'entouraient avaient commencé à l'irriter d'une manière encore jamais ressentie auparavant. Les semaines lui paraissaient longues et solitaires depuis la dernière fois où il l'avait vue dans le hall de sa station balnéaire, à Nassau ; depuis qu'il avait été déstabilisé par les palpitations de son cœur – et depuis cette soirée inoubliable passée ensemble. Treat n'était pas un homme de Cro-Magnon. Il savait qu'il n'avait aucun droit sur elle, même après cette soirée en tête à tête. Bon sang, ils n'avaient même pas couché ensemble ! Mais cela n'avait pas empêché son sang de bouillir et d'agir comme un idiot le lendemain matin, lorsqu'il l'avait vue en compagnie d'un autre homme devant les ascenseurs et portant les mêmes vêtements que la veille.

Depuis qu'il l'avait rencontrée, il cessait de penser à elle, et cela malgré le premier contact gêné. Mais il avait déjà été brûlé par le passé et ne voulait pas répéter les mêmes erreurs. S'éloigner de ses centres de villégiature et passer un week-end en compagnie de son père dans son ranch à Weston dans le Colorado – une petite ville de ranchers poussiéreuse et remplie de chapeaux de cow-boy avec une rue principale construite de façon à reproduire le Far West – était exactement ce dont il avait besoin.

Son SUV de location se déplaçait à un rythme de tortue derrière une longue file de circulation qui n'était pas du tout habituelle dans sa ville natale. Ce ne fut qu'à l'angle de la rue suivante, en voyant les ballons et les bannières annonçant le festival annuel du film indépendant qu'il réalisa de quel week-end il s'agissait. Il jura, pas d'humeur à voir toute cette foule.

Son téléphone portable sonna et le nom de sa sœur s'afficha à l'écran. Savannah prit la parole sans même lui laisser le temps de dire bonjour :

— Je n'arrive pas à croire que tu ne m'aies pas dit que tu venais en ville.

— Salut sœurette. Tu me manques aussi.

Seule fille parmi cinq frères, Savannah était une féroce avocate spécialisée dans le milieu du divertissement, mais pour Treat, elle demeurait sa petite sœur.

— Quand arriveras-tu à Weston ?

— J'y suis déjà, bloqué dans la circulation sur Main Street.

Il n'avait pas bougé d'un pouce depuis cinq minutes.

— Je suis au festival avec un client. Viens me retrouver.

La seule chose qu'il voulait, c'était se rendre au ranch de deux cents acres de son père à la périphérie de la ville. Mais Treat savait que Savannah serait déçue s'il n'allait pas la voir tout de suite, et décevoir ses frères et sœur était quelque chose qu'il essayait d'éviter. Ayant perdu leur mère tôt, quand Treat n'avait que onze ans et que leur plus jeune frère, Hugh, n'était qu'un bébé, il estimait qu'ils avaient subi assez de déceptions pour toute une vie.

— Tu es avec un client. Tu es sûre de pouvoir t'échapper ? demanda-t-il.

— Pour toi ? Évidemment. En plus, je suis avec Connor Dean. Il peut prendre les choses en main pendant un petit moment. Entre par la porte arrière. Je t'attendrai là-bas.

Savannah était l'avocate de Connor – un acteur qui gravissait rapidement les échelons de la célébrité depuis deux ans – et chaque fois qu'il avait des obligations officielles, il l'amenait avec lui. Ce n'était pas une relation avocat-client classique, mais malgré son côté assuré, Connor avait été calomnié plus d'une fois. Savannah gardait donc une trace de tout ce qui était dit ou pas lors de la plupart des événements, à la fois par Connor et les médias.

— J'y serai dès que la circulation le permettra.

Après avoir mis fin à l'appel, il appela son père.

— Salut, fils.

La voix traînante et profonde de Hal l'émut. Comme il lui avait manqué. Hal avait toujours eu un effet apaisant sur Treat. Après le décès de sa mère, son père s'était retrouvé seul à élever ses enfants durant ces années tumultueuses. Mais Hal n'était pas du genre à dorloter. Il avait inculqué une forte éthique de travail et le sens de la loyauté à ses enfants, ce qui leur avait permis de réussir.

— Papa, je suis arrivé, mais je vais d'abord passer voir Savannah au festival si ça ne te dérange pas.

— Oui. Savannah m'a appelé. Tu lui manques, et ça te fera du bien de voir la famille.

C'était peu de le dire. Tout pour ne pas penser à Max.

Treat s'arrêta devant l'entrée arrière, juste derrière une foule de journalistes qui entouraient des voitures. Il baissa sa vitre et fut assailli par des cris fusant de toute part au point où ça en était incompréhensible. Manifestement, personne ne pourrait bouger de là de sitôt. Il se gara sur le parking à l'extérieur de la clôture et décida d'entrer en coup de vent, d'embrasser Savannah et lui dire qu'il la retrouverait plus tard au ranch. La dernière chose dont il avait besoin, c'était de se taper ce genre de migraine.

Il entendit la voix de sa sœur et scruta rapidement la foule. Si quelqu'un était en train de lui donner du fil à retordre, il en ferait son affaire. Savannah avait sorti son buste du toit ouvrant d'une limousine, et hurlait quelque chose aux journalistes qui criaient des questions à Connor à travers la vitre teintée.

Treat s'appuya contre le portail, un pied croisé sur l'autre, et regarda sa petite sœur en action. Ses longs cheveux auburn semblables à du feu contrastaient avec son regard sérieux plus vert que noisette. Elle avait hérité du caractère fougueux de leur mère, ainsi que de sa chevelure, alors que lui et ses frères avaient les mêmes cheveux noirs que leur père.

Le regard de Savannah se tourna dans sa direction, et un sourire excité remplaça son air renfrogné tandis qu'elle se hissait facilement sur le toit ouvrant comme si elle le faisait tous les jours.

Treat s'éloigna de la clôture et s'avança vers elle en mode protecteur. Elle était peut-être coriace, mais tous ces journalistes et cette presse qui poussaient dans tous les sens pouvaient la blesser. Il repoussa la foule, aidé par ses un mètre quatre-vingt-dix-huit qui lui conféraient naturellement de l'autorité, et la mer de paparazzi se sépara pour lui. Les quelques personnes qui restèrent sur son chemin furent rapidement dissuadées par son regard impérieux – un regard qu'il n'avait plus eu à lancer depuis l'adolescence de Savannah, quand lui et ses frères passaient des heures à éloigner les garçons en rut de leur précieuse sœur.

Il tendit les bras et l'attrapa quand elle sauta du toit de la limousine, puis la posa au sol. Ses yeux se fixèrent alors sur une femme devant la file de voitures qui agitait les mains. Ses cheveux noirs étaient attachés en queue-de-cheval et ses lunettes à monture rouge étaient perchées sur un nez effronté. Elle était belle et farouche, et Treat en eut le souffle coupé. *Max.*

Debout devant sa voiture, Max Armstrong agitait les mains pour faire taire la foule et en reprendre le contrôle. Chaz Crew, son patron et le fondateur du Festival du film indépendant, avait créé tellement de buzz durant ces dernières années qu'ils attendaient plus de quarante mille participants. L'espace dédié au festival couvrait quarante hectares de terrain à quelques pâtés de maisons de Main Street, et comptait cinq nouveaux cinémas, des restaurants, des boutiques de souvenirs et un hôtel de luxe. Les hôtels des villes voisines avaient été réservés depuis un an. Qu'il y ait vingt mille ou cinquante mille participants, Max était prête. Elle s'occupait des sponsors et de la logistique du festival depuis près de huit ans, et rien ne pouvait la déstabiliser. Pas même le tumulte assourdissant entre les accompagnants de la célébrité et les médias.

Des photographes entouraient la limousine de Connor Dean ainsi que les deux SUV qui l'accompagnaient. Max aurait dû le prévoir. Dean était un acteur de la région devenu millionnaire et dont la réputation avait explosé depuis qu'ils l'avaient engagé dix mois auparavant. Elle avait eu tort de croire que des agents de sécurité taillés comme Hulk seraient capables de gérer les débordements. Des cris et des menaces fusaient comme des friandises, et aucun ne faisait un geste.

*Mais pourquoi cette femme sort-elle par le toit de la limousine ? Et qu'est-ce qu'elle crie ? Du jargon juridique ?*

*Oh et puis zut !* Il fallait passer au plan B. Elle monta sur le toit de sa voiture, stratégiquement garée devant le premier SUV. C'était pour ça qu'elle portait un jean et un tee-shirt : parce qu'il se passait des trucs dingues pendant le festival.

D'une simple pression sur un interrupteur installé sur le panneau de commande de sa ceinture, elle alluma l'interphone monté au-dessus du portail.

— O.K, le spectacle est terminé, retentit sa voix. Laissons à monsieur Dean un peu d'espace pour qu'il puisse avancer. Il signera des autographes et répondra aux questions après son intervention.

Elle parcourut la zone du regard et son attention se porta sur un homme dominant la foule qui portait une magnifique femme dans ses bras. L'homme fit pivoter la femme sur le côté et son visage apparut.

Max se figea.

*Treat ?*

Son pouls s'accéléra et les papillons dans son estomac, qu'elle pensait avoir anéantis il y a des semaines, reprirent vie avec force. Elle avait collaboré durant des mois avec Scarlet, l'assistante de Treat, afin d'organiser un double mariage dans le Resort de Treat à Nassau : l'un pour Chaz et l'autre pour Blake Carter, le cousin de Treat. Elle avait tellement parlé avec Treat au téléphone qu'il avait fini par être l'objet de ses fantasmes. Mais même ceux-ci ne l'avaient pas préparée à rencontrer ce dieu incroyablement grand et d'une beauté sombre qu'était Treat Braden dont la voix et tout le corps exultait de virilité et de charme. Elle qui se croyait imperturbable, était tombée sous son charme.

Son corps tout entier s'échauffa au souvenir de la soirée magique qu'ils avaient passée dans les bras l'un de l'autre. Elle pouvait encore sentir son érection pressée contre elle alors qu'ils dansaient, et goûter ses lèvres chaudes et sensuelles. Elle pouvait encore le voir l'admirer comme si elle était la seule femme sur Terre. Il ne l'avait même pas pressée quand, après des heures de danse, de promenade sur la plage, et de baisers enfiévrés, elle avait décliné son offre de le rejoindre dans sa suite afin de prolonger leur soirée. En le voyant maintenant, elle avait du mal à réconcilier cet homme incroyablement romantique et attentionné avec celui arrogant qui l'avait ignorée le lendemain matin. À la décharge de Treat, elle portait les mêmes vêtements que la veille, et elle avait passé le reste de la nuit avec un homme nommé Justin. Mais les déductions erronées de Treat sur ce qui s'était passé avaient mis Max en colère. De plus le regard empli de mépris qu'il lui avait lancé, lui avait trop rappelé la relation douloureuse qu'elle avait fuie des années auparavant. De ce fait, elle s'était refusée à le suivre pour tout lui expliquer. Elle avait parfaitement le droit de faire ce qu'elle voulait, et avec qui elle voulait, sans être jugée ! Même si elle n'avait rien fait du tout, d'ailleurs.

Elle se fichait de ce qu'il pensait !

Mais c'était faux, car ce terrible regard qu'il lui avait lancé contrastait tellement avec ses manières impeccables de la veille – lui tenir les portes, faire passer les besoins de Max et ses invités avant les siens, prendre toutes les dispositions pour que le mariage de son cousin soit parfait dans les moindres détails. La vérité c'était qu'elle était tombée amoureuse de Treat après seulement quelques heures en sa présence. Mais Max savait qu'elle ne devait pas laisser ses sentiments influer sur sa résolution. Elle avait été maltraitée, humiliée et jugée par un ancien petit ami, et elle s'était juré de ne plus jamais emprunter cette voie, pas même pour Treat Braden, cet homme bien trop sexy pour son propre bien.

La jeune femme perdit l'équilibre et l'un des gardes de la sécurité tendit la main par-dessus le toit de la voiture. Elle attrapa son bras et se stabilisa.

— Max ! Ça va ?

La voix de l'agent de sécurité la ramena au chaos. Elle détourna les yeux de Treat et de la femme qu'il tenait comme si elle était tout pour lui, et essaya de faire disparaître la douleur inattendue qui la transperça.

— Laissez passer ou vous serez expulsés des lieux pour le restant du festival.

Son ton avait faibli et elle s'en rendait compte. Son regard revint à Treat, qui la dévisageait avec incrédulité. Soudain, douloureusement consciente de son jean et de sa queue-de-cheval fonctionnelle, et du fait qu'elle devait ressembler à une folle debout sur le toit de la voiture, elle redescendit tandis que la foule obéissait étonnamment à ses ordres et commençait à se disperser. Les menaces d'expulsion fonctionnaient généralement très bien.

Elle éteignit l'interphone et chercha ses clés. Treat se dirigeait vers elle, mais elle ne voulait pas lui parler. Elle s'en sentait incapable après la façon dont il l'avait regardée.

— Max, appela-t-il.

Sa voix riche et profonde la transperça. Elle jura entre ses dents alors qu'elle démarrait la voiture et se frayait un chemin à travers la foule. Jetant un coup d'œil dans son rétroviseur, elle vit Treat dans son costume sombre qui la regardait fixement tandis que sa belle compagne suivait la scène avec une expression confuse. Les mains tremblantes alors qu'elle serrait le volant, Max s'éloigna.

# CHAPITRE DEUX

— Qu'est-ce que c'était que ça ? demanda Savannah.

Treat n'en croyait pas ses yeux. *Max.* Après tout ce temps, il croyait avoir étouffé le désir qu'elle éveillait en lui, mais revoir cette beauté brune debout sur cette voiture comme si elle pouvait commander au monde entier, avait ravivé son désir. Il voyait à travers son personnage à queue-de-cheval, la femme sexy qu'elle essayait d'ignorer. Que faisait Max au festival, debout sur une voiture ? Évidemment, réalisa-t-il soudain. Elle travaillait pour Chaz Crew, le fondateur du festival. Un simple coup de fil lui aurait permis de tout savoir sur elle, mais il ne l'avait pas fait. Son seul but avait été de l'oublier – mais il avait échoué.

*De manière grandiose.*

Savannah le regardait comme s'il avait perdu la tête, et il n'était pas certain que ce ne soit pas le cas.

— Rien, finit-il par répondre.

Comment avait-il pu être aussi bête et lui lancer un regard si méprisant ce matin-là, à l'hôtel ? Il s'était comporté comme un imbécile, peu importe qu'il ait souffert par le passé. Il n'en avait clairement pas encore terminé avec elle, et quelque chose lui disait que ça ne serait peut-être jamais le cas.

— C'était plus que « *rien* », déclara Savannah avec un sourire narquois. Et si j'essayais de la retrouver plus tard pour l'inviter à prendre un café et qu'on discute tous ?

Treat n'aurait rien pu avaler même s'il l'avait voulu. Il lui avait fallu toute sa volonté pour ne pas courir après la voiture de Max. Il ne voulait pas faire de scène, et manifestement elle ne voulait pas lui parler, mais la vague d'émotions qui le dévorait était trop forte pour être ignorée. Dans l'espoir d'oublier son départ, il avait accepté ce qu'il avait toujours craint – il n'aurait jamais dû la laisser partir.

*Treat Braden. Mon Dieu, Treat Braden.*

Max roulait à toute vitesse dans le parking souterrain réservé au personnel du festival. Elle claqua la portière de sa voiture et arpenta le sol en béton.

*Que fait-il ici ?*

Dire qu'elle croyait avoir enfin réussi à l'oublier. Mais elle avait réalisé son erreur à la façon dont son cœur avait fondu sous son regard sombre et perçant. Bon sang, elle s'était drôlement trompée.

Elle devait absolument se ressaisir, car Max Armstrong ne perdait *jamais* le contrôle. Elle ne se liquéfiait pas, ne se languissait pas et ne se pâmait pas pour un homme.

*Du moins jamais avant cela. Jamais avant Treat.*

Une voix lui parvint depuis ses écouteurs.

— Max, j'ai besoin de toi à Marquee One.

*Merde, Chaz. Maintenant ?*

— J'arrive, dit-elle dans le casque.

Des milliers de personnes se trouvaient ici. Quelles étaient ses chances de croiser à nouveau Treat ? Assez faibles, décida-t-elle non sans ressentir une pointe de déception qu'elle étouffa immédiatement en se réprimandant.

Après avoir récupéré son agenda, elle se dépêcha de sortir du parking, et feuilleta sa liste de tâches pour s'assurer qu'il n'y avait pas de problèmes avec le cinéma dont elle ne s'était pas encore occupée. Elle retrouva Chaz qui fixait le grand panneau.

— Max, viens par ici, dit-il en dévoilant ses dents blanches et lui faisant signe d'approcher.

Ses cheveux s'étaient éclaircis sous le soleil estival, et il arborait un bronzage cuivré qui lui donnait plutôt l'apparence d'un surfeur dans la vingtaine qu'un millionnaire dans la trentaine.

— Regarde ça. Qu'en penses-tu ?

Elle regarda le panneau en plissant les yeux, sans savoir ce qu'elle était censée y voir. Peut-être que son manque de concentration venait de son cœur tambourinant ?

— Quoi donc ?

— Ça, insista-t-il en pointant à nouveau le doigt.

— Chaz, désolée, mais je suis perdue.

Elle déplaça son casque pour répondre à une autre demande.

— Oui, pas de problème, Grace. Bien sûr.

Chaz désigna le panneau.

— Je pense qu'on peut demander à Joey de nous arranger quelque chose sur ce mur, dans ce coin du panneau, pour créer un autre emplacement publicitaire. J'ai comparé les deux côtés et ils font la même taille. Qu'est-ce que tu en penses ?

On pouvait toujours compter sur Chaz pour trouver des opportunités de sponsors en plein milieu du festival, quand Max aurait donné n'importe quoi pour se cacher sous un rocher. Il se tenait là, souriant et fier de lui à l'idée de vendre davantage d'espace publicitaire et de faire gagner plus d'argent au festival.

Max aurait pu se fâcher de ce mauvais timing, mais elle n'avait pas de frères et sœurs et Chaz était devenu le frère dont elle avait toujours rêvé. Après toutes ces années à travailler ensemble, ils se chamaillaient comme elle s'imaginait que le feraient des frères et sœurs, mais ils prenaient toujours soin l'un de l'autre. L'épouse de Chaz, Kaylie, était devenue l'une de ses meilleures amies durant la planification de son mariage et de celui de sa sœur aînée, Danica, qui avait épousé Blake Carter.

— Je pense que tu es une véritable plaie de me faire venir ici pour un truc pareil, dit-elle en souriant alors qu'il croisait les bras et essayait d'avoir l'air fâché. Tu sais que j'ai raison. Pourquoi t'occupes-tu de ça maintenant ?

La projection venait de se terminer et la foule se déversait par les portes du cinéma. Max et Chaz s'écartèrent et écoutèrent les clients discuter entre eux.

— Incroyable, déclara une femme d'âge mûr.

— J'ai adoré le côté dramatique de ce personnage. Winston ? dit un autre.

— Oh, je l'ai détesté. Trop suffisant, déclara d'un geste de la main une petite femme trapue.

— Mais séduisant. Et quel charisme ! Ce Connor Dean est incroyable.

Ils auraient tout aussi bien pu parler de Treat. Rien que l'idée lui torturait l'esprit. Pourquoi s'imposait-elle ça ? Elle ferait mieux de disparaître dans son bureau et d'y rester jusqu'à ce qu'il y ait une véritable urgence.

— Hé, Max, regarde !

Chaz faisait signe à Treat et à sa jolie compagne de l'autre côté de la rue.

— Treat ! Par ici. Salut mon pote. Comment vas-tu ?

*Oh, non. Non, non, Non.* Ça ne pouvait *pas* être en train de se produire. Max se détourna, cherchant frénétiquement une excuse pour se sortir de ce pétrin.

*Maladie ? Donner un coup de main à l'équipe ? L'éclairage, oui, ça pourrait marcher.*

Elle se retourna avec son excuse toute prête et ouvrit la bouche pour parler. Les yeux de Treat se fixèrent sur les siens et sa bouche s'assécha.

— Chaz, Max, comment allez-vous ? demanda Treat de cette voix profonde et séduisante qui transformait ses jambes en nouilles flasques.

Chaz dit quelque chose, mais elle ne put s'empêcher de regarder la femme qui avait posé sa main sur l'épaule de Treat. Elle était magnifique avec son sourire amical. Évidemment qu'elle avait un sourire amical : elle avait Treat ! Max détestait le monstre aux yeux verts accroché à ses épaules. Elle n'y était pas habituée et elle n'aimait pas ce qu'elle ressentait.

— Bonjour. Je suis Savannah, dit la femme en tendant la main.

*Savannah. D'où sort ce nom ? Elle doit être mannequin avec ces longues jambes et ce corps mince.*

Max lança un rapide regard à Treat dans son costume coûteux et sa chemise parfaitement repassée. Puis, elle baissa les yeux sur sa propre tenue peu glamour. Embarrassée, elle toucha distraitement sa queue-de-cheval fonctionnelle.

— Bonjour. Je suis Chaz Crew, dit-il en serrant la main de Savannah. Et voici Max Armstrong.

Max serra rapidement la main de Savannah en faisant de son mieux pour sourire avant d'enfouir son nez dans son agenda afin d'empêcher la femme – ou Treat – d'engager la conversation.

Alors que Chaz et Savannah discutaient, Treat s'était approché d'elle, apportant une fragrance de son eau de Cologne épicée et masculine qu'elle sentait encore dans ses rêves.

— Max. Comment vas-tu ?

Trop fatiguée pour lui faire face, elle garda les yeux rivés sur son agenda.

— Bien merci.

— Je suis heureux qu'on se croise. J'ai repensé à Nassau.

*Me jeter ce regard méprisant n'était pas suffisant ? Il faut que tu exhibes cette femme devant moi pour me prouver ce que je sais déjà ? Que tu peux avoir qui tu veux ?*

— Max, dit-il un peu plus bas. Je suis désolé pour ce qui s'est passé là-bas.

Elle aurait voulu le détester, s'enfuir et ne jamais regarder en arrière. Parce que ce regard qu'il lui avait lancé lui rappelait trop l'ex-petit ami qu'elle avait tenté toutes ces années d'oublier. Mais son ton sincère lui fit lever le regard. Treat la regardait comme il l'avait fait à Nassau, comme s'il ne voyait qu'elle. Les souvenirs affluèrent les uns après les autres – leurs inoubliables baisers, la sensation de ses bras puissants autour d'elle, ses doux murmures à l'oreille…

Ces souvenirs intimes étaient comme un cocktail addictif d'une douceur enivrante dont elle se délectait. Mieux valait pour elle ne pas y repenser ou ne pas se demander ce qui se serait passé si elle s'était réveillée dans ses bras le lendemain matin. De toute façon, *il* ne devait pas la regarder comme ça quand il était accompagné de sa petite amie incroyablement magnifique.

Refusant le risque d'être à nouveau blessée, elle rétorqua :

— Je ne sais pas de quoi tu parles.

La douleur et la confusion se reflétèrent dans le regard de Treat.

— Viens, Treat, l'appela Savannah. Allons prendre ce café et rattraper le temps perdu.

Treat soutint le regard de Max un peu trop longtemps, et elle sentit ses joues rougir de désir. Elle voulait lui dire que tout allait bien – même si c'était faux – saisir son beau visage et embrasser à nouveau ses lèvres pleines. Pourquoi ses sentiments pour lui étaient-ils si envahissants ? Elle n'avait jamais cru au coup de foudre, et certainement pas avec un homme qui pouvait être si prompt à la juger, mais son cœur battait comme lors de leur rencontre à Nassau.

— Treat ?

Le regard curieux de Savannah passa de l'un à l'autre.

— J'arrive, dit Treat d'un ton sec. Max, est-ce que je peux t'appeler ?

*Comment peux-tu me demander ça avec ta copine à côté ?*

— Tu as rendez-vous avec papa, tu te souviens ? demanda Savannah d'une voix chantante.

— Papa ?

Le mot avait glissé des lèvres de Max avant qu'elle puisse l'empêcher.

— Oui. Je suis venu rendre visite à mon père, déclara Treat. Savannah m'a détourné du chemin de son ranch.

Il lui adressa à nouveau ce regard. Pas celui qu'il lui avait lancé ce matin-là, mais un regard empreint d'affection.

— Rien de tel que d'être détourné par une jolie femme, déclara Max un peu trop sarcastiquement.

C'était moche la jalousie.

Une lueur d'amusement apparut dans les yeux de Treat.

— Elle est jolie, oui, mais c'est aussi ma petite sœur.

Savannah le regarda fraternellement en fronçant le nez d'une manière adorable.

— Ce n'est *tellement* pas mon genre en plus : toujours tiré à quatre épingles et impeccable. Mais dis-moi, Max, pourquoi toi et Chaz ne nous rejoindriez pas pour prendre ce café ?

Max était trop gênée par le malentendu et encore aux prises de ses émotions pour être lucide.

— Je dois rester sur place pour m'occuper des problèmes qui peuvent se présenter, et j'ai tellement de choses à faire…

— Allez, Max. Tu mérites une pause, insista Chaz. Elle travaille comme une dingue du lever au coucher du soleil. Garde simplement ton oreillette en cas d'urgence.

Il se tourna ensuite vers les autres et ajouta :

— Je vous remercie de l'offre, mais je ne peux malheureusement pas. J'ai une réunion. Max, dès que tu le pourras, n'oublie pas de voir avec Joey à propos de ce panneau.

Elle regarda Chaz s'éloigner et se souvint rapidement de sa liste d'excuses.

— En fait, j'ai des problèmes d'éclairage dont je dois m'occuper.

— Vraiment ? demanda Savannah en haussant un sourcil en direction de son frère.

— Max, je serais honoré que tu te joignes à nous.

La déception de Treat était si palpable qu'elle faillit changer d'avis. Chaque partie de son corps – en particulier les parties coquines qu'elle s'efforçait d'ignorer, criaient « Oui ! Oui ! Dis oui ! ». Mais Max était trop perturbée de l'avoir revu et des excuses qu'il venait de lui présenter pour réfléchir correctement.

— Je suis désolée, mais je ne peux vraiment pas.

Treat lui prit la main et la porta à sa bouche. Elle ferma les yeux sous la caresse de ses lèvres chaudes qui apportèrent une autre vague d'émotions.

— Je peux t'appeler ? demanda-t-il à nouveau.

Toujours perdue dans ce baiser, et pensant à tout ce qu'elle aurait aimé qu'il embrasse ensuite, Max dut secouer la tête pour revenir au présent. Elle tapota son oreillette, espérant faire passer son moment d'absence pour un problème technique. Elle agissait comme ces bimbos sans cervelle qu'elle détestait. Elle n'en revenait pas qu'il en fasse autant devant sa sœur, mais peut-être que Savannah avait l'habitude de le voir sous ce jour. Après tout, c'était un milliardaire qui possédait des propriétés à travers le monde entier. Il traitait sans doute toutes les femmes célibataires de cette façon.

Dans ce cas, pourquoi déchira-t-elle un morceau de papier de son agenda pour y écrire son numéro de téléphone ? Et pourquoi lui reluqua-t-elle les fesses alors qu'il s'éloignait, en espérant qu'il l'appelle ?

# CHAPITRE TROIS

En voyant que l'allée du parking de Hal Braden était bondée, Treat comprit que ses frères et sœur, ou du moins la plupart, étaient venus lui rendre visite. Il descendit du SUV alors que Savannah garait sa voiture. Elle l'avait inondé de questions au café, et il avait essayé de minimiser ses sentiments pour Max en disant simplement qu'elle avait travaillé avec Scarlet pour l'organisation du mariage de leur cousin. Il pensait avoir vu une pointe d'incrédulité dans les yeux de sa sœur, mais la dernière chose qu'il souhaitait, c'était d'autres questions, surtout devant ses frères.

— C'était censé être un séjour détente, pas une fête, maugréa Treat alors que Savannah passait son bras autour du sien.

— Ce n'est pas une fête. On était tous libres, alors on a pensé…

Treat soupira d'abord à l'idée de retrouvailles chaotiques, mais se dit finalement que ça serait agréable de revoir sa famille réunie. Ils avaient tous des carrières qui leur permettaient de très bien gagner leurs vies – mais qui prenaient également trop de leurs temps pour se voir régulièrement.

Ils montèrent les marches du porche de sa maison d'enfance, et les odeurs familières de bois fraîchement coupé, de steak cuit au gril et d'un trop-plein de testostérone l'enveloppèrent comme une étreinte chaleureuse. C'était bon d'être à la maison.

— Voilà mon fils, déclara son père depuis le salon.

Il se leva de son fauteuil inclinable en cuir préféré et serra Treat dans ses bras. Avec son mètre quatre-vingt-dix-huit, Hal Braden faisait la même taille que son fils aîné, avec un large torse et des bras encore puissants après des années de dur labeur dans le ranch familial. Ses épais cheveux noirs étaient à présent striés des mèches grises autour des tempes ; un indice de son âge que Treat aimait ignorer.

— Bonjour, papa.

— C'est bon de te voir, fils, dit son père en étreignant Savannah. Chérie, as-tu passé un bel après-midi avec ton grand frère ?

— Comme toujours.

En voyant les yeux de Savannah s'illuminer quand ils se rendirent au jardin pour saluer leurs trois autres frères, Treat devina facilement son adoration pour chacun d'eux. Il espérait que cela ne changerait jamais, mais si Savannah savait comment il avait regardé Max ce matin-là à Nassau, cette adoration pour lui s'estomperait rapidement.

La jeune femme se dirigea vers Josh, qui s'occupait des grillades à l'autre bout du jardin, à quelques mètres de Dane qui envoyait des SMS. Rex s'avança vers Treat. Il travaillait au ranch avec son père et son physique musclé était la preuve de son travail physique et rigoureux. À l'instar de leur frère Dane, qui passait ses journées à sauver des requins, Rex arborait un bronzage toute l'année.

— Heureux de te revoir, déclara celui-ci après un instant d'hésitation.

— Comment va-t-il ? demanda Treat en tournant les yeux vers leur père.

Ce dernier avait soixante-cinq ans et était encore fort comme un bœuf, mais ça n'empêchait pas Treat de s'inquiéter pour lui. Depuis que leur mère était décédée, quand Treat était à un âge où les enfants croyaient encore que leurs parents vivaient éternellement, il considérait chaque jour passé avec son père comme une bénédiction.

— Il va bien, répondit Rex en passant Treat en revue. Et toi ?

Treat était proche de tous ses frères et sœur, mais chaque relation était différente. Rex était de trois ans son cadet, et de ce fait, la compétition qu'il ressentait envers Dane – qui n'avait qu'un an et demi de moins – n'avait jamais existé avec lui. Mais ce dernier semblait amer au sujet de l'entreprise familiale et gardait ses distances avec Treat.

— Ça va. J'avais besoin d'une pause. Je suis épuisé.

Treat vit les yeux de Rex se rétrécir. Il savait que son frère ne croyait pas à son excuse, mais il n'était pas encore prêt à parler de ses sentiments pour Max. Il était venu en pensant y échapper, mais c'était tout le contraire. À présent, il devait se concentrer sur sa famille, alors qu'il ne pensait qu'à appeler Max.

— Tu es sûr ?

— Bien sûr, affirma Treat. Je vais bien. Vraiment.

— On peut l'avoir un peu nous aussi, Rex ? demanda Dane tout sourire.

Il faisait dix centimètres de moins que Treat, mais était tout aussi beau et ténébreux. La seule différence entre eux, était que le regard de Dane semblait toujours danser d'optimisme, tandis que celui de Treat était souvent sérieux et contemplatif.

Rex fit mine de donner un coup de poing dans le ventre de Dane en s'éloignant.

— Tu aurais dû voir la fille avec qui j'étais hier soir, déclara

Dane en embrassant Treat.

Treat rit de leur blague habituelle. En réalité, Dane était plus susceptible de chasser les gros poissons que de coucher avec des femmes.

— Je me suis déjà tapé sa mère, plaisanta Treat.

Pourtant, cette fois leur vieille blague eut un mauvais goût dans sa bouche. Il jeta un coup d'œil à son père dont les yeux sombres avaient longtemps reflété la douleur après la perte de sa femme des années auparavant, et il ressentit à nouveau le désir de connaître l'amour que ses parents avaient partagé – un désir qui lui était venu en faisant la connaissance de Max.

Dane s'éloigna en riant.

— Tu as toujours été le roi.

Treat se dirigea vers le barbecue en pierre, où Josh s'occupait des steaks et de pommes de terre au four, et passa un bras autour de ses épaules. Josh était le plus mince et le moins agressif de la fratrie Braden. Amoureux de la mode depuis le jour où il avait pu choisir ses propres vêtements, il vivait à New York où il était styliste pour les stars, et possédait plusieurs boutiques de luxe.

— J'ai entendu dire que tu avais balayé Vera Wang de la carte, déclara Treat avec fierté.

— Un jour, répondit celui-ci en secouant la tête.

— Un jour, tu laisseras tomber cette modestie insensée et tu te vanteras de ton succès. Tu as une petite amie ?

Josh avait toujours été discret sur ses conquêtes féminines, même au sujet de son coup de cœur passé pour leur amie d'enfance, Riley Banks. Un coup de cœur dont tout le monde était au courant, mais que Josh pensait avoir dissimulé.

— Tu n'as pas lu les magazines à potins ? Apparemment, je sors avec trois femmes en même temps.

— On dirait que tu t'amuses, alors. Où est Hugh ?

Hugh, leur plus jeune frère, était celui qui adorait prendre des risques. Il était extrêmement égocentrique, ce qui irritait parfois Treat. Sa carrière de pilote de course était la preuve de son mode de vie ; voitures rapides et passant de femmes en femme encore plus rapidement.

Josh haussa les épaules.

— La course, peut-être ? Les steaks sont prêts.

Treat retira sa veste et apporta le plateau de steaks à table. Son père se dirigeait vers la table, un bras passé autour de Savannah et l'autre autour de Dane. Comme il lui avait manqué. Treat passait la majeure partie de son temps à voyager et à vivre dans une valise sans même y prêter attention. Il fut un temps où cela lui convenait parfaitement. Mais dernièrement, il s'était mis à envisager une vie plus sédentaire.

Il posa le plateau au centre de la table, près de la salade, du vin, de la bière, des légumes et des trois types de pain en tranches – un repas typique chez les Braden. La plupart de leurs réunions de famille se passaient autour d'un barbecue.

— Vous avez commencé sans moi ?

Hugh fit son entrée, les bras ouverts et arborant un grand sourire. Ses cheveux épais et agités par le vent lui donnaient une apparence juvénile.

— Treat, tu nous honores enfin de ta présence.

— C'est bon de te revoir aussi, Hugh, dit Treat en se levant et passant un bras autour de lui.

Hugh s'assit et fut le premier à se servir en choisissant le plus gros steak.

Treat secoua la tête.

— Alors, papa, tu vas enfin me laisser financer ce patio en pierre dont tu parles sans cesse ?

— Il n'a pas besoin de ton argent, Treat, dit rudement Rex.

Il a besoin de mon temps.

— Je ne voulais pas te blesser, déclara Treat.

— Nous avons été occupés par la gestion du ranch, déclara Rex avec humeur. Je n'ai pas eu le temps de commencer. Mais je vais m'en occuper.

— Je pourrais faire appel à une équipe pour t'aider, proposa Treat.

— C'est toi l'équipe ? demanda ostensiblement Rex.

Treat le dévisagea.

— Les garçons, calmez-vous. J'ai autant besoin d'un patio que d'un trou dans ma tête, lança leur père. Parle-moi de tes dernières acquisitions, Treat. Qu'as-tu décidé pour la Thaïlande ?

Treat était en pleine négociation au sujet d'un complexe hôtelier en Thaïlande lorsqu'il avait rencontré Max. Le juge de paix qui était censé présider le mariage de Blake à Nassau était tombé malade et Treat avait annulé son voyage en Thaïlande pour célébrer ce mariage. Il avait reporté l'acquisition au Week-end suivant. Mais deux jours auparavant, il avait reçu un e-mail de son ami de longue date Bill Harkness, le propriétaire de la station balnéaire, l'informant qu'ils avaient reçu une autre offre et honorant ainsi son droit de préemption. Treat était le meilleur face à un défi, et c'était exactement ce que représentait la Thaïlande. Acquérir le complexe hôtelier consommerait tout son temps et son énergie pendant au moins trois mois.

— C'est une station balnéaire solide qui fait un bon chiffre, expliqua-t-il. J'ai dit que je leur soumettrais une offre d'ici deux semaines.

Incapable de cesser de penser à Max, il s'était dit qu'après ce petit séjour à la maison, trois mois d'absence seraient exactement ce qu'il lui faudrait. À présent, il n'en était plus si sûr.

— Il est en mode Max, commenta Savannah.

Treat la foudroya du regard.

— Qui est Max ? demanda Josh.

— Une fille séduisante qui travaille au festival et dont Treat semble être mordu, déclara Savannah.

— Hmm. Max est une femme ? demanda Josh en haussant un sourcil et souriant.

— Oui, c'est une femme, et non, je ne suis pas en « mode Max », répondit Treat en mordant dans son steak.

Si seulement Savannah ne l'avait pas vue. Le numéro de Max lui brûlait la poche depuis qu'elle le lui avait donné, et il lui fallait toute sa volonté pour ne pas se lever pour l'appeler immédiatement.

— Treat est mordu ? Tu nous fais marcher ? Il mange une femme tous les matins au petit-déjeuner, déclara Hugh avec un rire profond.

Il était toujours rapide à lancer une pique et tout aussi rapide à revenir à sa tâche précédente : son assiette dans ce cas précis.

— Arrête avec ça, répondit Treat en jetant sa serviette sur la table.

Il avait conscience de surréagir, et il savait que Hugh ne faisait que dire ce qui autrefois avait été la vérité. La bile lui monta à la gorge en se voyant dans ce rôle de dragueur. Oui, il avait fréquenté beaucoup de femmes, mais il n'avait jamais trouvé personne qui lui donnerait envie d'en vouloir plus.

Hugh ignora son accès de colère.

— J'ai gagné aujourd'hui. Premier arrivé.

— Bravo, fils, dit son père en levant sa bouteille de bière. À Hugh.

— À Hugh le Grand ! dirent les garçons à l'unisson.

Savannah secoua la tête.

— Bandes d'idiots.

Après dîner, Treat, Dane et Rex débarrassèrent la table et firent la vaisselle pendant que Savannah faisait un tour avec leur père et que Josh et Hugh parlaient de la course.

— Il y a quelque chose que tu veux nous dire ? demanda Dane une fois qu'ils furent dans la cuisine, loin des autres.

— Je ne vois pas de quoi tu parles, dit Treat en fouillant dans un tiroir à la recherche d'un torchon.

— Est-ce la même Max qu'au mariage de Blake ? demanda Dane.

— Comment connais-tu Max du mariage de Blake ? Tu ne l'as jamais rencontrée.

Dane était venu pour le mariage, mais avait été appelé pour une urgence avant la cérémonie. Il recula sous l'examen minutieux de Treat.

— Tu fréquentes Lacy ?

Lacy était la demi-sœur de la femme de Blake, rencontrée au mariage. Treat avait presque oublié que Dane lui avait donné un message à transmettre à Lacy avant de partir.

— Non, répondit Dane en se concentrant sur le lavage d'une assiette.

— Alors, comment connais-tu Max ? insista Treat en se demandant brièvement si Dane l'avait d'une manière ou d'une autre rencontrée et draguée.

Par le passé, Dane avait couché avec une de ses petites amies en lui rendant visite à l'université. Il leur avait fallu des mois pour surmonter ce qu'ils appelaient maintenant « l'incident Mary Jane », et retrouver un terrain d'entente. Mary Jane avait essayé de se réconcilier avec Treat, mais il avait refusé : il ne voulait pas d'une petite amie qui coucherait avec son frère. À la place, il était sorti le lendemain soir et avait rencontré la plus belle fille du campus – juste après avoir renvoyé Dane chez lui. Il faisait confiance à ce dernier à présent, pourtant repenser à cet incident ravivait ses souvenirs.

— Dane ? demanda-t-il le poing serré.

Lui et ses frères en étaient venus aux mains à plusieurs reprises au fil des ans, mais ça faisait une éternité que Treat n'avait pas ressenti le besoin de frapper quelqu'un. Max n'était même pas à lui, mais il ne pouvait s'empêcher de sortir ses griffes protectrices.

— Laisse-le tranquille, Treat, dit Rex en se plantant entre eux.

Treat fixa Dane du regard jusqu'à ce qu'il cède et avoue :

— J'ai parlé à Lacy quelques jours plus tard, pour m'excuser de ne pas avoir assisté au mariage. Elle m'a dit que l'événement avait été coordonné par Max, et que vous étiez partis ensemble un soir, et… comme je sais qu'elle a couché avec Justin, j'ai juste supposé que…

Il termina par un haussement d'épaules.

Un feu explosa en Treat. Il saisit Dane, mais Rex repoussa son bras. Treat n'avait pas l'intention de reculer. Il redressa les épaules, les yeux rivés sur Rex, et se rapprocha.

Rex croisa les bras, telle une barrière redoutable.

— Écarte-toi, Rex, lui intima Treat, les dents serrées et vaguement conscient de l'arrivée de sa sœur dans la cuisine.

— Que faites-vous ? demanda Savannah en les regardant tour à tour.

— Ce mec est hors de contrôle, déclara Dane en reculant d'un pas. Je ne pense pas t'avoir vu aussi jaloux depuis Mary Jane.

— Dane ! Rex, fais-le sortir, ordonna Savannah.

Treat soutint le regard noir de Dane, mais réalisa que ce n'était pas de la faute de son frère s'il était frustré par Max.

— Désolé, Dane. Je ne sais pas ce qui m'a pris.

Il remit sa chemise en place et s'éclaircit la gorge alors que Rex et Dane quittaient la pièce.

— Désolé, Savannah. Je suis un peu à cran.

— Pourquoi a-t-il évoqué Mary Jane ? demanda-t-elle.

Le regard inquiet de Savannah calma aussitôt Treat. Elle était particulièrement sensible aux conflits entre ses frères, et même si cela faisait des années qu'ils ne s'étaient pas disputés pour une femme, il savait qu'elle avait peur que Dane et lui retombent dans leurs horribles rapports.

— Je vais bien. Il ne faisait que me chercher, répondit Treat.

— Oui, eh bien, vous êtes de vrais crétins parfois, déclara Savannah en lui remettant son col en place.

Dane et Rex revinrent chargés d'assiettes.

— La voie est libre ? demanda Rex.

Treat planta son regard dans celui de Dane dans un avertissement silencieux, lui signifiant de ne plus parler de Max et Justin.

— Oui, c'est sans danger, affirma Savannah en regardant Treat. Treat, il faut que tu sortes avec moi et Hugh ce soir.

— Et nous alors ? On sent le gaz ? demanda Rex.

Savannah leva les yeux au ciel.

— Vous êtes tout *sauf* de la seconde zone. C'est bien ça le problème. Je ne veux pas passer la soirée à chasser les femmes à coup de bâton parce que vous les regardez comme si vous vouliez les dévorer. Treat est plus classe que vous. C'est l'After du festival. Hugh a un rencard et deux billets supplémentaires.

Elle haussa les sourcils et ajouta :

— Max sera peut-être là.

La mention de Justin et Max avait fait bouillir son sang, et il n'était pas sûr de pouvoir regarder Max sans sentir à nouveau sa colère monter.

— Je suis fatigué, mentit-il.

— Ah oui ? Eh bien, réveille-toi, répondit Savannah. Tu y vas.

— Elle a clairement indiqué qu'elle voulait rester loin de moi. Je ne peux pas m'imposer à elle.

— Treat, tu es un imbécile. Tous les hommes le sont. Peu importe ce que nous, les femmes, disons : nous voulons toutes le chevalier en armure étincelante. Nous voulons que Richard Gere monte dans sa limousine blanche. Nous voulons que Leonardo DiCaprio nous dise qu'il ne nous quittera jamais.

— Je ne sais pas, déclara Treat. Est-ce que vous ne préférez pas plutôt qu'on respecte une certaine distance quand vous le demandez ?

L'énergie de Savannah le gagnait, et il se demanda s'il n'avait pas tort et s'il ne devait pas courir après Max.

— Non, dit-elle. Nous voulons que vous lisiez entre les lignes.

— Elle n'a pas laissé grand-chose à l'interprétation.

— Fais-moi confiance, grand frère, dit Savannah. Les femmes veulent que leurs hommes lisent entre les lignes, et pour ça, elles laissent des miettes de pain pour que vous les trouviez.

— Je ne suis pas un idiot. S'il y en avait eu, je les aurais vues avant même qu'elle ne se rende compte en avoir laissé.

Il avait disséqué chacun des mots de Max, et à part la façon dont elle l'avait regardé – comme si elle voulait l'embrasser comme cette nuit-là – il n'y avait pas vu la moindre trace d'une porte entrouverte. Était-ce cela le sentier de miettes ? Ou l'avait-il imaginé à force de le vouloir ?

— Ne te méprends pas. Tu es intelligent concernant les affaires, mais peut-être pas tellement quand il s'agit du comportement mystérieux des femmes. Sois prêt pour la fête à 19 h. Tu m'accompagnes.

# CHAPITRE QUATRE

Pourquoi est-ce qu'elle avait donné son numéro à Treat ? Plus gênant encore, pourquoi n'appelait-il pas ? Elle avait retiré sa batterie et redémarré son téléphone deux fois et n'arrêtait pas de vérifier ses messages comme si elle était atteinte de TOC. Elle ne savait même pas pourquoi elle espérait qu'il l'appelle. Cet homme était plein de ressources : il aurait pu la retrouver à tout moment après son départ de l'hôtel, et il ne l'avait pas fait. Elle était folle d'être à nouveau tombée dans ses bras, qu'il ait présenté des excuses ou pas. Il était ici pour rendre visite à son père et il y avait de fortes chances qu'il l'ait oubliée à la minute où il s'était éloigné.

*Tout comme à Nassau.*

Peut-être que la revoir avait éveillé ses souvenirs, et qu'il se sentait coupable de l'avoir ainsi jugée.

Si seulement elle pouvait arrêter de penser à lui.

— Max, tu as encore réussi, déclara Chaz alors qu'ils quittaient le festival ce soir-là.

Ils avaient passé en revue les rapports financiers de la journée, et manifestement il pensait encore à leur immense succès. Ce n'était que le premier jour, et ils avaient presque déjà atteint la recette de l'année précédente.

— Pas moi, boss. *Nous l'avons* fait. Au moins, la première

journée s'est déroulée sans encombre.

Elle était certaine que Chaz lui aurait parlé de son comportement étrange face à Treat, mais il n'en avait rien fait. Peut-être qu'elle avait eu de la chance et que personne n'avait remarqué son malaise.

— N'oublie pas, tu as dit que tu seras à l'After ce soir. J'ai hâte de rentrer chez moi et de voir Trevor et Lexi. Ça a été une longue journée.

Chaz et Kaylie étaient mariés depuis un peu moins de deux mois, mais leurs jumeaux avaient deux ans.

L'After était l'un des moments forts du festival, où les habitants et les fans pouvaient se mêler aux célébrités, danser toute la nuit et gagner des cadeaux coûteux. Mais Max n'était pas du genre à faire la fête, et ce soir en particulier, elle n'était pas d'humeur à se faire belle et à s'amuser. Peut-être qu'elle pourrait y échapper ?

— Les enfants ne dorment pas déjà ?

— Si, mais j'aime bien les voir endormis. En plus, ils *dorment*, ajouta-t-il en haussant les sourcils. Nous sommes toujours de jeunes mariés, vois-tu.

— Allez, Chaz, le supplia-t-elle. Tu sais que je déteste ces soirées.

— Ça te fera du bien. Tu passes trop de temps à travailler et pas assez à voir du monde. Sors un peu, Max, et amuse-toi. Rencontre un homme sympa et laisse-le t'emmener dîner.

— Je préfère boire et dîner chez moi en lisant dans le confort de mon propre canapé.

— Max…

Il lui lança son regard je-compte-sur-toi, celui qu'elle n'avait jamais su rejeter.

— D'accord ! Mais tu m'en dois une.

— Ajoute-le à l'autre million que je te dois, dit-il en s'éloignant.

Max fixait l'intérieur de son armoire, qui ressemblait plus à celle d'une adolescente que d'une femme de presque trente ans : trop de tee-shirts, sweatshirts et jeans, et pas assez de vêtements d'adultes. Elle passa en revue les quelques robes qu'elle possédait, en choisit deux courtes noires et les accrocha à la porte du placard. L'une était moulante avec un décolleté plongeant et laissant très peu de place à l'imagination, tandis que l'autre était plus classique avec un col rond et des poches fendues sur les hanches. Kaylie l'avait convaincue d'acheter celle au décolleté plongeant pour le mariage, et en rencontrant Treat, elle avait eu hâte de la porter pour lui. Mais les heures qu'ils avaient passées dans les bras l'un de l'autre n'étaient pas planifiées, et elle n'avait même pas eu le temps de changer son jean pour une autre tenue quand il l'avait traînée hors du restaurant et emportée avec lui durant plusieurs heures. Pourtant, même si ça avait été les quelques heures les plus incroyables de sa vie, elle avait fait marche arrière quand il l'avait invitée dans sa chambre, effrayée par toutes les émotions qui l'avaient submergée. Quelques heures plus tard, il l'avait vue en compagnie de Justin, et son désir de le séduire avait disparu.

Peut-être aurait-elle dû lui courir après et éclaircir la situation immédiatement ? Mais l'horrible regard qu'il lui avait lancé l'avait renvoyée au passé, auprès du petit ami qu'elle avait cru connaître et qui l'avait terriblement fait souffrir. Max était courageuse, mais pas au point de foncer dans le feu. Mieux valait qu'elle ne perde pas cela de vue, au lieu d'idéaliser Treat et ses excuses.

Quand son téléphone sonna, elle se figea pour la deuxième fois ce jour-là. L'appareil posé au milieu de son lit s'alluma comme un phare. Son traître de cœur s'emballa avec l'espoir que ça soit Treat. Le numéro indiquait « *privé* » et son esprit parcourut plusieurs scénarios. Que dirait-elle si c'était Treat ? Que dirait-*il* ? Et s'il l'invitait à sortir ? Devait-elle accepter ? Elle ne demandait que ça. Il s'était excusé, n'est-ce pas ? Même si elle avait prétendu ne pas savoir de quoi il parlait.

Elle regarda fixement le téléphone qui sonnait, comme si c'était une mine antipersonnel. Son esprit chancela, mais elle ne put se retenir. Comme elle l'avait fait la nuit où elle était tombée dans les bras de Treat, elle jeta toute prudence aux orties et se précipita pour pousser l'icône verte.

— Allo ? Allo ?

Mais elle eut pour seule réponse le néant.

Max raccrocha et se tapa la tête contre le matelas. Elle attendit que le voyant de la messagerie clignote, et quand ce ne fut pas le cas, elle se leva avec dégoût.

— Tu es tellement bête, dit-elle à son reflet dans le miroir.

Elle se déshabilla sur le chemin de la salle de bain et pénétra avec humeur dans la douche.

— Une idiote, et une *poule mouillée*, continua-t-elle en se frottant rageusement le cuir chevelu.

Au moment de se sécher, elle s'était un peu calmée et se disait que c'était peut-être mieux ainsi : pas de décision difficile à prendre, pas besoin de se demander s'il serait comme son ex, doux une minute et enragé la suivante. Elle se sécha les cheveux et leur donna du volume avant de les arranger sensuellement autour de son visage, puis s'observa dans le miroir. Ce n'était pas trop mal.

Max n'avait pas eu de rendez-vous amoureux depuis sa nuit avec Treat. De toute façon, elle ne sortait pas beaucoup. Elle refoulait ses besoins sexuels depuis des années – *littéralement* – après sa mésaventure effrayante avec son ex, Ryan Cobain.

Elle était capable de trouver mieux qu'un homme qui la jugerait, se dit-elle, et alors qu'une idée prenait forme dans sa tête, un sourire plein d'espoir se posa sur ses lèvres.

Peut-être qu'il était temps d'en finir avec son passé et d'oublier Treat ? Ce n'était pas dans sa nature de séduire un homme, et l'idée même la pétrifiait. Mais il lui fallait une aventure pour se distraire de son passé et de Treat, et passer à autre chose. Elle ne manquait pas d'assurance d'une manière générale, sauf pour tout ce que Ryan avait détruit chez elle, et elle détestait cela, même si elle ignorait comment y remédier.

Le tout était de faire des pas de bébé, n'est-ce pas ? Si elle sortait et flirtait un peu, elle penserait à d'autres hommes que Treat, ce qui serait un bon point de départ. Mais tout d'abord, elle devait être *sexy*, et pas seulement belle.

Elle mit de la musique et dansa en se préparant pour son grand soir. L'opération lui prit du temps, car elle se maquilla beaucoup, chose qu'elle n'était pas habituée à faire. Enfin, elle enfila l'un de ses rares strings en dentelle, se sentant à la fois coquine et légèrement mal à l'aise. Mais si elle voulait se sentir sexy, ça ne pourrait que l'aider. C'est du moins ce que Kaylie disait toujours : « *Le sex-appeal est un état d'esprit qui commence par ce que personne ne voit* ». Elle se glissa dans la robe moulante au décolleté plongeant et enfila des chaussures noires confortables à talons. Une fois prête, elle se tint devant le miroir et s'examina attentivement. Son eye-liner noir disait : « *prends-moi* », son corps criait : « *touche-moi* », et ses lèvres cramoisies chuchotaient : « *je contrôle la situation* », mais l'ensemble avec les talons pratiques, criaient : « *mensonge !* ».

Elle retira ses chaussures et passa en revue ce qu'elle avait d'autre, avant de froncer les sourcils :

*Pratique, pratique, et pratique.*

Peu importe la robe qu'elle choisirait, ça n'irait pas.

*Comment en suis-je arrivée là ?*

Elle prit son téléphone et envoya un SMS à Kaylie.

— *Je peux t'emprunter tes chaussures à talons noirs ?*

Son téléphone vibra quelques secondes plus tard.

— *Talons noirs ? lol ! Tu veux dire les talons-baise-moi ?*

Max leva les yeux au ciel et répondit.

— *J'imagine.*

— *C'est qui ce mec ?*

— *After du Festival. Oui ou non ?*

— *Oui. Les enfants dorment. Je vais laisser les chaussures sur le porche.*

Max couina, s'inquiétant immédiatement d'avoir interrompu un moment privé entre Chaz et Kaylie, puisque son amie parlait de laisser les chaussures sur le *porche*. Eh bien, ce qui était fait était fait. Trop tard ! Elle vaporisa son parfum le plus envoûtant, enfila ses tongs, attrapa son sac à main, ses clés et se rendit chez Kaylie.

Vingt minutes plus tard, elle montait les marches du perron, et comme promis, les chaussures étaient là.

— *Je n'arrive pas à croire que tu ne m'aies pas parlé de Treat !*

Max sursauta.

— *Kaylie !* Tu m'as fait une de ces peurs !

Kaylie sortit du garage sombre et pénétra dans la lumière du porche. Ses cheveux blonds étaient ébouriffés et elle portait une chemise de nuit qui couvrait à peine ses sous-vêtements – du moins si elle en portait – ainsi que des pantoufles pelucheuses.

— Désolée, mais si tu empruntes mes talons, je veux les détails.

Max aurait bien aimé avoir des détails à partager.

— Je ne sors pas avec Treat. Je vais à l'*After* parce que ton mari voulait passer du temps avec toi.

— Oh, il est tellement romantique. Chaz m'a dit que Treat était venu aujourd'hui. Il t'a appelée ? Je savais qu'il se passait quelque chose au mariage.

Max entendit une légère sonnerie.

— Il ne s'est rien passé au mariage et il n'est pas venu pour me voir. Il est à Weston pour rendre visite à son père, et c'était juste une coïncidence s'il était au festival.

*J'aurais aimé qu'il soit là pour moi. Non. J'aurais aimé qu'il soit venu il y a plusieurs semaines.*

— Danica te dirait qu'il n'y a pas de coïncidences dans la vie, répondit Kaylie dont la sœur aînée ressemblait plus à Max qu'à elle. Hé, c'est ton téléphone qui sonne ?

— Je pensais que c'était le téléphone de la maison, répondit Max.

Kaylie secoua la tête.

— On éteint les sonneries quand les enfants dorment.

Max courut vers sa voiture et ouvrit la portière, mais son téléphone avait déjà cessé de sonner. Elle vérifia le journal des appels manqués et vit que le numéro privé s'était à nouveau affiché. Elle laissa échapper un souffle et sentit sa confiance de tout à l'heure s'effriter.

— Désolée Max. Tu attendais son appel ? demanda Kaylie.

Max ne put cacher sa déception.

— Pas vraiment. Il m'a demandé mon numéro, mais tu sais

comment ça se passe.

— Les hommes sont nuls parfois, déclara Kaylie. Ah Max. Regarde-toi. Je n'avais même pas remarqué à quel point tu es en beauté. S'il est à l'*After*, il n'arrivera pas à détacher les yeux – ou les mains – de toi.

— Merci, mais je suis sûre qu'il n'y sera pas.

Treat ne semblait pas être du genre fêtard, chose qu'elle avait trouvée attirante chez lui. Il était solide et confiant, mais sans en faire trop ni être arrogant.

*Jusqu'à ce regard. Le regard pour lequel il s'est déjà excusé.*

En tout cas, elle devrait également lui présenter ses excuses d'avoir agi grossièrement cet après-midi.

— Je ne suis pas comme toi, Kaylie, dit-elle en soupirant. Pour toi c'est si facile. J'ai dû me forcer à m'habiller comme ça, et j'ai l'impression d'être déguisée. Tout ce que je voulais, c'était être belle et flirter un peu pour me changer les idées…

— En tout cas, pour ce qui est de donner l'impression que tu as confiance en toi, c'est réussi. Écoute, ce n'est pas si compliqué. Flirter et rencontrer des hommes, c'est comme un jeu. C'est eux contre toi, et généralement vous avez tous les deux le même objectif : mettre le ou la plus canon au lit.

— Kay…

— Crois-moi. Et fais-moi confiance, d'accord ? Je sais de quoi je parle. La prochaine fois que tu verras Treat, agis comme le ferait un homme en manque de sexe, comme si tu ne pouvais pas le quitter du regard ou t'empêcher de le toucher. Tu le prendras à son propre jeu et tu commenceras à voir le *vrai* lui.

— Je ne sais pas si j'en serai capable.

*Un homme en manque de sexe ?*

— Il le faudra bien si tu veux le séduire. Et au moment où il pense que c'est gagné, tu t'en vas. N'oublie pas que c'est *toi* qui contrôles la situation. Considère-le comme une marionnette et toi la marionnettiste.

Kaylie leva ses yeux pétillant d'excitation vers le ciel sombre.

— Hé, c'est bon ça. Je viens de l'inventer, s'exclama-t-elle.

Bref, quand tu contrôleras la situation, tu feras tomber ses défenses et ce sera plus confortable – pour vous deux.

Max secoua la tête.

— Je ne sais pas si je suis capable de jouer à ce genre de jeux, Kaylie.

— Écoute, Maxime. À ce moment-là, tu n'auras plus rien à *faire*. Si tu pars, il te verra comme la reine de la séduction. Si tu vas jusqu'au bout, tu seras une tigresse. C'est gagnant-gagnant.

— Et si je veux être avec lui et qu'il refuse ?

— Un homme qui te dit non n'en vaut pas la peine.

Kaylie dut voir Max grincer des dents, car elle ajouta rapidement :

— C'est impossible. Il t'a dit non au mariage ?

Max secoua la tête.

— Non, mais moi, si, et ensuite il y a eu un malentendu le lendemain matin quand il m'a vue avec Justin.

Kaylie était dans l'ascenseur quand Max était montée le lendemain matin en portant les mêmes vêtements que la veille. Son amie l'avait taquinée à ce sujet, mais elle n'était pas au courant de la soirée que Max et Treat avaient passée ensemble. Elle avait seulement supposé, tout comme Treat, que Max avait couché avec Justin.

— Ah Maxy. Tu as dit que tu n'avais pas couché avec Justin, dit-elle en la serrant dans ses bras.

— Non, mais Treat l'a cru.

Elle n'avait jamais parlé à Kaylie de Ryan et de ce qu'elle avait vécu avec lui, et elle ne voulait pas en parler maintenant.

C'était trop privé, trop embarrassant.

— Fais-moi confiance. Il n'hésitera pas si tu suis mes conseils. Gagnant-gagnant : souviens-toi.

Elle passa Max en revue et ajouta :

— Plus important encore, rappelle-toi que tu contrôles tes émotions. J'ai appris à mes dépens que les malentendus peuvent se propager comme de la mauvaise herbe si tu laisses faire. Donc, s'il te plaît, fais le point sur tes émotions et fais ensuite un petit tri.

— Faire le tri, répéta Max.

Peut-être qu'elle *pourrait* y arriver après tout.

# CHAPITRE CINQ

Hugh et sa partenaire, Nova Bashe, une mannequin pour maillot de bain suédoise incroyablement grande et maigre, étaient flanqués de photographes alors qu'ils se dirigeaient vers la fête. Hugh se retourna avec nonchalance et adressa un signe de la main à Treat et Savannah. Treat était content d'être hors des feux des projecteurs. Il n'avait aucune envie de passer la soirée avec des célébrités ivres, et prévoyait de se cacher dans l'ombre et garder un œil sur sa sœur.

— Merci d'être venu avec moi, dit Savannah en lui tendant un verre. Je savais que je pouvais compter sur toi.

— Pourquoi n'es-tu pas avec Connor ce soir ? demanda Treat en faisant tourner la liqueur dans son verre.

— Tu plaisantes ? Il va être bien entouré et je ne m'occupe pas de lui quand il boit. Je ne veux pas être tenue pour responsable de son état d'ébriété, même si c'est là qu'il s'attire le plus d'ennuis. Il m'a donné des billets, bien sûr, mais je les ai passés à des filles du bureau. Ce sont des filles qui aiment ce genre de choses.

— Alors pourquoi es-tu toute pomponnée dans cette petite robe dorée, et que tu tenais autant à venir ?

Savannah regarda autour d'elle puis désigna du doigt l'autre bout de la pièce. Là, dans la boîte de nuit faiblement éclairée, éclipsant toutes les autres femmes par sa beauté, se trouvait Max.

— À plus tard, grand frère, dit-elle en l'embrassant sur la joue avant de disparaître dans la foule.

Max était magnifique, quoi qu'elle porte, mais avec son maquillage smoky, ses cheveux détachés et cette petite robe noire qui épousait ses courbes, elle était à couper le souffle. Ses doigts le démangeaient de la toucher, son corps lui faisait mal à l'idée de découvrir la sensation de l'étreindre, mais il repoussa aussitôt ses pensées. Il voulait bien plus que coucher avec Max. Il avait gâché sa chance une fois, et il ne comptait pas recommencer.

Elle leva le visage et leurs yeux se rencontrèrent, attirés comme du métal par un aimant. L'air grésilla alors qu'il traversait la piste de danse pour la rejoindre. Il ignora les corps tournoyants et les regards séducteurs des femmes, car la seule qu'il désirait se trouvait devant lui. Il ne la quitta jamais des yeux par peur qu'elle disparaisse.

Un verre dans les mains, elle détourna nerveusement le regard avant de le tourner à nouveau vers lui lorsqu'il s'approcha. Sa respiration s'accéléra et elle se mordilla la lèvre inférieure. Il sentit son corps s'échauffer lorsqu'elle relâcha sa lèvre et pointa sa langue au coin de sa bouche. Il se souvint des respirations saccadées et nerveuses de Max quand ils s'embrassaient sur le sable, et de leurs mains errant l'un sur l'autre.

Deux pas de plus et il serait assez près pour la toucher. L'instant d'après, le doux parfum de Max emplit ses sens. Son corps vibrait alors que les souvenirs de leur nuit torride lui revenaient en mémoire. Cela faisait des années que Treat n'avait pas passé autant de temps à simplement embrasser une femme, et avec Max, il avait voulu en savourer chaque seconde. Ça lui avait suffi ce soir-là… du moins, parce qu'il s'était imaginé qu'ils auraient bien d'autres nuits en perspective pour trouver le chemin de plaisirs plus sombres.

— Bonjour Max.

Elle ne baissa pas les yeux comme elle l'avait fait à Nassau, mais les rétrécit de manière séductrice derrière ses lunettes à monture rouge. Il dévora du regard sa robe révélatrice qui épousait ses courbes. Le vêtement plongeait si profondément entre ses seins qu'il avait envie d'en goûter chaque centimètre, depuis son cou jusqu'à son nombril, avant de prendre son temps pour la dévorer et la rendre folle de désir.

— Treat, dit-elle d'un ton sensuel en passant langoureusement son corps en revue.

Elle sirota son verre, puis se lécha les lèvres en soutenant son regard.

— Je ne m'attendais pas à te voir ici.

*Qu'est-il arrivé à la femme timide qui ne pouvait pas soutenir mon regard ?*

Il avait adoré la femme prudente avec qui il avait passé du temps à Nassau. Elle avait été un changement rafraîchissant comparé aux femmes qu'il avait l'habitude de fréquenter, mais ce regard affamé et prédateur lui donnait envie d'oublier ses manières galantes.

— Mon frère avait des billets supplémentaires. Je suis venu avec Savannah.

Elle balaya la pièce du regard.

— Savannah est là ?

— Elle est quelque part dans la foule.

Il s'approcha, heureux d'entendre sa respiration s'affoler et ses yeux s'assombrir. Vêtue de cette délicieuse robe et le dévorant ainsi du regard, elle ne demandait qu'à être touchée. Plusieurs semaines à ne penser qu'à une femme, c'était long. Et encore plus long sans en toucher aucune.

— Je ne veux pas parler de la personne avec qui je suis venu ou pourquoi je suis ici. Je préfère parler de nous.

Elle eut une autre inspiration saccadée, lui rappelant l'espace d'un instant la femme qu'il avait connue. Mais elle balaya rapidement ce souvenir en passant hardiment son doigt sur son torse.

— Je suis heureuse que tu sois là.

*Fait chier !* Elle allait le tuer. Il voulait la prendre dans ses bras et l'embrasser jusqu'à ce que cette erreur à Nassau ne soit qu'un mauvais souvenir.

Quand, joueuse, elle tira sur sa cravate, Treat eut l'impression que l'accessoire était relié directement à son sexe.

Elle leva des yeux soudain innocents vers lui, et il ne pensa plus qu'à la prendre dans ses bras pour la protéger et l'aimer.

Treat Braden lui fit l'effet d'une tornade, ôtant toute force de ses genoux avant de la bloquer dans l'œil du cyclone et la couper du monde. Il lui faisait revivre les mêmes sensations que cette nuit-là à Nassau, lui tournant la tête et lui donnant le sentiment d'être en sécurité et spéciale, comme si elle pouvait baisser sa garde. Mais elle ne pouvait se permettre de perdre à nouveau la tête face à lui.

Elle se redressa et se força à reprendre le rôle de séductrice qu'elle avait momentanément abandonné. Elle avait aimé ce qu'elle avait ressenti quelques secondes plus tôt, aux antipodes de son comportement habituel – des regards séducteurs aux mots qu'elle avait savamment laissé échapper. À la minute où leurs regards s'étaient croisés, elle avait su que c'était maintenant ou jamais, mais elle n'en revenait pas de réussir à suivre les conseils de Kaylie. *Et ça marchait !* Il était comme de la pâte à modeler entre ses mains. Le problème c'était qu'elle serait de la pâte à modeler entre les siennes à la minute où les rôles s'inverseraient. Mais quand elle se trouvait dans cette position de force, elle pouvait presque prétendre qu'il n'y avait aucun problème à surmonter, que Ryan ne l'avait pas détruite pour tous les hommes, et que son passé douloureux n'existait pas.

Elle s'était imaginée trouver un étranger pour la distraire de Treat, mais en le voyant elle sut qu'un étranger ne serait jamais la solution.

Il était impossible d'oublier Treat Braden.

Agitée par ces nouvelles pensées audacieuses, elle ne voulait pas se retenir. Treat prit son verre et le posa en même temps que le sien sur une table, puis, une main sur ses reins, il la guida vers la piste de danse. L'instant suivant, elle était dans ses bras, envahie de désir alors qu'elle se laissait aller contre son corps puissant et musclé. Un parfum masculin de musc et d'épices l'enveloppa. Elle n'avait jamais rencontré un homme aussi raffiné ; un mélange parfait de sensibilité et de force. Face à lui tous les autres disparaissaient. Comment avait-il pu penser qu'elle pourrait quitter ses bras pour se précipiter dans le lit d'un autre ?

— Tu n'as pas voulu m'écouter ce jour-là, lui dit-il à l'oreille, mais tu dois le faire maintenant. J'ai eu tort de te regarder comme je l'ai fait, à Nassau.

Max retint son souffle. Elle avait passé les dernières semaines autant absorbée par la pensée de Treat que par le dernier regard qu'il lui avait lancé.

— Après cette soirée incroyable ensemble, je voulais être celui que tu aurais choisi. Je voulais être à toi et que tu sois à moi, même si nous n'avions pas couché ensemble, ou qu'on ne s'était parlé que par téléphone pendant des mois avant de nous rencontrer enfin.

Il plongea dans son regard, et l'honnêteté et l'émotion qu'elle y vit lui firent chavirer le cœur.

— Max, quand je t'ai vue avec les mêmes vêtements que la veille en compagnie de Justin, le demain matin, j'ai supposé que tu avais passé la nuit avec lui, et j'ai réalisé que j'avais perdu ma chance. Tu as vu un côté laid, jaloux et mesquin de moi que je n'avais pas ressenti depuis la fac, et j'en suis désolé. Tu ne méritais pas ça.

— Depuis la fac ? laissa-t-elle échapper.

Treat serra la mâchoire et glissa la main sur le dos de max pour la rapprocher de lui.

— C'est embarrassant à admettre, mais à l'époque mon frère Dane est venu me rendre visite et a couché avec ma petite amie.

Comment était-il possible qu'ils aient tant en commun et qu'ils aient été blessés au même moment dans leur vie ?

— Oh mon Dieu, Treat. C'est terrible.

— Ça a été difficile, dit-il, mi-rieur mi-moqueur, mais le regard sincère. Il nous a fallu beaucoup de temps à Dane et à moi pour surmonter ça. Mais, Max, je n'étais pas ton petit ami. Je n'avais aucun droit sur toi, aucun droit de te regarder ou de te juger.

— Exactement, dit-elle trop brusquement.

— J'ai laissé ma douleur me guider, et je n'aurais jamais dû. Je le regrette depuis la seconde où j'ai vu ton regard blessé. Je ne savais pas quoi faire de toutes ces émotions que je ressentais. Je n'ai aucune excuse pour ce que j'ai fait, mais si tu le permets, j'aimerais essayer de me rattraper.

— J'aurais dû accepter tes excuses tout à l'heure. Je suis désolée d'avoir été trop secouée pour réfléchir correctement, répondit-elle le cœur serré. J'ai également vécu une expérience douloureuse à l'université. Un petit ami en qui j'avais confiance et que je pensais aimer a radicalement changé et m'a vraiment fait du mal. Quand tu m'as lancé ce regard, ça m'a ramené en arrière, à toute cette peur. Si tu avais fait ça à une autre femme, elle t'aurait sûrement poursuivi pour t'expliquer. Mais j'avais trop peur de revivre tout ça.

— Max, je…

Il resserra son étreinte, l'écrasant contre lui, et quand il se recula, son regard était aussi féroce que passionné.

— Je ne te referai *plus jamais* vivre ça.

— Merci, mais tu dois aussi savoir que je n'ai pas couché avec Justin.

— Max, j'ai peut-être agi comme un idiot, dit-il en fronçant les sourcils. Mais tu n'as pas à essayer de me ménager. Nous sommes des adultes et nous avons un passé.

S'il savait la vérité.

— J'ai bien peur que mon passé sexuel ne soit pas très excitant. La vérité c'est que, tout comme pour toi à Nassau, mon cœur avait pris le contrôle ce matin-là. Et mon cœur te voulait. Après qu'on s'est dit bonsoir, je suis montée seule dans ma chambre, mais je n'arrêtais pas de penser à toi, alors je suis descendue à la plage pour te chercher. Comme je ne t'y ai pas trouvé, j'ai vérifié au bar, au restaurant, *partout*… J'ai finalement arrêté de chercher, et je suis retournée là où nous nous étions assis au bord de l'eau, et c'est là que j'ai rencontré Justin, et on a discuté.

Alors qu'elle le regardait avec franchise, entourée par les vibrations de la musique et vaguement consciente des couples qui dansaient autour d'eux, elle réalisa à quel point elle aurait souhaité que ce soit avec Treat qu'elle ait discuté cette nuit-là au bord de l'eau.

— On a parlé de toi et de la façon dont tu m'avais retourné le cœur. Je ne lui ai pas dit qu'il s'agissait de toi, mais il a été une bonne oreille. Il était gentil et il venait de sortir d'une mauvaise relation. Il a dit que nous lui avions donné de l'espoir de trouver quelqu'un de spécial un jour, lui aussi. Je n'ai pas couché avec lui, Treat. Le baiser que tu l'as vu me donner près de l'ascenseur était sur ma joue, et c'était un baiser de remerciement. Il n'a fait que combler le vide que tu avais laissé.

— Je ne devrais sans doute pas ressentir un tel soulagement, dit-il en posant son front contre le sien. Je pense à toi depuis si longtemps. J'ai essayé de te chasser de mes pensées, mais je n'y arrive pas, Max. Et je n'ai plus envie d'essayer.

Il déplaça son regard sur la salle bondée de monde, puis ses yeux brûlants se posèrent à nouveau sur elle, et Max sentit son cœur s'emballer.

— Sortons d'ici, suggéra-t-il.

Alors qu'il la guidait vers la sortie, elle remarqua les regards envieux des autres femmes. Elle releva le menton, fière d'être avec lui, d'autant plus maintenant qu'ils avaient dissipé le malentendu. Son pouls s'accéléra en se demandant ce que ça lui ferait de l'embrasser à nouveau, d'avoir ses mains sur sa peau nue.

Lorsqu'ils franchirent les portes et se retrouvèrent dans l'air frais de la nuit, Max croisa les bras pour se protéger du froid. Elle s'était tellement dépêchée pour aller chez Kaylie qu'elle avait oublié d'apporter une veste. Treat la serra à nouveau dans ses bras. Il représentait la sécurité et la chaleur, et son regard la faisait vaciller.

— Je veux t'emmener dans un endroit spécial.

La sensualité de son ton mêlé à la lueur séductrice de son regard fit courir des frissons le long de la colonne vertébrale de Max.

Le voiturier apporta son SUV et Treat l'aida à monter avant de s'installer derrière le volant. Elle se frictionna nerveusement les bras pour en chasser la chair de poule.

— Laisse-moi te réchauffer, dit-il d'un ton rauque.

Elle s'humecta les lèvres, se préparant pour le baiser dont elle avait tant envie : elle était plus que prête. Il étendit un bras vers elle, approchant ses magnifiques lèvres tout près des siennes. Le souffle de Max se coupa, ses lèvres s'entrouvrirent d'anticipation, et il appuya sur un bouton de la portière.

— Sièges chauffants, dit-il.

Max crut que son cœur allait exploser.

*Quoi ? J'aurais dû me pencher et lui voler ce baiser. La prochaine fois…*

Il lui prit la main et la serra doucement en se penchant plus près.

— Prête, ma belle ?

Prête ? Est-ce qu'il plaisantait ? À la façon dont son cœur battait et son esprit fantasmait à l'idée de l'embrasser, elle se demanda si elle serait un jour prête pour le tourbillon que Treat provoquait en elle. Mais elle voulait absolument essayer.

# CHAPITRE SIX

Treat envoya un rapide SMS, et quinze minutes plus tard, ils étaient dans un parking sombre et presque vide. Il regarda alors Max avec espièglerie.

— Je reviens tout de suite, ma douce.

*Ma douce.* C'était ainsi qu'il l'avait appelée à Nassau.

Il laissa le moteur tourner et elle le regarda se diriger vers un pick-up. Un homme de grande taille en sortit et tous les deux disparurent à l'arrière du véhicule. Elle ignorait ce qui se passait, mais ça rendait Treat encore plus mystérieux. Elle s'amusa alors à imaginer des hypothèses qui la firent rire, où il était un baron de la drogue ou un gangster, ce qui était impossible, mais ça l'aida à calmer ses nerfs.

Lorsqu'ils réapparurent, il tenait un grand sac dans chaque main. L'autre homme lui donna une tape dans le dos et remonta dans son véhicule. Treat posa les sacs sur la banquette arrière et reprit sa place derrière le volant.

— Désolé, dit-il, en sortant du parking.

— Tu ne vas pas me dire de quoi il s'agissait ?

Il posa sa main sur la sienne et demanda :

— De quoi penses-tu qu'il s'agissait ?

— J'ai trouvé des idées assez amusantes. Trafic de drogue, parler de l'endroit où vous allez cacher mon corps. Les hypothèses habituelles quoi.

Le rire grave et séduisant de Treat résonna en elle, pressant toutes les parties de son corps qui le désiraient. Comment avait-elle pu se passer de son *rire* ?

— C'était mon frère Josh. Il vient de New York et je lui ai demandé de nous apporter quelques affaires puisque les magasins sont fermés.

Il quitta la route principale et emprunta des rues sombres et étroites. Elle se demanda où ils se rendaient et ce qu'il y avait dans ces deux grands sacs. Elle n'avait pas beaucoup d'expérience en matière d'hommes, et elle ne voulait pas se ridiculiser, mais elle se sentait un peu dépassée et sa confiance de tout à l'heure s'étiolait.

Comme si Treat pouvait lire dans ses pensées, il porta sa main à ses lèvres et l'embrassa.

— Je suis tellement heureux d'être rentré à la maison aujourd'hui, dit-il en passant le dos de la main de Max contre sa joue. J'aime la sensation de ta peau. Ça m'avait manqué, Max. *Tu m'as* manqué. Comment est-ce possible après une seule soirée ?

Il posa cette fois la main de la jeune femme sur sa cuisse et la couvrit de la sienne. Elle essaya de s'empêcher de trembler, mais elle ne savait pas quoi répondre.

— Merci ?

*Pouah.* Max était capable de coordonner des dizaines de milliers de personnes, elle pouvait effectuer plusieurs tâches à la fois, négocier avec des sponsors et toujours s'imposer, mais elle avait si peu d'expérience en matière de séduction qu'elle aurait dû demander à Kaylie de lui passer un mode d'emploi.

— Merci, dit-il d'un ton sérieux. De me donner une autre chance.

— Je pense que nous nous donnons tous les deux une autre chance.

Cela lui valut le plus doux des regards. Elle était sur le point de lui demander où ils allaient quand le SUV grimpa une pente raide, et s'arrêta sur le bas-côté d'une route sombre.

— Euh… Treat ? demanda-t-elle quand il coupa le moteur et que l'obscurité tomba sur eux. S'il te plaît, dis-moi que ce n'est pas le scénario où tu dois cacher le corps.

— J'adorerais cacher quelque chose en *toi*, Max, dit-il d'une voix semblable à du feu liquide. Mais je peux t'assurer que me débarrasser de ton corps ne sera *pas* au programme.

Elle n'arrivait plus à respirer. Une rivière de désir l'inonda alors qu'il faisait le tour de la voiture pour l'aider à descendre. Elle n'était pas, et n'avait jamais été du genre à se jeter dans les bras d'un homme, mais quand Treat ouvrit sa portière, semblable à un rêve devenu réalité, elle fut incapable d'attendre plus longtemps avant de l'embrasser. Surtout à présent qu'elle savait qu'il l'avait désirée avec la même force qu'elle, cette nuit-là au ressort. Max monta sur le marchepied et quand il lui prit les mains pour l'aider à descendre, elle en profita pour se pencher en avant et l'embrasser. Il posa ses mains sur sa taille alors que leur baiser prenait un tour plus sensuel, et l'attira contre lui. Les bras du jeune homme encerclèrent son cou et quand il la souleva, elle enroula ses jambes autour de lui. Il saisit ses cuisses et referma la portière d'un coup de pied alors que son baiser se faisait plus exigeant. Une main s'était posée sur son dos et dans ses cheveux, exactement comme dans ses souvenirs. Ses lèvres étaient douces, mais fermes, et il la tenait avec assurance et possessivité. Il était doux et ardent, et avait si bon goût qu'elle voulait l'embrasser toute la nuit, juste là sous les étoiles, avec ses jambes autour de son corps et son téléphone sonnant sans fin.

*Téléphone ?*

Max recula et son côté pratique prit le dessus.

— Ton téléphone.

Une main posée sur la nuque de la jeune femme, il attira à nouveau ses lèvres sous les siennes.

— *Embrasse-moi.*

— C'est peut-être important.

— Rien n'est plus important que toi.

Quand il l'embrassa, elle sentit son cœur s'envoler. Son téléphone cessa de sonner et elle s'abandonna à leur passion et aux baisers à couper le souffle qui se succédèrent. Le reste du monde disparut, jusqu'à ce qu'il n'y ait plus que sa bouche, ses mains et la pression dure de son corps contre le sien.

Quelques instants plus tard – cinq minutes, peut-être une heure, elle n'en avait aucune idée –, des lumières percèrent à travers sa rêverie, et ils se séparèrent alors qu'une voiture remontait la route sombre.

— Oh mon Dieu, dit-elle à bout de souffle.

Il la posa doucement au sol et l'embrassa à nouveau.

— On devrait peut-être s'éloigner de la route.

Il retira sa veste et sa cravate et les posa soigneusement sur le siège du véhicule. Max aimait sa nature prudente qui reflétait si bien la sienne. Il prit les sacs, les tenant tous les deux d'une main, et passa son autre bras autour de sa taille. Il dut sentir sa nervosité alors qu'ils descendaient un chemin sombre à travers les bois, car il se pencha plus près et dit :

— Ne t'inquiète pas, ma douce. Il n'y aura pas de corps caché ce soir. Promis.

Le clair de lune les inondait à travers le parapluie des arbres, guidant leurs pas vers une clairière. À l'orée des bois, deux arbres aux longues branches s'arquaient, comme les portes d'une oasis privée.

— C'est là que j'avais l'habitude de venir réfléchir quand j'étais adolescent, dit-il alors qu'ils pénétraient dans la clairière où s'étendait face à eux une vue imprenable sur Weston.

— Je n'ai jamais rien vu de tel, dit-elle alors qu'il étendait une couverture au sol.

Une mer de lumières étincelantes semblables à des diamants sur un paysage, et des routes serpentant à travers des quartiers partiellement cachées par les arbres. Elle pouvait distinguer les environs du parc d'exposition et les rues principales de la ville. Les montagnes se dressaient au loin en sentinelle contre le ciel étoilé.

Treat l'enlaça par-derrière et lui embrassa la joue, apportant son parfum enivrant avec lui.

— C'est presque aussi magnifique que toi.

Elle posa ses mains sur les siennes, les genoux affaiblis par la vague d'émotions qui la submergeait.

— Comment as-tu trouvé cet endroit ? demanda-t-elle.

— Je traînais avec mon cousin Pierce un après-midi. Il vit à Reno maintenant, mais il a grandi à Trusty.

Trusty, dans le Colorado, était une petite ville située juste à l'est de Weston, tandis qu'Allure, où vivait Max se situait à l'ouest.

— Pierce a une grande famille, comme moi, et nous étions sortis un après-midi pour nous éloigner de tout. Nous nous sommes garés et avons couru à travers les bois. On pensait trouver un rocher où nous asseoir un moment, et on est tombé sur cet endroit. Je ne sais pas si Pierce y est revenu, mais j'ai passé de nombreuses heures ici. Pourtant je n'y avais plus pensé depuis des années.

Quand Treat la retourna dans ses bras, son cœur manqua un

battement. Il avait suspendu des lanternes aux branches. Une bouteille de vin et des verres étaient posés dans un petit panier à pique-nique à côté de quelques coussins. Il s'assit sur la couverture et la tira près de lui.

— Tu as demandé à ton frère de faire tout ça pour nous ?

— Je l'aurais fait moi-même si j'avais su que je te verrais ce soir, rétorqua-t-il avec un sourire qui le rendit encore plus séduisant. Je dois quand même admettre que Josh est plus doué que moi. C'est un styliste et il a le don des présentations parfaites.

— Ça m'aurait été égal qu'on soit assis sur l'herbe sans rien de tout ça. La simple idée que tu aies pensé à m'amener ici est déjà romantique. Pourquoi as-tu décidé de le faire ?

Il remplit les verres à vin et lui en tendit un.

— Crois-le ou non, malgré toutes mes propriétés à travers le monde, je n'en possède aucune à Weston. Je préfère rester chez mon père quand je viens ici. Je n'avais nulle part où t'emmener, mais je voulais un endroit spécial. C'est le premier lieu qui m'est venu à l'esprit.

Il leva son verre pour porter un toast et ajouta :

— À un nouveau départ.

Elle sirota le délicieux vin, ressentant sa présence comme une torche à côté d'elle.

— Dis-moi quelque chose sur toi que je ne sais pas, dit-il.

Elle fut prise au dépourvu, trop inexpérimentée pour trouver une réponse rapide et séductrice. Où était ce mode d'emploi quand elle en avait besoin ?

— Je vais commencer, proposa-t-il. Mon endroit préféré au monde, à part être ici à côté de toi, c'est Wellfleet dans le Massachusetts.

— Tu voyages partout dans le monde et ton endroit préféré

c'est une petite ville du Massachusetts ? dit-elle en riant et se détendant.

— Oui. J'ai une petite maison dans la baie. C'est calme et ça a une valeur sentimentale. On y allait en vacances quand j'étais enfant.

— Ça me semble bien. Je n'ai jamais beaucoup voyagé.

— J'aimerais changer ça.

Il posa une main sur sa jambe, faisant à nouveau voler les papillons dans son ventre. Elle avala la moitié de son vin en essayant de penser à ce qu'elle pourrait dire avant de se pencher et poser ses lèvres sur les siennes.

— Qu'est-ce qui te fait vibrer ? demanda-t-elle, réalisant immédiatement qu'elle méritait le regard langoureux qu'il lui lançait. Je veux dire, en dehors de... *ça*.

— C'est simple. Mon travail. Je suis transporté chaque fois que je dois amener une station balnéaire inconnue aux yeux des touristes, à la renommée mondiale. J'aime chaque étape du processus. Même les négociations sont passionnantes. Quand j'entre dans une pièce et que je sais que les gens veulent quelque chose que je ne suis pas disposé à donner, le simple fait de pouvoir renverser la situation me procure une des plus grandes montées d'adrénaline.

— Je le vois dans tes yeux. C'est aussi ce que je ressens avec mon travail. C'est la même chose. Pas à la même échelle, bien sûr, mais je ressens vraiment un frisson à chaque pièce du puzzle qui s'assemble et se concrétise. C'est fou.

Il passa un doigt sur sa joue.

— Quoi d'autre ? demanda-t-il d'une voix séductrice.

*Je veux t'embrasser tout de suite.*

— J'adore les sucreries, ajouta-t-elle rapidement. Le chocolat surtout. Et je déteste la gelée.

*La gelée ? Quelle nulle ! Je suis prête à te dire tout ce que tu veux, mais embrasse-moi.*

— D'accord, pas de gelée, dit-il en souriant et posant à nouveau la main sur sa cuisse. Ma couleur préférée est le bleu. Et toi ?

*Ma couleur préférée est ta main sur mon corps.*

— Lavande, réussit-elle à dire. Odeur préférée ?

*Odeur ? Ça suffit. Arrête cette torture avant de me rire au nez et réaliser que je ne sais absolument pas me comporter comme une séductrice.*

Elle avala le reste de son vin et il posa les deux verres de côté avant de passer la main dans ses cheveux et saisir l'arrière de la tête pour la poser contre sa joue. Il l'avait déjà fait quand ils étaient à Nassau, et elle n'avait jamais oublié la sensation brûlante qui s'était emparée d'elle.

— Glace aux amandes grillées, dit-il doucement.

Un brouillard épais enveloppait l'esprit de Max, et il lui fallut une minute pour se souvenir de sa question.

— La crème glacée a une odeur ?

— Une *délicieuse* odeur, dit-il en posant des lèvres légères sur sa joue. Dis-moi quelque chose que tu aimes.

En sentant son haleine mentholée, elle referma les doigts sur la couverture sous eux par peur de bondir sur lui comme une lionne sur sa proie, et le dévorer d'une manière qui la faisait rougir rien que d'y penser. Elle n'était pas sûre d'être prête pour ça, même si elle en mourait d'envie.

*Quelque chose que j'aime. Réfléchis, Max. Réfléchis.*

— Mes fleurs préférées sont les roses Knock Out. Je n'en ai jamais vu de près, seulement en images.

— Des roses Knock Out, chuchota Treat en passant ses lèvres sur les siennes.

Il s'était promis d'y aller doucement avec Max, mais des semaines à penser à elle et à la désirer avaient attisé son désir.

— Je t'en montrerai un jour, dit-il en pressant un baiser au coin de sa bouche. Dis-moi d'arrêter, Max, et j'arrêterai.

— Ne t'arrête pas, le supplia-t-elle.

La bouche du jeune homme se posa avec avidité sur la sienne. Les baisers de Max étaient plus doux que du sucre et si excitants qu'ils lui faisaient mal de désir. Il avait failli lui faire l'amour au bord de la route, l'allonger sur la banquette arrière et lui montrer à quel point elle lui avait manqué. Il n'avait jamais fait l'amour dans un véhicule. *Jamais.* C'est pour dire *à* quel point il avait envie d'elle. Mais elle n'était *pas* une aventure d'un soir, et si les martèlements de son cœur en étaient une indication, elle était destinée à être bien plus que n'importe quelle femme.

Il l'allongea sur la couverture, l'embrassant jusqu'à ce qu'il sente la tension la quitter. Elle était si douce, tellement à sa place dans ses bras, ses doigts délicats s'enfonçant dans ses biceps alors qu'il déversait des semaines de désir refoulé dans leurs baisers. Mais ce n'était pas encore assez. Est-ce que ça le serait un jour ? Elle était enfin à nouveau dans ses bras, et il lui en fallait plus. Il passa ses mains le long de sa taille alors qu'elle se cambrait et parsema sa mâchoire de baisers avant de passer à son menton et son cou.

— Treat, dit-elle à bout de souffle. Je veux te toucher.

Sa supplication lui envoya du feu dans les veines. Quand elle saisit son pantalon, il l'arrêta en lui prenant la main.

— Pas encore, dit-il. Laisse-moi d'abord te chérir. Il ne fait pas trop froid ? Tu ne veux pas qu'on aille chez toi ?

— Non. Je ne veux pas m'arrêter.

Elle retira ses lunettes et les posa à côté.

Il lui offrit un autre baiser passionné, et fut récompensé par une série de sons sexy. Ils s'échauffèrent rapidement, se caressant et s'embrassant. Voulant savourer ce moment, il recula juste assez pour voir son doux visage dans le clair de lune. Elle était exquise, et il lui fallut toute sa volonté pour ralentir et ne pas perdre la tête face à toute cette innocence qui la rendait si douce et la différenciait de toutes les autres femmes.

— J'ai rêvé d'être auprès de toi depuis si longtemps, chuchota-t-il à son oreille.

Il ramena sa bouche vers la sienne dans un long et lent baiser alors qu'il lui caressait la cuisse. Sa peau était lisse, douce et *parfaite*. Il fit pleuvoir des baisers le long de son cou et sa clavicule.

— J'adore tes baisers, haleta-t-elle.

Il descendit plus bas, embrassant son ventre à travers sa robe. Arrivé à ses jambes, il pressa ses lèvres juste au-dessus de ses genoux et leva les yeux pour s'assurer qu'ils étaient toujours sur la même longueur d'onde. Voyant qu'elle avait fermé les yeux, il lui prit la main pour être encore plus proche d'elle.

— Est-ce que ça va ?

— Oui, murmura-t-elle.

Il passa ses mains le long de ses cuisses et sous sa robe. Sa bouche suivait de près, laissant une traînée de tendres baisers. Passant la main entre ses jambes, il taquina sa culotte humide, et son cœur se déversa en chuchotements passionnés.

— Tu es si douce, mon cœur, si belle. Je veux tout de toi.

Soudain, elle se raidit sous son corps, et il recula pour s'assurer que tout allait toujours bien. Oubliée la femme excitée d'il y a un instant : elle agrippait étroitement la couverture, sa mâchoire était serrée et elle respirait trop vite. Quand il remonta rapidement au-dessus d'elle pour se placer au niveau de ses yeux, elle commença à tâtonner les boutons de sa chemise. Il lui prit la main et la serra contre son torse.

— Max, ralentis.

Le clair de lune se reflétait dans ses yeux troublés. Sa peau était rouge, ses lèvres encore roses de leurs baisers, mais toute trace de la diablesse séductrice avait disparu. Ses magnifiques yeux débordaient d'un désir inéluctable, mais il ne pouvait nier l'inquiétude qui s'y reflétait, et ses pulsions protectrices resurgirent.

— On arrête.

La jeune femme secoua la tête, mais son regard apeuré disait le contraire.

— On arrête, Max.

Il réajusta sa robe et l'aida à s'asseoir, puis prit son visage entre ses mains et la regarda droit dans les yeux.

— Je n'aurais pas dû me laisser emporter. Je te demande pardon. J'ai tellement de mal à te résister.

— Pardon ? répéta-t-elle, le front plissé et les yeux emplis de douleur alors qu'elle remettait ses lunettes. C'est de *ma* faute. C'est moi qui suis brisée, pas toi.

Treat la prit dans ses bras et la serra contre lui, sentant son cœur battre frénétiquement contre le sien.

— Ce n'est pas de ta faute. Ne dis jamais ça. Ce que nous faisons ensemble, c'est nous deux, et si je t'ai trop poussée…

— Ce n'est pas toi.

Elle essaya de se détourner, mais il refusait de la lâcher par peur qu'un autre malentendu s'installe entre eux.

— Si c'est à propos de ce qui s'est passé au complexe…

— Non ! réfuta Max. Je me sens sur la même longueur d'onde, je *veux* être plus proche de toi. Tout est si merveilleux. Ce n'est pas toi. C'est…

Elle inspira profondément, puis serra les lèvres, comme si elle essayait de retenir ses mots.

— Je n'ai pas été avec un homme de cette façon depuis…

À cette seconde, il sut dans son cœur ce qu'elle allait dire. Il déposa un baiser sur sa joue et termina à sa place :

— Depuis l'homme qui t'a blessée à l'université ?

Elle hocha la tête et ferma les yeux.

— Ma douce, ça va aller. Je comprends.

— Tu comprends ?

Elle ouvrit les yeux et le regarda franchement malgré son sentiment d'embarras évident.

— Tu peux avoir toutes les femmes que tu veux, sans avoir à t'embêter avec celle que tu dois *comprendre*. Peux-tu s'il te plaît me ramener à ma voiture ?

Ce fut à son tour d'inspirer profondément et rassembler son courage dans cette situation délicate.

— D'accord, je vais le faire, mais pouvons-nous d'abord en parler, s'il te plaît ?

— Treat…, dit-elle en le regardant.

— Attends, tu n'auras pas à parler. S'il te plaît, écoute-moi simplement. Tout le monde a quelque chose à surmonter, que ce soit le prince d'Égypte ou la femme du président. Nous avons tous des morceaux brisés et des choix à faire. Et l'on peut, soit choisir de marcher pour toujours sur la pointe des pieds autour de ces morceaux et les laisser guider notre vie, soit si on a de la chance, trouver quelqu'un qui a une pelle à poussière et de la colle, et essayer que ça marche.

Max émit un doux rire, qui apaisa légèrement l'inquiétude de Treat.

— Quand je t'ai vue pour la première fois à Nassau, Max, j'ai ressenti quelque chose de si fort que ça m'a fait peur.

— Toi, peur ? Tu t'attends à ce que je te croie ? Un homme comme toi ?

— Non, je ne m'y attends pas, mais je l'espère. Je ne savais pas comment gérer cette attirance spontanée. Je veux dire, j'ai déjà été attiré par des femmes, mais avec toi c'était différent. Je voulais m'occuper de toi. Je voulais t'ai…

Quand elle ferma les yeux, il lui leva le menton avec son doigt avant de poursuivre :

— S'il te plaît, ouvre les yeux. Écoute-moi. Plus de malentendus entre nous. Si tu pars, je veux que tu le fasses les yeux ouverts.

Elle déglutit en inspirant à peine, et croisa finalement son regard.

— Je n'avais jamais rien ressenti d'aussi puissant, avoua-t-il. Et en un instant, sans même que j'aie eu le temps de comprendre où j'en étais, je t'avais perdue. J'ai brisé notre histoire en morceaux, mais j'apporterai le balai et la pelle. Bon sang, j'apporterai même de la colle. Mais rejoins-moi juste à mi-chemin.

— Je me sens tellement embarrassée. J'ai juste envie d'enfoncer ma tête dans un gros gâteau au chocolat et d'oublier tout ce qui s'est passé.

— C'est drôle, parce que je ne veux pas en oublier une seule miette.

# CHAPITRE SEPT

Le téléphone portable de Treat sonna à 8 h le lendemain matin. Il le saisit à tâtons et répondit sans regarder le numéro.

— Allo ?

— Depuis quand laisses-tu ta petite sœur seule à une fête ?

*Savannah.* Elle essayait d'avoir l'air agacée, mais Treat la connaissait trop bien : elle venait à la pêche aux informations.

— Hugh était là pour te ramener à la maison.

— Hugh ? Il était trop occupé avec *Supernova* pour même penser à moi. Heureusement pour toi, le chauffeur de Connor était disponible.

— Je suis désolé, mais c'est toi qui m'as traîné là-bas dans l'espoir que je retrouve Max, tu te souviens ? Écoute, Vanny, je me suis endormi il y a quelques heures à peine. Est-ce que je peux t'appeler plus tard ?

Comme il n'aimait pas l'idée que Max rentre toute seule à une heure aussi tardive, il l'avait suivie jusqu'à sa porte après l'avoir raccompagnée à sa voiture. Elle était restée gênée jusqu'au bout, mais ça ne l'en avait rendue que plus précieuse aux yeux de Treat. Il n'avait jamais rencontré une femme aussi authentique, et pour un homme habitué aux croqueuses de diamants, la différence lui plaisait.

— Il y a quelques heures seulement ? Dois-je en conclure

que ça s'est bien passé ? Je vous ai vus partir ensemble en vous dévorant des yeux, comme si vous aviez hâte de vous manger tout cru.

— Quelle classe de la part de ma petite sœur, déclara Treat en souriant avant de pousser un soupir. Je dois y aller, Vanny. Je t'aime.

Comme toujours, il attendit qu'elle lui dise au revoir. Peu importe son humeur, il ne raccrochait jamais le premier avec ses frères et sœur. La mort de sa mère avait été une douloureuse leçon sur le fait de ne jamais rien tenir pour acquis. Il ne savait jamais quand il les reverrait ni s'il leur parlait pour la dernière fois.

La porte s'ouvrit et Rex entra dans la chambre.

— Tu vas te décider à te lever pour aider papa aujourd'hui ?

— Qu'est-ce que… ?

Avait-il fait une promesse qu'il avait oubliée ?

— Je dis ça, je dis rien, répliqua Rex en laissant la porte ouverte – sa façon odieuse de lui dire, *si je ne me repose pas, toi non plus.*

Treat sortit son corps épuisé du lit et se traîna jusqu'à la salle de bain. Il se pencha au-dessus du lavabo et se regarda attentivement dans le miroir. Son physique l'avait toujours bien servi dans la vie, et il était reconnaissant des gènes dont il avait hérité. Il était également conscient d'avoir abusé de ce don pendant très longtemps, passant de femme en femme et ne s'attardant que sur l'attirance physique. Mais tout avait changé quand après des semaines de discussion avec Max – à l'époque où ils préparaient le mariage – et à s'interroger sur cette douce femme professionnelle à l'autre bout du fil, il avait fini par la rencontrer. Quel idiot d'avoir cru qu'il pourrait l'oublier.

Après s'être déshabillé, il entra dans la douche, sous le jet chaud. Il pouvait encore sentir Max trembler dans ses bras, et il se demanda ce que son ordure d'ex avait bien pu lui faire pour qu'elle en soit encore si marquée. Tout en se lavant, il repensa à leur dernier échange à Nassau, et se demanda si cela avait joué dans la réaction de Max la nuit dernière. Elle lui avait assuré que non, mais il voulait en être certain. Il n'était plus un enfant et savait que certaines paroles pouvaient avoir des conséquences. Il allait devoir lui prouver que sa réaction passagère n'avait été rien de plus que cela, et qu'elle ne reflétait aucunement la personne qu'il était réellement.

Cependant, même s'ils s'étaient retrouvés et semblaient sur la même longueur d'onde, il n'aurait pas dû laisser les choses aller si loin la nuit dernière. D'habitude, il se laissait guider par sa raison, et non ses émotions. La seule fois où il avait fait l'inverse, ça lui avait été fatal.

Il se sécha et regarda son sexe.

*Fauteur de troubles !*

Il comptait faire tout son possible pour que Max réalise qu'elle pouvait lui faire confiance.

Treat trouva Rex aux écuries s'occupant de Hope, le cheval que son père avait acheté pour leur mère quand elle était tombée malade.

— Le prince se réveille, le taquina Rex.

Il poussa son Stetson vers le bas, ce qui accentua sa mâchoire carrée et son nez grec.

— Bonjour à toi aussi.

Treat passa la main sur le dos de Hope qui hennit et frotta

son museau contre la poitrine de Rex. Sa robe rouge était plus terne depuis plusieurs années et laissait apparaître des taches blanches à différents endroits.

— Comment va notre mamie ?

— Elle tient bon, répondit son père.

Treat ne l'avait pas vu penché près d'un seau à l'intérieur du box.

— Je la bichonne. Il lui reste encore de belles années à vivre. Je n'aime pas que nos animaux souffrent, et Hope…

Son père n'eut pas à finir sa phrase – « *appartenait à votre mère* ».

Treat et Rex échangèrent un regard triste.

— Tu t'es bien débrouillé avec elle, papa. Maman serait fière, dit Treat en posant une main sur l'épaule de son père.

— Je sais qu'elle l'est, déclara le vieil homme.

Celui-ci avait toujours affirmé sentir la présence de leur mère autour du ranch, et bien que ça n'ait jamais été le cas de Treat – ce n'était pas faute d'avoir essayé – il croyait volontiers son père.

Il se souvenait, après la mort de sa mère, d'avoir prié dans sa chambre toutes les nuits, pour ressentir la même chose que son père, espérant envers et contre tout, et faisant des promesses aux forces toutes-puissantes qui pourraient l'écouter.

*Je serai gentil. Je ne me battrai plus jamais avec mes frères. J'aiderai papa. Je ferai tout ce que tu veux, mais s'il te plaît, s'il te plaît, laisse-moi sentir maman encore une fois.*

Ses prières étaient restées sans réponse, et à présent, alors qu'il réfléchissait à quel point ces premières années sans sa mère avaient été douloureuses – et comme Max lui avait manqué au bout seulement de quelques heures – il commençait enfin à mieux comprendre la profondeur du désespoir de son père.

— Papa, ça te dérangerait de me raconter comment maman et toi vous vous êtes rencontrés ?

En voyant les yeux de son père s'illuminer, Treat saisit cette étincelle et s'y accrocha.

— C'est reparti pour un tour, dit Rex. Je vais emmener Johnny Boy faire un petit tour pendant que vous revivrez le bon vieux temps.

Rex s'enfuyait toujours quand ils parlaient de leur mère. Égoïstement, Treat était content d'avoir son père pour lui tout seul. S'il y avait bien une personne qui comprenait les choses du cœur, c'était son père. Il ne cachait jamais ses sentiments pour ses enfants ou sa défunte épouse, ce qui leur permettait à tous de rester proches.

— Ta mère était si belle, assise sur la clôture de son père à regarder les chevaux quand mon père et moi sommes arrivés. Je te jure, Treat, que quand elle s'est retournée et m'a regardé, quelque chose en moi s'est mis en place. Même à quatorze ans, je savais qu'elle était la femme que j'allais épouser. Mais je ne savais pas encore comment la convaincre.

Il continua de revivre l'histoire dont Treat ne se lassait jamais. Son père aimait lui rappeler que sa mère avait hérité de la beauté de sa mère brésilienne et de l'entêtement de son père, un éleveur du Colorado.

Treat avait entendu cette histoire des dizaines de fois, mais c'était la première fois qu'il comprenait la profondeur des sentiments de son père, car quelque chose commençait tout juste à naître chez lui. C'était ce qu'il avait ressenti quand il avait finalement rencontré Max.

— Mais son cœur…

Son père leva les yeux et s'éloigna, comme s'il pouvait voir sa femme debout au loin.

— Son cœur était aussi sensible qu'un oisillon. Un mot déplacé, un regard de travers, et cet entêtement qui vous avait mis en colère une minute auparavant se dissipait tout aussi vite. On pouvait si facilement briser son âme.

*Tout comme Max.*

— Que faisais-tu dans ces cas-là ?

Son père le regarda un long moment avant de répondre.

— Fils, je faisais tout ce que je pouvais. Il n'y avait rien que je n'aurais pas fait pour elle. Je n'existais plus dès qu'il s'agissait de ta mère, et Dieu sait qu'elle le savait, ajouta-t-il avec un petit rire. Je t'assure que cette femme en a bien profité.

Treat était trop occupé à réfléchir aux paroles de son père pour répondre. Alors, Hal finit par poser une main sur son épaule.

— Tu veux parler d'elle ?

— Maman ?

— Non. La femme qui perturbe mon fils au point qu'il demande des conseils à son père au sujet des relations de couple.

— Papa, protesta Treat en s'esclaffant.

— Ne le nie pas, fils. Je suis passé par là. Ça ne sert à rien de prétendre que le nœud coulant autour de ton cœur ne se resserre pas chaque fois que tu apprends à mieux la connaître.

« *La famille ne connaît pas de frontières* », tel était leur credo familial, et même si cela signifiait prendre soin les uns des autres, ça voulait aussi dire être parfois intrusif quand ils sentaient que l'un d'eux souffrait. Mais il avait déjà un plan et n'avait pas besoin des conseils de son père. Dès qu'il pensait à Max, il ressentait ce que son père décrivait – et il était hors de question qu'il passe à côté.

# CHAPITRE HUIT

Ce n'est qu'en s'arrêtant pour acheter du café en se rendant au festival que Max réalisa avoir laissé son sac à main dans la voiture de Treat. Après être rentrée chez elle, elle avait essayé de dormir, mais dès qu'elle fermait les yeux, elle revoyait le regard empli d'émotion du jeune homme, et son cerveau repartait pour un tour, partagé entre embarras et reconnaissance face à la compréhension dont il avait fait preuve. Elle passa la nuit à se tourner et se retourner dans son lit.

Lorsqu'elle arriva au bureau, elle avait consommé suffisamment de caféine pour tenir toute la matinée, et quand avec Chaz ils s'attelèrent à parcourir les rapports et l'emploi du temps de la journée, son estomac se mit à gronder avec force. Le deuxième jour du festival se passait toujours mieux que le premier, et elle était agréablement surprise de toutes les tâches que l'équipe réussissait à prendre en charge après seulement une journée de ce baptême de feu, car cela lui permettait de souffler.

— Tu veux faire une pause pour déjeuner ? demanda Chaz.

— Non. Je vais bien.

*Tous ces chiffres se confondent, et je vois Treat sur chaque page, mais je vais m'en sortir.*

Une pause ne lui donnerait que plus de temps pour réfléchir à la façon dont elle avait mis fin à leur soirée romantique.

Qu'est-ce qu'il devait penser d'elle après qu'elle s'était d'abord refusée à lui à Nassau, puis de son comportement la nuit dernière ?

*Qu'est-ce que je pense de moi-même ?*

La réponse n'était pas évidente, mais une chose était sûre : elle était furieuse contre elle-même. Des années s'étaient écoulées depuis cette horrible nuit, et elle demeurait hantée. Son estomac gargouilla bruyamment, comme pour marquer son accord.

Chaz ferma le registre et se leva.

— Ça suffit. On a travaillé toute la matinée, et ton estomac gronde de faim. Allons chez Kale manger un morceau.

— Je n'ai pas mon sac à main.

— Quoi ? C'est la pire excuse que j'ai jamais entendue. Je t'invite.

Elle se demanda s'il serait impoli de refuser avant de se lever en soupirant.

— D'accord, tu as gagné.

— Qu'est-ce que tu as aujourd'hui ? demanda Chaz. Je crois que je ne t'ai jamais vue aussi fatiguée.

*J'étais tout aussi fatiguée les deux semaines après ton mariage quand j'ai eu le cœur brisé, mais tu étais en lune de miel.*

— Je n'ai pas très bien dormi.

— Tu as dû bien t'amuser à la fête finalement, lui dit-il en lui tenant la porte.

Elle haussa les épaules, évitant toute discussion.

Ça allait être un autre bel après-midi, et Max essaya de ne pas laisser sa mortification persistante gâcher cette merveilleuse journée. Elle ne s'était encore jamais abandonnée ainsi dans les bras d'un homme en lui disant qu'elle voulait le toucher et l'encourageant à faire de même. Elle avait vraiment *voulu* lui faire l'amour, et ses pulsions primaires étaient si nouvelles qu'elles lui avaient semblé irrépressibles – jusqu'à ce que l'inquiétude l'emporte sur le désir et qu'elle soit incapable de continuer.

Au restaurant, elle picora sa salade pendant que Chaz lui parlait des jumeaux. Son téléphone vibra et elle fit semblant de ne pas l'entendre. Si seulement elle l'avait oublié dans son sac à main ! Elle était trop gênée pour parler à Treat, et elle savait que c'était lui.

— Tu ne veux pas voir qui c'est ? demanda-t-il.

— Non.

— D'accord, Max, crache le morceau. Tu vérifies toujours ton téléphone. Que dis-tu toujours ? demanda-t-il en feignant de réfléchir.

— Si quelqu'un prend la peine d'envoyer un SMS ou d'appeler, il faut avoir la gentillesse de voir de quoi il s'agit.

— Voilà, dit-il. C'est ça. Il me semble me souvenir que tu m'as mis ça en tête avant mon mariage.

— Oui, eh bien, je n'ai pas été très convaincante vu qu'il fallait te le rappeler chaque fois.

Le téléphone de Chaz vibra aussi.

— C'est sans doute un problème. Peut-être que nos écouteurs ne fonctionnent pas ?

Il vérifia ses messages pendant qu'elle allumait son microphone et parlait à l'un des membres du personnel.

— Les écouteurs fonctionnent très bien, dit-elle après avoir raccroché.

— Ça vient de Kaylie, et ça dit : « Quelque chose ne va pas avec Max. Elle ne répond pas à mes SMS. Garde un œil sur elle ». Ne viens donc pas me dire que je me trompe.

Max était trop épuisée pour se demander si elle perdait la

tête ou pas. Et même si elle aurait préféré rejeter la faute sur quelqu'un d'autre, ce n'était pas celle de Treat s'il était trop séduisant, gentil et appétissant pour qu'elle puisse lui résister. C'était de sa faute à elle : c'était sa propre incapacité à contrôler ses hormones qui l'avait laissée aussi tremblante qu'une ridicule *gamine* inexpérimentée.

*Voilà ce que c'est de ne pas toucher un homme pendant des années.*

Au fond de son esprit, elle essaya de blâmer Ryan, mais elle n'était pas du genre à se chercher des excuses. C'était une femme d'action capable de régler ses propres problèmes. Chercher un coupable pour ce qui s'était passé il y a toutes ces années, lui paraissait comme utiliser une béquille, et elle était déterminée à surmonter ça toute seule. Surtout maintenant qu'elle et Treat avaient mis les choses au clair.

*Si seulement j'avais la moindre idée de ce que je dois faire pour aller mieux.*

— Je pense que je vais retourner au bureau. Je suis vraiment fatiguée. Merci pour le déjeuner et dis à Kaylie que je vais bien.

— D'accord, dit-il avec hésitation. Y a-t-il quelque chose que je peux faire ? Parce que je ne crois toujours pas à ton histoire de fatigue.

*Pas à moins que tu saches comment je pourrais à nouveau regarder Treat dans les yeux sans me sentir si gênée.*

— Bien sûr. Tu peux leur demander d'emballer ma salade ? Je la mangerai peut-être pour le dîner.

*Seule, pendant que je réfléchirai.*

Durant l'après-midi, elle se demandait toujours comment elle allait l'affronter. Elle imagina toutes sortes de stratagèmes, dont aucun n'avait de sens, comme prétendre qu'elle ne l'avait jamais encouragé à continuer avant de paniquer au point qu'il soit obligé d'arrêter. Elle répondait au SMS de Kaylie lorsque son téléphone sonna.

— Oui ?

— Max, j'ai un homme ici qui voudrait te voir.

Elle consulta sa montre.

— Mécène, livreur ou sponsor ?

— Attends.

Elle entendit une conversation étouffée.

— Il dit, aucun.

Le cœur de Max bondit : Treat.

— Euh, est-ce qu'il est très grand ?

Elle retint son souffle.

*Pitié, dis non. Non, dis oui. Ou ne dis rien. Laisse-le partir le temps que je sache comment gérer ça.*

— Monstrueusement grand.

Elle ferma les yeux en souriant. Elle aimait sa taille *monstrueuse*, la façon dont sa main couvrait toute sa cuisse, et la sensation délicieuse de l'avoir allongé sur elle quand il l'embrassait. Ses sens palpitèrent au souvenir de ses caresses et de la chaleur qu'il avait éveillé en elle.

— Max ?

Elle toucha l'écouteur, pas encore prête à lui faire face.

— Oui, je suis là, mais je suis très occupée.

Puis elle se souvint de son sac à main. Pour l'amour du ciel ! Il lui fallait son sac à main.

— Est-ce qu'il a mon sac à main avec lui ? demanda-t-elle.

— Non. Ses mains sont vides.

— D'accord, répondit-elle confuse. S'il te plaît, dis-lui que je suis désolée, mais que je ne peux pas le voir pour le moment, mais que j'aimerais vraiment le revoir une autre fois.

*Quand je ne serai pas aussi nerveuse qu'un lièvre.*

Elle raccrocha et relut les SMS de Kaylie.

— *Comment c'était la bombasse ?*

Elle se demanda un instant si elle devait demander des conseils à Kaylie sur la façon de gérer sa situation, mais elle ne voulait pas de béquille, et Kaylie serait cela en fin de compte. Elle lui écrit donc une réponse.

— *Il est plus incroyable que tout ce que j'avais imaginé.*

L'après-midi se traîna jusqu'à la soirée, où chaque problème prenait deux fois plus de temps que le précédent. À l'heure du dîner, Max était mort de faim, mais elle ne pouvait même pas manger sa salade du déjeuner. Alors qu'ils approchaient de l'heure de la fermeture, elle but un autre café et décida de se cacher dans une salle de cinéma. Peut-être qu'elle pourrait y fermer les yeux quelques minutes sans que personne le remarque ? À la minute où ses fesses se posèrent sur le seul siège disponible, son écouteur sonna et elle se dépêcha de sortir.

— Oui ?

— Max ? Livraison pour toi.

— Je n'attends aucune livraison. Ça vient de qui ? demanda-t-elle en s'éloignant de la foule.

— Oublie ça. Je vais demander à quelqu'un de le monter au bureau.

— Merci.

Chaz envoyait des SMS quand Max entra dans le bureau. Elle s'écroula dans le canapé et ferma les yeux. Le téléphone de Chaz sonna trois fois de suite.

— Dispute par SMS ? demanda-t-elle.

— Non.

Il répondit, mais son téléphone continua d'émettre des sons. Elle leva la tête et ouvrit les yeux.

— Je peux faire quelque chose ?

Il posa finalement l'appareil sur son bureau et la regarda.

— C'est calme ce soir. Pourquoi ne prendrais-tu pas une heure de repos ? Sors et va te changer les idées.

Elle se leva aussitôt.

— Quoi ?

— Tu m'as bien entendu. Prends une pause.

Elle se précipita aussitôt vers le bureau.

— Qu'est-ce qu'il se passe ? Je n'ai jamais quitté un festival de bonne heure, et tu sais parfaitement que ce n'est absolument pas « calme » ce soir, demanda Max en se massant les tempes.

— Tu es épuisée, dit-il.

— Et alors ? Je peux encore faire mon travail. Écoute, je suis désolée si j'ai outrepassé mes limites en étant si épuisée. J'en assume l'entière responsabilité, mais il n'y a aucune raison de me faire partir plus tôt.

Devant son silence, elle ajouta :

— J'adore mon travail, Chaz. J'ai fait quelque chose de mal ?

— Détends-toi, dit-il le visage pincé, en envoyant un autre SMS. Non. Même en étant fatiguée, tu fais deux fois le travail de n'importe qui.

— Alors, quoi ? demanda-t-elle, soulagée. Pourquoi veux-tu te débarrasser de moi ?

On frappa à la porte et l'un des intérimaires du festival entra en portant une énorme boîte blanche, et la posa sur la table.

— Ça vient d'arriver, dit-il en repartant.

— Tu attendais quelque chose ? demanda Chaz.

Max secoua la tête et souleva le couvercle. À l'intérieur se trouvait un gâteau au chocolat décadent avec un glaçage violet en forme de roses au centre. L'odeur du chocolat fit gronder son estomac affamé.

Chaz vint regarder par-dessus son épaule.

— Un sponsor ?

— Peut-être, dit-elle en plongeant son doigt dans le glaçage au chocolat avant de le lécher. La vache, c'est délicieux. J'adore nos sponsors.

Elle retira la carte qui était collée à l'intérieur de la boîte et la lut à voix haute.

« Max, je ne veux pas oublier la nuit dernière. Plonge dans… »

Elle referma la carte d'un coup sec alors que ses joues prenaient une teinte cramoisie.

*Des roses violettes. Il s'est aussi souvenu de ma couleur préférée…*

— D'aaaccord, dit Chaz en haussant un sourcil. Il y a ici une personne qui a fait soit quelque chose de très vilain, soit quelque chose de très bien. En tout cas, je comprends maintenant pourquoi tu es si fatiguée aujourd'hui.

— C'était quelque chose de très bien, dit-elle rêveusement, avant d'ajouter : Mais pas ce que tu penses.

Elle n'en revenait pas que Treat ait pris ses propos au sérieux. Cet homme avait une mémoire d'éléphant.

*Et un cœur plus doux que ce dessert décadent.*

Elle était transportée de joie.

*Étourdie.*

Elle referma la boîte, souhaitant ne pas avoir renvoyé Treat tout à l'heure.

— Je ne pourrais jamais manger tout ça. Tu devrais en ramener chez toi pour Kaylie et les enfants ?

— Max, dit Chaz en secouant la tête. Je pense que celui qui a envoyé ça voudrait que tu le gardes pour toi. Ce gâteau vaut une fortune.

— C'est certain. C'est décadent et délicieux, exactement ce dont j'ai besoin.

*Tout comme lui.*

# CHAPITRE NEUF

Treat ne fut pas surpris que Max refuse de le voir. C'était une femme fière, et il devinait à quel point elle avait pris sur elle pour le laisser la ramener à sa voiture la nuit dernière. Mais il ne comptait pas se laisser décourager si facilement. Il y avait parfois des moments embarrassants dans la vie, mais il était déterminé à être à ses côtés chaque fois qu'elle devrait rougir de gêne, jusqu'à ce que la seule chose qui la fasse trembler soit un sentiment de passion débridé.

Il espérait que le gâteau contribuerait à la détendre et à faire tomber ce mur qu'elle avait érigé. Il fallait qu'elle comprenne que ça n'avait aucune importance qu'ils n'aient pas fait l'amour la nuit dernière. Après la discussion avec son père, Treat était plus convaincu que jamais de ce qu'il ressentait pour Max.

Il était plus de 23 h, et Treat attendait toujours dans le parking du festival que Max sorte. Ça avait été dur de ne pas l'appeler, mais il voulait la regarder dans les yeux quand ils se parleraient, afin de savoir ce qu'elle ressentait. Son pouls s'accéléra lorsqu'il vit Chaz et Max marcher sous la lueur de la porte éclairée. Elle était magnifique en jean et pull et portant l'énorme boîte qu'il lui avait fait livrer. Chaz se dirigea vers sa voiture pendant que Max posait la boîte sur son siège passager. Il mourrait d'envie de courir la prendre dans ses bras, mais il savait que son oiseau trop sensible avait besoin d'être approché avec prudence.

Il s'avança sans faire de bruit alors que Max s'installait derrière le volant, et l'appela avant qu'elle ne ferme sa portière, ce qui lui fit pousser un cri.

— Pardon. C'est moi, dit-il rapidement.

Elle serra sa poitrine alors que Chaz accourait vers eux.

— C'est moi, Treat, dit-il en levant les mains. Je ne voulais pas l'effrayer.

— Treat ? Salut. Désolé, je n'ai pas pu la faire venir sortir plus tôt. J'ai essayé pourtant.

Il vit les rouages se mettre en place dans la tête de Max, ce qui la fit rougir. Il avait envoyé un SMS à Chaz pour lui demander s'il pouvait libérer Max durant une heure. Mais il n'avait pas imaginé cette scène, et la dernière chose qu'il souhaitait, c'était l'embarrasser davantage.

— C'est pour *ça* que tu m'as dit de partir plus tôt ? demanda la jeune femme.

Son patron haussa les épaules.

— Kaylie a menacé de me tuer sinon.

Elle voulut lancer un regard noir à Treat, mais à peine ses sourcils s'étaient froncés que ses lèvres se recourbèrent en un sourire.

— Je ne peux pas croire que tu aies fait ça.

— Que pourrais-je dire pour ma défense ? Je suivais juste les miettes de pain.

Il sourit devant sa confusion. Savannah avait raison après tout.

Chaz s'avança plus près et se pencha vers lui.

— Le gâteau est impressionnant et plutôt romantique. Tu te rends compte que tu places la barre très haut pour nous autres, simples mortels, n'est-ce pas ?

— Quand il s'agit de Max, rien n'est assez romantique.

— Bonne réponse, déclara-t-il avec un sourire approbateur avant de regagner sa voiture.

— Tu m'as fait une peur bleue, lui dit-elle en refermant la portière de sa voiture.

— Je suis désolé. Je n'ai pas réfléchi. Je voulais te voir plus tôt, mais j'ai réalisé que c'était aussi une erreur. J'en fais pas mal ces derniers temps.

— Pas du tout, dit-elle en battant timidement des cils. Je suis désolée de t'avoir renvoyé. J'étais trop gênée pour te parler.

Il s'approcha et lui tendit le sac à main oublié dans sa voiture.

— Je pense que la meilleure façon pour toi de surmonter ça, c'est que je devienne un élément permanent de ta vie.

Son commentaire lui valut un autre sourire séducteur.

— Comment s'est passée ta journée ?

— Ma journée s'est passée à m'occuper d'une centaine de problèmes tout en essayant de trouver une solution pour ne pas être gênée devant toi. Le gâteau est incroyablement bon, et c'était exactement ce qu'il me fallait. Merci.

Il plongea dans son regard avant de répondre.

— J'espère qu'une de tes solutions n'était *pas* de nous oublier.

Elle secoua la tête.

— Je ne pense pas que ça puisse être possible.

— Que dirais-tu qu'on marche un peu ? Je garderai mes mains dans mes poches et on ne jouera pas à touche-pipi.

— Touche-pipi ? dit-elle en riant. Je n'avais plus entendu ça depuis mes douze ans.

— Peut-être que tu ne fréquentes pas les bonnes personnes,

dit-il en lui prenant la main avant de la lâcher aussitôt. J'ai dit que je garderais mes mains dans mes poches, et je commence déjà à ne pas tenir ma promesse.

— Peut-être bien que tu étais sur la bonne voie pour m'aider à surmonter mon embarras.

Elle lui prit la main et souleva son bras pour se blottir en dessous, le rassurant ainsi en posant un baume sur ses inquiétudes.

Entre le gâteau au chocolat et le fait de revoir Treat, Max était à présent persuadée que la seule façon de surmonter la nuit dernière, c'était de l'affronter de front. Se blottir contre Treat l'aida grandement, mais alors qu'ils marchaient vers la ville et que la brise transportait son parfum masculin, la seule chose à laquelle elle pensait, c'était de l'embrasser à nouveau.

*Pour l'amour de Dieu !*

Il fallait qu'elle pense à autre chose pour ne pas se ridiculiser à nouveau.

— Est-ce que Savannah était contrariée que tu sois parti hier soir ?

— Non, mais maintenant que tu le dis, elle est sûrement en colère après moi en ce moment. Elle a appelé ce matin, et j'ai oublié de la rappeler. Ça te dérange si je lui envoie juste un petit texto ?

Elle admira son dévouement envers sa famille.

— Non. Vas-y.

Il lui envoya donc un SMS en souriant.

Lorsqu'elle avait rencontré Treat au Resort, il se montrait

professionnel et convenable avec tout le monde. À l'exception de ce malentendu entre eux, il avait toujours été un parfait gentleman. Il lui avait même embrassé la main comme si elle était quelqu'un de spécial, et elle sentait qu'il traitait sa famille de la même manière.

— Tu aimes vraiment ta famille, n'est-ce pas ?

— Bien sûr. Pas toi ? demanda-t-il en remettant son téléphone dans sa poche.

— Si, mais je n'ai pas de frères et sœurs. Je pense que c'est différent des relations avec les parents.

— Je ne peux pas imaginer ma vie sans eux. Ma mère est morte quand j'avais onze ans, après des années de maladie. Après ça j'ai essayé de prendre sa place et m'occuper de mes quatre frères et de Savannah, mais je n'ai jamais vraiment réussi.

Elle l'imagina, petit garçon, terrassé par la mort de sa mère et essayant d'être fort pour ses frères et sœur, et son cœur s'ouvrit davantage.

— Je suis désolée pour ta mère. Ça a dû être horrible.

— Ça a été très difficile, mais j'ai d'excellents souvenirs, et je pense souvent à elle.

— Comment était-elle ?

Il resserra sa main sur l'épaule de Max alors que les lumières de la ville apparaissaient.

— Elle était toujours là pour nous, à sourire et à nous serrer dans ses bras. Elle aimait le plein air. Mon père te dirait qu'elle était têtue, et je le crois aussi, mais il y avait cette étincelle en elle… jusqu'à ce qu'elle n'y soit plus.

Elle se pressa contre lui, le cœur serré.

— Elle avait l'air formidable. J'aurais aimé la connaître.

— Je pense qu'elle t'aurait adorée, dit-il avant d'ajouter le regard au loin : C'est un peu gênant à admettre, mais quand elle est tombée malade, mon père lui a acheté un cheval, Hope. Et maintenant, il croit qu'il peut communiquer avec ma mère à travers ce cheval. Comme si elle était toujours là.

Les poils de la nuque de Max se redressèrent.

— J'aimerais vraiment rencontrer Hope.

— Vraiment ?

— Oui beaucoup. Après la mort de ma grand-mère, j'ai longtemps senti sa présence autour de moi. Je pense qu'il y a une part de vérité dans le fait que les gens que nous aimons ne nous quittent jamais vraiment. Non pas que j'aie communiqué avec elle après sa mort. Je n'ai jamais eu cette chance, mais je ne méprise pas ce que ton père ressent. Ressens-tu quelque chose quand tu es près de Hope ?

— Je ne sais pas quoi te répondre, parce que j'ai tellement envie de ressentir quelque chose. Parfois, je pense que oui, ou je vois un regard chez Hope qui me fait réfléchir, mais c'est probablement l'enfant de onze ans plein d'espoir en moi qui parle.

— Ou peut-être est-ce l'homme plein d'espoir qui essaie d'avoir foi en autre chose que le tangible ?

Treat pressa ses lèvres sur sa tête alors qu'ils traversaient une rue. Il ne dit rien, mais elle sentit qu'il avait approuvé ses paroles.

— Tu as de la chance d'avoir une si grande fratrie, déclara-t-elle. Tu m'as dit que vous vous étiez soutenus dans ce deuil ?

— Oui, autant qu'on a pu. Je suis l'aîné et j'ai toujours essayé de les protéger. Mais je ne pouvais pas remplacer notre mère, dit-il en secouant la tête. Je ne pouvais même pas m'en approcher. Ce n'était pas que je voulais la remplacer, mais je voulais juste que ça leur fasse moins mal.

— Je suis sûre qu'ils ont apprécié tout ce que tu as fait.

— C'est bien là tout le problème. Après des années à espérer et à prier pour qu'elle aille bien, j'étais tellement brisé par sa mort que je n'ai vraiment pas *fait* grand-chose. Je les ai écoutés pleurer, je les ai rassurés. Mais quand il a été temps de partir à l'université, j'ai été soulagé de m'échapper.

Ses émotions étaient tellement à vif, comme si le souvenir datait de la veille et non des années plus tôt. Max aurait aimé qu'ils soient assis près d'un feu ou sur un banc, quelque part où elle aurait pu s'installer sur ses genoux et le réconforter.

Quand il la regarda, elle fut hypnotisée par l'expression sincère de ses yeux.

— J'aurais aimé te connaître à l'époque. Pour t'aider à traverser cette épreuve.

— Quel âge as-tu, Max ? demanda-t-il en souriant.

— Vingt-huit ans et demi.

— Voyons voir, dit-il en riant. Tu aurais eu *deux* ans. Je ne suis pas sûr que tu aurais pu faire grand-chose, mais j'apprécie le sentiment.

— Quand même, répondit-elle en enfouissant son visage dans son torse.

Il lui releva la tête et l'embrassa tendrement. Puis il passa ses lèvres sur sa joue. « Quand même » répéta-t-il en pressant un autre baiser chaleureux sur ses lèvres.

— Tout le monde s'attendait à ce que je seconde mon père au ranch, mais même si je le voulais, ça aurait signifié revivre ces souvenirs, et c'était trop pour moi.

— Je suis sûre que ta famille comprend, dit-elle.

— Je ne leur ai jamais dit. Ce n'est pas quelque chose dont je suis fier.

Ce fut un autre gros coup pour le cœur de Max. Combien d'hommes étaient prêts à admettre leurs torts, surtout concernant quelque chose d'aussi intime ? Tout ce qu'il disait prouvait ce qu'elle savait déjà : Treat Braden était unique.

— Je ne l'ai jamais dit à personne auparavant.

— Merci de l'avoir partagé avec moi.

— Je veux partager des choses avec toi, Max, dit-il alors qu'ils arrivaient dans Main Street.

Les lumières scintillantes brillaient à travers les vitrines et le son de la musique filtrait par les portes des restaurants. Max s'imprégna de l'atmosphère romantique de la soirée. Elle voulait également partager ses secrets avec lui et lui raconter le *reste* de l'histoire de Ryan. Mais l'idée d'introduire une telle laideur dans leur relation la rendait malade. Elle n'était pas prête pour ça. Le serait-elle un jour ? En tout cas, elle pouvait partager des secrets moins sombres.

— J'aurais aimé avoir un frère qui m'aurait écoutée quand j'étais plus jeune. J'aurais fait n'importe quoi pour avoir quelqu'un à qui me confier, admit-elle. Ça me plairait toujours d'ailleurs.

Il la prit dans ses bras et la regarda dans les yeux.

— J'espère qu'un jour tu sauras me faire confiance.

Oh, comme elle le voulait. Mais son estomac choisit ce moment précis pour gronder, et ils sourirent tous les deux.

— Tu veux manger un morceau ? demanda-t-il. Je n'ai pas mangé de la journée, et tu as visiblement faim.

— Oui, j'aimerais beaucoup. Je suis sûre que se nourrir uniquement de gâteau au chocolat n'est pas ce qu'il y a de mieux.

Quelques minutes plus tard, ils étaient assis à l'arrière d'un restaurant italien intimiste. Max parcourut le menu, sachant que malgré sa faim elle serait incapable de manger une assiette entière avec son estomac qui palpitait.

— Il est tard. Tu aimerais partager une assiette plutôt que deux menus complets ?

Elle le regarda avec incrédulité. La seule fois où elle avait suggéré ça à Ryan, il l'avait regardée comme si elle était folle. Elle n'avait plus jamais demandé à un homme de partager. Elle mit ça aussitôt sur la liste des choses qu'elle aimait chez Treat.

— Je suis désolé. L'idée te déplaît ? J'oublie que certains n'aiment pas manger dans les assiettes des autres.

— Non. J'adore ça. Mais tu devras choisir. Je ne suis pas douée quand il s'agit de se décider pour la nourriture.

— La plupart des femmes n'aiment pas que les hommes commandent pour elles. On dirait que nous sommes faits pour nous entendre.

Il lui adressa un sourire si heureux qu'elle faillit lui prendre la main. Mais après ce qui s'était passé la nuit dernière, elle ne voulait prendre aucun risque.

*D'abord, je prendrai ta main, puis ta chemise, ton pantalon…*

Elle sentit ses joues rougir et essaya d'étouffer le sourire qui tirait sur ses lèvres alors que Treat posait sa main sur la sienne et balayait ses inquiétudes.

# CHAPITRE DIX

Après avoir partagé une bouteille de vin et une délicieuse assiette de crevettes et de pâtes, Max et Treat retournèrent sur les lieux du festival. Le parking était vide à l'exception de leurs voitures. Il n'avait absolument pas envie de la quitter. Ces heures volées étaient loin de lui suffire. Il voulait passer des journées et des nuits entières à la connaître. Quand il l'attira dans ses bras, il sut qu'elle ressentait la même chose en voyant sa respiration s'accélérer.

— Tu penses à quoi ? demanda-t-il.

Elle avait été attentive à tout ce qu'elle disait durant le dîner, certainement par peur de franchir à nouveau la ligne de la veille. Mais impossible pour Treat d'ignorer la lueur chaleureuse dans son regard, ou la façon dont elle se pressait contre lui sur le trajet du retour. Il en apprenait davantage sur Max en étant attentif à tout ce qu'elle ne disait pas.

— Que je ne suis pas prête pour que la nuit se termine, dit-elle doucement.

Il avait attendu patiemment son heure, mais impossible d'attendre une seconde de plus. Il abaissa ses lèvres vers les siennes, et but son essence unique mêlée au vin qu'ils avaient partagé. Quand elle fondit contre lui, il enfonça ses doigts dans ses cheveux et inclina son visage afin d'approfondir son baiser.

Son doux gémissement lui enflamma le corps. Il mourait d'envie de la toucher, mais se retint à contrecœur, et continua à l'embrasser tendrement.

Elle arrivait à peine à respirer lorsqu'il répondit :

— Alors, ne la terminons pas tout de suite.

Elle s'agrippa alors à sa chemise et ses lèvres formèrent un sourire tandis qu'elle regardait sa voiture.

— J'ai le dessert.

— C'est toi que je veux en dessert, mais je me contenterai d'un petit moment en ta compagnie.

Les yeux écarquillés, la jeune femme se mordilla la lèvre inférieure.

— On ira doucement, Max. Je ne vais pas te faire de mal, et je ne veux sûrement pas te faire peur.

— Tu ne me fais pas peur, et je crois de tout mon cœur que tu ne me feras pas de mal.

Après plusieurs autres baisers torrides, Treat la suivit jusqu'à son appartement. Il se gara à côté de sa voiture et vint l'aider à descendre.

— Je n'arrive pas à croire que je t'emmène dans un deux-pièces.

— Pourquoi ? Quel est le problème ?

Il lui prit la boîte à gâteaux des mains et passa son bras autour d'elle alors qu'ils sortaient du parking.

— Parce que tu possèdes de magnifiques stations balnéaires. J'aimerais pouvoir créer par magie une belle maison spécialement pour moi, mais…

Il s'arrêta à l'entrée de l'immeuble et la prit dans ses bras après avoir coincé la boîte à gâteaux contre son flanc.

— Il va vraiment falloir que tu apprennes à surmonter tout ce qui se passe dans ta jolie tête.

— Mon appartement est tout petit, dit-elle en guise d'excuse.

— J'aime ce qui est petit, répondit-il en lui embrassant la commissure des lèvres.

— Il n'est pas glamour, mais… pratique.

Il la serra plus fort.

— J'adore le pratique.

— Il n'a rien de spécial.

Elle déglutit avec peine alors qu'il posait la boîte et la serrait dans ses bras. Son souffle était doux et chaud alors qu'il lui relevait le menton pour l'obliger à le regarder.

— Il est à toi. Ça le rend spécial.

Quand il recouvrit ses lèvres des siennes, ses clés tombèrent au sol. Ils sourirent tous les deux en plein baiser.

— Je pense qu'on ferait mieux d'entrer avant que tu essaies de profiter de moi, la taquina Treat.

Une fois à l'intérieur, Treat avait bien conscience qu'elle l'observait pénétrer les secrets de son monde privé. La maison de Max était exactement comme il l'avait imaginée : méticuleusement rangée et magnifiquement aménagée, mais discrète. Le canapé beige et la chaise rembourrée parlaient de confort et de stabilité, exactement comme Max. Son regard effleura le muret séparant la coquette cuisine du reste de l'espace de vie.

— C'est petit, je sais, dit-elle, mais…

— C'est parfait, lui assura-t-il.

Et ça l'était. Tout comme elle.

— Autant j'apprécie les bonnes choses de la vie, autant elles ne m'obsèdent pas comme pour certaines personnes fortunées. Mon pavillon à Wellfleet en est la preuve. Il n'est pas beaucoup plus grand qu'ici. Alors, détendons-nous tous les deux, Max. Je suis là pour toi, et si tu vivais dans une tente, ça ne changerait rien à ce que je ressens pour toi. Je ne suis qu'un gars ordinaire, dit-il en posant le gâteau sur le plan de travail de la cuisine.

Max prit deux assiettes dans un placard.

— Si par ordinaire, tu veux dire un homme qui ressemble à un dieu grec, qui sent la chaleur des nuits d'été et dont les yeux hurlent des promesses pécheresses, alors oui, tu n'es qu'un « gars ordinaire ».

Elle s'appuya contre le plan de travail, si séduisante et légèrement amusée.

— J'ai invité exactement deux mâles dans mon appartement, et je suis pratiquement sûre que le scout louveteau qui vendait du pop-corn avec sa mère ne compte pas.

— S'il te plaît, ne me parle pas de l'autre, dit-il dans un souffle.

Il ouvrit la boîte et trouva une fourchette en plastique plantée dans une couche de gâteau à moitié mangé.

— Voyez-vous ça ! Mais qu'est-ce que je vois ici ? Tu penses peut-être ne pas savoir quoi faire d'un homme comme moi dans ton appartement – et je t'assure que je suis bien plus un homme que celui que tu as reçu ici –, mais tu sais parfaitement ce qu'il faut faire d'un gâteau au chocolat.

— Hé, ne me juge pas, dit-elle en riant et apportant le gâteau à table. Une fille doit avoir des priorités. Et l'autre homme n'était qu'un mec comme ça. Je savais exactement quoi faire de lui, et c'est ce que j'ai fait : je lui ai dit au revoir à la porte. Ensuite, tu es entré dans ma vie. Tu étais cette voix profonde au téléphone, le propriétaire du complexe où j'organisais le mariage de mon patron. Tu étais mystérieux, et après quelques conversations avec toi, tu es devenu mon fantasme.

L'expression sérieuse, elle ajouta :

— Et puis, je t'ai vu, et mon cœur s'est presque arrêté de

battre. Pour la première fois de ma vie – de ma *vie*, Treat –, je n'arrivais plus à penser correctement.

— Je me souviens de chaque seconde de notre rencontre, dit-il en réduisant la distance entre eux. Ma première pensée a été : « *Où étais-tu cachée ?* »

Elle rougit et il fit courir ses doigts sur sa joue.

— C'est la vérité, Max. Tu me regardais de la même manière que tu le fais depuis que nous nous sommes retrouvés : comme si tu me voulais, mais que tu manquais de confiance. À l'instant où tu as rougi et que tu as ouvert la bouche pour parler sans qu'aucun mot n'en sorte, je suis tombé raide dingue de toi. Danica a dû faire les présentations, et j'ai trouvé que tu étais la femme la plus douce et la plus séduisante que j'aie jamais rencontrée.

Il lui prit la main et passa son pouce dessus.

— Je me souviens à quel point ta peau était douce quand je t'ai embrassé la main, et comme tu avais l'air choqué, comme si personne ne l'avait jamais fait auparavant.

— Personne ne l'avait jamais fait, avoua-t-elle.

— C'est dommage, car une femme comme toi mérite d'être traitée comme une véritable dame, dit-il en posant les mains sur ses hanches. Une dame *et* une amante.

Elle prit une inspiration tremblante.

— J'ai fait une erreur avec toi, Max, et je passerai le reste de ma vie à me faire pardonner. Je ne veux pas te rendre nerveuse, mais je veux que tu laisses ressortir la femme qui se cache sous cette apparence si sérieuse, quand nous sommes seuls. J'ai eu un avant-goût de la femme passionnée que tu es, et un jour j'espère que tu te sentiras suffisamment à l'aise pour te laisser aller, sans ressentir de la gêne ou avoir peur du jugement ou de l'inconnu.

— Je le veux aussi, murmura-t-elle.

— Je ne veux pas seulement une relation sexuelle avec toi, Max. J'espère que tu le sais. J'adore la personne que tu es, et ce depuis la première fois où nous nous sommes parlé au téléphone. Tu étais sûre de toi et intelligente, et il était clair que ta principale préoccupation était que les mariages de tes amis se déroulent comme ils l'espéraient. Ça m'a parlé parce que les amis et la famille passent avant tout dans ma vie. Ça n'a rien gâché non plus que tu aies la voix la plus sexy que j'aie jamais entendue de ma vie. Même sans te voir, je savais que tu étais spéciale.

Elle baissa les yeux, et il lui leva à nouveau le menton avec émotion.

— Quand nous nous sommes enfin rencontrés, tu n'as rien dit au début. Ensuite, tu t'es redressée, tu as repoussé tes lunettes sur ton nez et tu m'as dit que tu souffrais du décalage horaire.

Il rapprocha son visage et murmura :

— Je voulais t'emmener dans ma chambre, te mettre dans mon lit et te laisser te reposer juste pour que tu retrouves ton énergie et que je puisse mieux t'épuiser durant la nuit.

— Je savais que tu étais spécial aussi. Mais pourquoi n'as-tu pas insisté pour que je monte dans ta chambre cette nuit-là ? Quand j'ai dit que je n'étais pas prête ?

— Je ne voulais pas te forcer à coucher avec moi. Je ne ferais jamais ça à personne, surtout pas à toi. Je pensais que nous avions le reste du week-end, et que dès que tu serais prête, les choses se feraient naturellement.

— Et il y a eu ce malentendu, dit-elle en soupirant.

— Ça nous a rendus plus forts, répondit-il en posant ses lèvres sur les siennes.

— J'ai ressenti la même chose, Treat. C'est pour ça que

pour la première fois de ma vie, je ne voulais pas que cette nuit se termine, et je ne voulais pas dire bonne nuit à la porte.

— Parce que nous sommes faits pour être ensemble, Max.

Chaque parcelle de la jeune femme voulait l'entraîner dans la chambre et l'aimer jusqu'au lever du soleil. Mais elle était nerveuse, et il aurait ressenti son inquiétude, malgré ses efforts pour le lui cacher. Cependant, comment surmonter ses peurs à moins de les affronter ? Elle glissa ses bras autour de son cou et se mit sur la pointe des pieds, mais elle ne put atteindre que son menton, et y déposa un baiser.

À la seconde où ses lèvres touchèrent sa peau, il fondit sur elle et captura sa bouche pour lui asséner un baiser exigeant et passionné qui la laissa à bout de souffle.

— Max, souffla-t-il tendu. Tu te souviens pourquoi je t'ai envoyé ce gâteau, n'est-ce pas ? Je ne veux pas que tu paniques à nouveau. Ça me culpabilise.

Elle enfouit son visage dans son torse, son cœur battant la chamade.

— Je n'ai pas *paniqué*. J'étais juste nerveuse et j'aurais continué si tu n'avais pas arrêté.

— Nous sommes allés trop vite, mon cœur, pourtant sache que ton *bien-être* passera toujours en premier pour moi, dit-il en lui embrassant les lèvres. Nous allons faire très attention à ne pas aller trop vite ce soir.

— Pourquoi faut-il que tu sois un tel gentleman ?

Serait-ce plus facile s'il était insistant ? En plongeant dans son regard bienveillant, elle eut sa réponse.

*Je ne serais pas avec toi si tu l'étais.*

— Parce que c'est comme ça que j'ai été élevé, et je tiens trop à toi pour te laisser te précipiter. Attendre un jour, une semaine, un mois ne nous tuera pas, Max.

— Ça pourrait me tuer, moi, marmonna-t-elle, ce qui lui valut un sourire diabolique.

— Si tu ressens toujours la même chose demain, peut-être que nous reviendrons sur ces promesses pécheresses que tu dis avoir vues dans mon regard.

Il la tenait si près qu'il était impossible de ne pas remarquer sa formidable érection. Le pouls de Max s'accéléra alors qu'ils se dévoraient du regard. Elle déglutit avec effort.

*Oh, mon dieu, ne pense pas à ça.*

Après des années à se passer de toute relation intime, et soudain en trouver un qu'elle adorait, ne pas y penser était de la torture.

C'était *impossible.*

Les yeux de Treat devinrent aussi noirs que la nuit, et elle se demanda s'il pouvait lire dans ses pensées.

— Gâteau ! s'exclama-t-elle en saisissant la fourchette et poignardant un morceau de la pâtisserie avec.

Quand elle la fourra dans sa bouche, le rire profond de Treat atténua le nœud palpitant qui s'était formé en elle. Elle en prit une autre bouchée.

— Est-ce que ça marche ? demanda-t-il.

Elle chargea sa fourchette et la lui proposa.

— Hmm. C'est bon, dit-il. Mais euh…

Il baissa les yeux sur son érection très évidente, et rien qu'à sa vue, elle sentit ses entrailles tourbillonner.

— Ce n'est pas le remède adéquat.

— Fais-moi confiance, ça *fonctionnera.* Les gâteaux au chocolat ne m'ont jamais déçue, dit-elle en lui donnant une autre bouchée. Bien sûr, je n'avais jamais essayé en ayant l'objet de mon désir à quelques centimètres de moi.

Le grondement profond qui s'échappa de la gorge de Treat lui parut le son le plus séduisant au monde. Il lui prit la fourchette des mains et lui fit manger un gros morceau de gâteau. Des miettes tombèrent sur le menton de Max, et il les embrassa.

— Il n'y a pas assez de gâteau sur Terre, dit-il en pressant ses lèvres contre les siennes dans un baiser sucré.

La saveur de Treat et du chocolat se mêlèrent pour former le plus incroyable des goûts. Son baiser se fit de plus en plus intense, et le parfum du chocolat se perdit dans leur chaleur intense.

— Nous sommes censés…, dit-il.

— Hmm hmm.

Elle enfonça ses doigts dans le gâteau puis suça ses doigts.

Les yeux de Treat devinrent volcaniques et il captura sa bouche, prenant et donnant en parts égales. Son torse se soulevait contre sa poitrine, faisant battre le cœur de Max à un rythme erratique alors que ses grandes mains se déplaçaient sur tout son corps. Il agrippa ses hanches, puis remonta ses mains le long de buste pour s'attarder finalement sur ses seins. Elle en eut le souffle coupé et resta pantelante et folle de désir pour lui. Mais fidèle à sa parole, il n'essaya pas d'aller plus loin.

Un peu après, après trop de gâteau et pas assez de baisers, ils se dirigèrent vers la porte pour se dire bonne nuit.

Treat lui embrassa les doigts.

— Je pense que je ne regarderai plus jamais un gâteau au chocolat de la même manière. Max, je ne me suis *jamais* autant amusé.

Le cœur débordant de joie, elle ne put s'empêcher de sourire.

— Moi non plus.

— À quelle heure commences-tu demain ?

— De 7 h 30 jusqu'à la fermeture. Tu sais comment ça se passe. Je devrais être à la maison aux alentours de 22 h.

Il la prit dans ses bras et lui donna un autre baiser féérique.

— Ça va être long. J'aimerais que tu aies une journée de congé pour que nous puissions la passer ensemble.

— J'ai des journées de folie durant le festival, mais j'aimerais aussi avoir un jour de congé à passer avec toi.

Une semaine. Un *mois*.

— Mais tu es censé rendre visite à ta famille, pas passer tout ton temps avec moi de toute façon.

— Josh et Savannah sont repartis à New York il y a une heure, et Hugh et Dane sont partis tard hier soir. J'ai beaucoup de temps libre durant la journée avec Rex et mon père.

— Ils ont fait tout ce chemin juste pour une courte visite ?

— La famille est importante pour nous. On se retrouve dès que les circonstances le permettent. Maintenant, parlons de nous. Je viendrai te chercher ici demain soir.

— Est-ce un vrai rencard que tu me proposes ? le taquina-t-elle.

Il eut un sourire diabolique et l'écrasa contre lui.

— Je ne propose pas : tu n'as pas le choix. Demain soir *m'appartiendra*, déclara-t-il en embrassant doucement ses lèvres souriantes.

Quand son baiser se fit plus fougueux, elle remercia le ciel qu'il la tienne contre lui, car chaque seconde elle tombait un peu plus sous son charme.

— Demain, dit-il en lui tenant la main alors qu'il franchissait le seuil.

Ses doigts glissèrent le long des siens, et quand ils se séparèrent, elle en aurait pleuré.

— Bonne nuit.

Il fit quelques pas vers les escaliers et se retourna.

— Encore un.

Elle fut emplie d'allégresse lorsque leurs lèvres se retrouvèrent. Elle n'avait jamais eu autant envie d'embrasser quelqu'un, et les baisers de Treat la laissaient à bout de souffle.

— Bonne nuit, chuchota-t-elle quand leurs lèvres se séparèrent.

Il lui manquait déjà. Treat jeta un regard par-dessus son épaule.

— Un dernier ? demanda-t-elle avec espoir avant de se retrouver dans ses bras, les mains enfoncées dans ses courts cheveux et désirant tellement plus.

— Si je ne pars pas maintenant, dit-il à contrecœur, je ne partirai jamais.

Il parsema alors ses lèvres, sa joue et son menton de baisers, et prit son visage entre ses mains.

— À bientôt dans mes rêves, ma douce.

Elle le regarda descendre les escaliers et écouta ses pas s'éloigner jusqu'à ce qu'ils ne soient plus discernables, puis elle rentra et s'adossa à la porte. Elle ferma les yeux et se délecta de son parfum persistant sur ses vêtements et sa peau en pressant les mains sur son cœur inondé de bonheur. En ouvrant les yeux, elle vit son image partout chez elle, et pria pour que ça ne change jamais.

# CHAPITRE ONZE

À 7 h, Max était toujours sur son petit nuage « Treat » alors qu'elle sortait de chez elle. Elle percuta alors le torse dur de son nouveau petit ami et lâcha un « aïe ».

— Ouah, dit Treat en levant les bras et affichant son fameux sourire qui transformait les genoux de Max en coton. Désolé, ma douce. Je pensais te rattraper avant ton départ.

Il portait un gobelet à emporter dans chaque main, ainsi qu'un sachet de la boulangerie du coin.

— Pardon ! Je n'ai pas l'habitude de rentrer dans de grands costauds dans mon couloir.

Il se pencha pour l'embrasser, et elle enroula ses bras autour de son cou en laissant leurs lèvres s'attarder.

— Finalement, je pourrais m'y habituer, dit-elle en faisant courir son doigt sur la rangée de boutons de sa chemise. Tu es élégant aujourd'hui.

— J'ai un rendez-vous torride pour un petit-déjeuner avec une séduisante organisatrice de festival.

Il l'embrassa à nouveau et lui tendit une tasse.

— Un petit oiseau m'a dit que tu adores le latte français à la vanille.

— Quel oiseau serait-ce ?

— Chaz. J'ai appelé pour voir si tu étais déjà au travail. Je voulais te faire une surprise.

— Sournois. Ça me plaît. Tu es très doué pour les surprises, au fait.

Elle prit une gorgée et savoura le goût en fermant les yeux.

— Hmm. Délicieux.

Lorsqu'elle les ouvrit, le regard avide de Treat était posé sur elle.

— Cette expression que tu avais, dit-il avec un grognement gourmand et très *masculin*. Voilà qui *était* délicieux.

Elle gloussa et le serra dans ses bras.

— Fais attention quand tu presses ton magnifique corps contre moi, dit-il avec un regard passionné. J'ai plusieurs semaines de fantasmes accumulées en moi.

— Désolée, murmura-t-elle en reculant avant de froncer le nez. Non, pas vraiment.

— Moi non plus, dit-il en la tirant contre lui avant de lui asséner un baiser exigeant qui la pénétra jusqu'aux orteils.

— Je ne pourrai pas descendre les escaliers si tu continues à m'embrasser comme ça.

— Je sais que tu es pressée, dit-il en riant. Mais je ne pouvais pas attendre une minute de plus pour te voir. La nuit a été beaucoup trop longue.

Elle soupira, souhaitant avoir plus de temps.

— Je vais te raccompagner à ta voiture, suggéra-t-il.

Sur le chemin, il lui tendit le sac de viennoiseries.

— Je n'étais pas sûr de ce que tu aimais, alors je t'ai apporté un assortiment.

Elle regarda à l'intérieur du sac et vit des muffins et des croissants.

— Ça a l'air délicieux. Tu en veux ?

— Oui, dit-il en lui adressant un clin d'œil. Mais pas ce

qu'il y a dans ce sac.

— Oh mon Dieu, dit-elle à bout de souffle. Comment suis-je censée travailler en pensant à *cette* expression ?

Elle inspecta à nouveau le contenu du sac.

— Hmm. Je remarque qu'il n'y a rien au chocolat ici.

— J'ai peut-être voulu biaiser le jeu en ma faveur.

Il posa son café sur le toit de sa voiture et lui prit ses clés pour déverrouiller sa portière.

— Ah, pas de substituts avant de passer à l'essentiel, hein ? devina-t-elle.

Des frissons d'anticipation montèrent à sa poitrine. Elle avait rêvé de lui toute la nuit. Des rêves sombres et érotiques au sujet de ses mains et sa bouche sur elle et réciproquement. Le genre de rêves qui, si elle était éveillée, auraient fait rougir tout son corps. Elle s'était réveillée excitée et gênée, et en y repensant elle sentait son bas ventre se nouer d'excitation.

— Regarde sous les serviettes.

Elle fouilla dans le sac et vit un croissant au chocolat sous les viennoiseries et les serviettes. Elle le sortit pour qu'il en prenne une bouchée.

— Tu veux me faire céder ?

— Je ne te mettrai jamais la pression et je ne t'abandonnerai jamais. Mais s'agissant de toi, je ne peux m'empêcher de rêver grand.

L'après-midi, Treat faisait les cent pas dans le bureau de son père lors d'une conférence téléphonique. Il discutait de l'acquisition possible d'un complexe hôtelier à Brewster dans le

Massachusetts, sur lequel il avait des vues depuis plusieurs années. L'Ocean Edge Resort & Golf Club était le plus grand complexe hôtelier de luxe du Cap, et appartenait à la même famille depuis plus de vingt-cinq ans. L'endroit était situé pas loin de sa demeure à Wellfleet. Il avait tenté de l'acquérir à plusieurs reprises, mais la famille était déterminée à le garder. Cependant, Treat avait appris de source sûre que les propriétaires voulaient à présent se concentrer sur les propriétés internationales, et c'était donc le moment idéal pour mettre un pied dans la porte. Il avait passé la journée dans la logistique, les questions de droit et la finance alors qu'il pensait à la fois à *l'Ocean Edge Resort* et au *Resort thaïlandais*.

Après le dîner, il aida son père et Rex avec les corvées du ranch, et découvrit qu'il aimait encore se salir les mains. Mais la soirée s'écoulait trop lentement. Il lui fallut toute sa volonté pour ne pas se rendre au festival et voir Max plus tôt.

Une fois son père couché et Rex parti on ne sait où, Treat se rendit enfin chez Max. Elle ouvrit la porte, radieuse. Ses cheveux brillants encadraient son beau visage. Elle portait un jean foncé rentré dans des bottes en cuir à hauteur des genoux, et un chandail gris clair. Un long collier en argent avec une breloque en forme de cœur pendait entre ses seins. Sur n'importe qui d'autre, cette tenue aurait pu paraître trop *simple*. Mais Max avait une beauté douce et bouleversante. Elle aurait pu porter un sac en toile et être tout de même exquise. Ses traits délicats se rehaussèrent d'un sourire, et ses yeux s'illuminèrent alors que Treat l'attirait dans ses bras. Elle se mit sur la pointe des pieds en souriant de plus belle alors que leurs bouches se joignaient sans un mot, avec passion.

*Désespérément.*

Quand ils se séparèrent, ses joues étaient encore plus brillantes et ses lèvres scintillantes. Il n'avait encore jamais vu Max avec du rouge à lèvres, et ça l'arrangeait. Non seulement elle avait les lèvres les plus parfaites au monde, mais il pouvait l'embrasser tout à loisir. En voyant son regard empli de désir, il fondit à nouveau sur sa bouche et lui caressa le dos, avant de remonter à ses cheveux. Il adorait ses cheveux qui n'étaient jamais pleins de produits collants ou trop coiffés. Ses mèches soyeuses étaient aussi naturelles qu'elle, et dans un monde où les femmes passaient beaucoup de temps à se maquiller, elle était comme une brise d'été dans laquelle il voulait disparaître.

— Bonsoir, dit-elle à bout de souffle.

— Bonsoir beauté, dit-il en lui prenant la main. Tu m'as manqué aujourd'hui.

— Tu m'as manqué aussi. Je n'ai pas l'habitude à ce que quelqu'un me manque.

— Je prends ça comme un compliment.

Max prit son sac à main et ils se dirigèrent vers sa voiture.

— Où allons-nous ?

— Tu verras.

Il lui tint la main sur le chemin menant à la demeure de son père, et quand il se gara dans l'allée circulaire, il réalisa que ça faisait longtemps qu'il n'avait pas eu le désir de partager les aspects les plus intimes de sa personne avec quelqu'un. Il arrêta la voiture et remarqua que Max observait la maison.

— À qui appartient cette maison ? demanda-t-elle.

— À mon père. On n'entrera pas. Mon père dort.

Il lui embrassa la main, puis vint l'aider à descendre.

— Je me suis dit que je pourrais t'emmener faire la connaissance de Hope.

— Ça ne dérangera pas ton père ? demanda-t-elle en descendant du pick-up, visiblement nerveuse.

— Pas du tout. Tant que Hope reçoit de l'amour, il est heureux.

Il trouva la nature prudente de Max incroyablement séduisante. Peut-être parce qu'il était également prudent quand il s'agissait de sentiments. Passant un bras autour de ses épaules, il lui fit traverser la pelouse et la conduisit vers la grange.

— Cet endroit est magnifique. Je ne peux pas imaginer ce que ça a dû être de grandir avec toute cette terre.

— Toute cette terre signifie beaucoup de corvées matin et soir, déclara-t-il en ouvrant la porte de la grange d'où se libérèrent les parfums de sa jeunesse. Mon père a suivi les traces de son père en élevant des Hollandais à sang chaud, qui sont une race de chevaux pour le saut d'obstacles. Quand j'étais enfant, je regardais la grange par la fenêtre de ma chambre en pensant que toute la vie de mon père avait tourné autour des chevaux et des granges. J'aime ma famille et j'ai eu une belle enfance ici, mais la vie de ranch n'était pas ce qui me faisait rêver à l'époque.

— Peut-être parce que tu avais perdu ta mère ? Tu as dit t'être senti soulagé de partir pour l'université. Est-ce que c'est difficile de rentrer à la maison lors des visites ?

Hope tendit le cou en les voyant s'approcher et dévisagea Max de ses grands yeux bruns.

— Non, pas du tout. La maison est l'endroit où j'arrive à me recentrer. Voici Hope, le cheval que mon père a offert à ma mère quand elle est tombée malade.

— Bonjour, Hope, dit Max comme si elle saluait un membre de sa famille.

Hope tourna doucement la tête dans sa direction pour se faire caresser.

— Les chevaux sont les créatures les plus honnêtes, n'est-ce pas ?

— Je n'ai jamais vu les choses de cette façon, mais oui, je suppose que oui.

— J'avais une amie à l'université qui avait grandi dans une ferme. Elle m'avait dit que les chevaux ne se trahissaient jamais entre eux, contrairement aux humains. Ça m'a toujours marquée.

— Je crois que mon frère Rex va t'aimer. C'est le plus grand fan de chevaux de la famille. Il tient de mon père.

Hope frotta son museau contre le cou de Max qui posa sa main sur la joue de l'animal. Elles restèrent ainsi pendant un moment.

— On dirait que Hope vote pour l'équipe Max, dit-il en s'adossant au box, réchauffé en voyant la tendresse affichée par Max.

— Pour ce que ça vaut, je vote pour l'équipe Treat et Max, répondit-elle avec un doux sourire.

Il aimait qu'elle soit parfois aussi enjouée qu'une jeune fille et d'autres fois aussi sérieuse que la femme intelligente qu'il connaissait.

— Moi aussi, ma douce.

— Si Rex a hérité de l'amour de votre père pour les chevaux, qu'as-tu pris de lui ?

Le jeune homme croisa les jambes au niveau de la cheville en méditant à la question. S'il avait cru aux propos de son père concernant Hope, il aurait dit que le tendre regard que l'animal tourna vers lui était celui de sa mère attendant une réponse. Mais il était déjà assez submergé d'émotions en présence de Max : pas besoin d'en rajouter.

— La réponse facile serait que nous nous ressemblons physiquement, mais je suppose que tu veux une vraie réponse.

— D'après mon expérience, *le vrai* est toujours mieux que le *facile*, dit-elle en plaçant devant lui.

Il lui prit la main et la tira vers lui, entre ses jambes bien écartées.

— Ne pense pas que tu vas me distraire par tes baisers diaboliques, dit-elle en glissant ses doigts dans les passants de sa ceinture.

— Te distraire ? répéta-t-il en l'attirant plus près et l'embrassant dans le cou. Est-ce que je ferais ça ?

— Ça ne va pas tarder, dit-elle en saisissant son beau visage dans ses mains. Et ça va marcher, donc je tiens ton visage à distance pour surveiller ta bouche. Pas de baisers avant d'avoir ta réponse.

— Tu es dure à la négociation Max Armstrong, dit-il en s'esclaffant. Ça me plaît chez toi.

Hope *hennit* et sa grosse tête se balança de haut en bas.

— Apparemment, Hope aussi. Bon, voyons. En quoi est-ce que je ressemble à mon père ? Tu me demandes en quoi je ressemble à l'homme que personne, à mon sens, ne pourrait égaler. Je l'ai admiré toute ma vie. C'est l'homme le plus fort que je connaisse, que ce soit émotionnellement ou pour défendre ses convictions. C'est un homme d'affaires avisé, un négociateur impitoyable et un être gentil et généreux. J'ai toujours pensé que je serais chanceux si je pouvais être la moitié de ce qu'il est.

— Je dirais que tu as dépassé tes objectifs.

— Merci, ma douce. Mais nous avons nos différences. Il utilise le charme de la campagne pour faire des affaires, alors que j'ai perdu cette petite touche il y a des années. J'aime à penser qu'il m'a appris à rester concentré sur les aspects humains des transactions sans pour autant perdre ma fougue. Mais mon père a aussi ses défauts. Si tu énerves notre famille, il ne laissera pas passer, par exemple sa querelle de longue date avec son ami d'enfance, Earl Johnson. Mais c'est une autre histoire, et heureusement, je n'ai pas hérité de son côté rancunier. Sinon Dane et moi, nous ne nous serions jamais réconciliés.

Max étudia son visage pendant un long moment, les sourcils froncés, comme si elle réfléchissait à ce qu'il avait dit.

— J'en suis heureuse aussi.

— Le pardon est crucial pour notre âme, tu ne penses pas ? Je suis heureux que tu ne sois pas rancunière non plus, sinon nous ne serions pas là en ce moment.

Elle baissa les yeux sur son torse et son sourire s'estompa légèrement. Il la surprenait souvent en train de faire ça quand elle réfléchissait, comme si elle évitait son regard. Cette fois, il ne lui releva pas le menton, curieux de voir si elle lui faisait suffisamment confiance pour partager ses pensées.

Elle se rapprocha de lui, contre le box, et joua avec l'ourlet de son pull d'un air triste.

— Je ne suis pas sûre de ne pas être rancunière.

Il se figea d'inquiétude. Il croyait pourtant qu'ils avaient dépassé l'incident de Nassau.

— Comment ça ?

— Il y a quelque chose que je ne t'ai pas dit, et je veux être complètement honnête avec toi. Nous sommes devenus si proches à Nassau, même si on n'a pas passé beaucoup de temps ensemble, que je pense que nous savons tous les deux que ce qui se passe entre nous – quoi que ça puisse être – est très fort. Je veux continuer à te voir, et… je veux te voir *davantage*. *Beaucoup* plus même.

Ses paroles le frappèrent en plein cœur.

— Moi aussi.

— Alors tu dois savoir pourquoi j'ai paniqué l'autre soir. J'aurais dû te le dire à ce moment-là, mais je n'ai pas pu. J'étais trop gênée. Et pour te dire la vérité, j'ai également peur de la force de mes sentiments pour toi.

— Max, c'est écrasant pour moi aussi.

Elle poussa un soupir de soulagement.

— Je suis tellement heureuse de ne pas m'être trompée là-dessus, dit-elle avant de regarder autour d'elle. Est-ce qu'on peut s'asseoir ?

— Tu préfères marcher ?

Elle secoua la tête.

— Non. Je me sens en sécurité ici.

Elle leva les yeux vers Hope, et Treat aurait juré que les grands yeux du cheval disaient : « *Assieds-toi. Tiens-la contre toi. Elle a besoin de toi* ». Ils s'installèrent sur le sol, dos contre le bois brut, et Treat l'attira contre lui pour qu'elle se sente en sécurité. Il la regarda s'efforcer d'exprimer ce qui la hantait en brûlant d'envie de tout arranger.

Max prit une inspiration tremblante, les yeux sur ses mains posées sur ses genoux pendant qu'elle parlait.

— À l'université, je suis sortie avec un type. Ryan. Il était intelligent et drôle, le genre de mec que tout le monde aime. Tout allait bien pendant longtemps, et on a fini par emménager ensemble. Mais à l'approche de la remise des diplômes, il a changé. Je n'ai jamais compris ce qui l'avait fait changer, mais c'est comme ça. Il est devenu verbalement violent et s'est renfermé.

L'instinct protecteur de Treat était en alerte, mais il s'efforça de se contenir.

— Continue, dit-il.

*S'il t'a fait du mal, je le tuerai.*

— Cela se produisait régulièrement et a duré plusieurs se-maines. Je ne suis pas fière d'avoir accepté ça. Honnêtement, j'étais faible, dit-elle en soutenant son regard. Tu as l'air d'être prêt à exploser. Peut-être que je devrais arrêter ?

— Non. Continue, s'il te plaît.

La pensée de quelqu'un abusant de Max le rendait fou. Il n'avait jamais ressenti une fureur pareille. Mais pour elle, il réussit à contenir sa rage. Max avait besoin d'être entendue. Elle lui faisait confiance, et le voir s'énerver ne ferait que l'effrayer.

— Mes parents sont formidables, dit-elle doucement. Mais ma mère et moi n'avons jamais vraiment parlé de relations de couple. J'ai perdu ma grand-mère il y a une dizaine d'années, mais avant son décès, elle m'avait dit que le secret d'une relation durable c'était de toujours dire ce qu'on pensait. J'aurais dû l'écouter, mais je pense que de prendre mes parents comme modèles m'avait convaincue de ne pas me plaindre ou d'essayer de changer les choses.

Son front se plissa, et Treat se demanda si elle pensait à sa grand-mère, ou si comme lui elle se disait que le manque de franchise était un mauvais calcul, et ce dans n'importe quel aspect de la vie.

— Je me demande maintenant si ma grand-mère ne m'a pas dit ça à *cause* de la relation de mes parents. Ma mère est très soumise. Non pas que mon père soit abusif ou ce genre de choses. C'est un homme bon, calme et gentil. Mais ma mère n'a jamais vraiment dit ce qu'elle pensait sur quoi que ce soit, d'aussi loin que je me souvienne.

Treat l'attira plus près, cherchant à la protéger d'un passé qu'il ne pouvait contrôler. Il pensa à Savannah. Si un homme l'avait un jour maltraitée, Treat et ses frères auraient défoncé sa porte et lui auraient tordu le cou. Max n'avait personne pour la protéger.

— Quoi qu'il en soit, il m'a attrapé le bras et… Treat, tu me serres trop fort.

Il desserra sa mâchoire et relâcha sa prise.

— Je suis désolé, Max. Je ne veux pas te faire peur, mais j'aimerais tuer ce voyou.

— Il y a plus, mais je vais arrêter…

— Non, s'il te plaît, continue. Je ne vais pas le traquer comme un animal et lui faire du mal. Mais je mentirais en disant que je ne suis pas suffisamment furieux pour *vouloir* faire ces choses.

Elle grimpa sur ses genoux et passa un bras autour de son cou. Leur proximité fit baisser sa colère d'un cran.

*Elle est ici. Elle est en sécurité.*

— La partie suivante est la pire, déclara-t-elle. Tu ne vas pas aimer ça.

— C'est pour ça que tu es sur mes genoux ? Pour m'empêcher de me lever et de le retrouver pour le battre à mort ?

Elle ne parvint pas à sourire malgré toute sa bonne volonté.

— Non. C'est parce que j'ai besoin d'être ici pendant que je te le dis.

— Mon cœur, tu es en sécurité avec moi. Je ne te ferai plus jamais de mal, et je ne laisserai personne te faire du mal non plus.

— Je sais. C'est pour ça que je veux te le dire le plus tôt possible, dit-elle avant de prendre une profonde inspiration et expirer lentement. Ce qui l'a amené à m'attraper comme ça, c'était parce qu'il m'avait demandé d'essayer un sex toy avec lui.

Elle détourna les yeux et le cœur de Treat se brisa.

— C'est bon, ma douce. Je ne vais pas te juger.

— J'étais jeune, dit-elle d'une voix tremblante, et je sortais avec le garçon dont toutes les filles étaient amoureuses, alors j'ai pensé…

Elle haussa les épaules.

— … Que ça ne pouvait pas être si terrible, et que je pouvais essayer.

Il ne voulait pas entendre ce que cette crapule lui avait fait, mais il voulait que Max guérisse de toutes les blessures qui la faisaient souffrir. Alors il serra la mâchoire et lui accorda toute son attention.

Elle ferma les yeux et parla d'un ton plat et égal.

— Nous étions dans la chambre et il m'avait déshabillée, mais il avait toujours son pantalon.

Treat la sentit trembler.

— Je suis ici et je ne vais nulle part. Tu n'es pas obligée de continuer si tu ne veux pas, Max.

— Je le veux, dit-elle en ouvrant les yeux et plongeant dans son regard. Il *s'en est servi*, et au début ce n'était pas si mal. Il était doux. Et puis je ne sais pas ce qui s'est passé. Son regard a changé, presque comme s'il était devenu quelqu'un d'autre.

Une larme coula sur sa joue, déchirant le cœur de Treat en mille morceaux. Il essuya ses larmes du pouce et continua de lutter pour contenir sa colère.

Max continua de parler, cette fois d'un ton glacial.

— Tout à coup, il s'est mis à me l'enfoncer avec force et à me dire des choses horribles, jurant et m'insultant, et d'une manière ou d'une autre… j'ai réussi à ramper loin de lui et prendre mes vêtements. J'ai couru vers la porte et c'est là qu'il m'a attrapé le bras.

Des larmes coulaient sur ses joues.

— Chut. C'est bon, dit-il en la serrant plus fort. Tu n'as pas besoin d'aller plus loin. Je comprends, ma chérie.

Il lui massait le dos en jurant silencieusement de retrouver le gars et de le réduire en lambeaux.

— Je veux que tu saches tout, dit-elle en s'essuyant les yeux. Il avait bu beaucoup de bière et il s'est évanoui dans la chambre. Je me souviens d'avoir pleuré si fort, et plus tard dans la nuit, ma mère a appelé. Je n'ai même pas eu à lui dire quoi que ce soit. Je *ne pouvais rien* dire. Elle a dû comprendre d'après mes sanglots que quelque chose d'horrible s'était produit. C'était la seule et unique fois où elle m'a donné un conseil sur ma vie de couple, et ça a changé ma vie. Elle a dit : « Pars ».

*Dieu merci.*

— Alors tu es partie ?

Elle essuya ses larmes, mais elles continuaient à couler.

— Oui. J'ai chargé ma voiture et j'ai conduit jusqu'au Colorado et je n'ai jamais regardé en arrière. Mais, je lui en veux toujours pour la peur ainsi que le sentiment d'insécurité qu'il a suscité en moi.

— C'est compréhensible, la rassura-t-il. Il devrait être puni pour ce qu'il a fait. L'as-tu dénoncé à la police ?

— Non, et, Treat, s'il te plaît, ne le fais pas. Je ne te l'ai pas dit ça pour que tu me venges. Je te l'ai dit parce que je veux essayer de dépasser ça avec toi, et je ne pourrai pas le faire si tu te lances dans une sorte de mission vengeresse.

Son corps entier palpitait sous la rage, mais plus important que son envie de détruire cet homme, il ressentait le désir – le *besoin viscéral* – d'aider Max à guérir. Il la serra contre lui et déclara, les dents serrées :

— Je ne le ferai pas, mais ça ne veut pas dire que je n'en meure pas d'envie.

Il la tint pendant qu'elle pleurait, et se remémora à quel

point elle l'avait touché durant leur première soirée ensemble. Il comprenait maintenant le courage qu'il lui avait fallu pour s'ouvrir à lui de manière aussi intime, et réalisa également comment elle avait perçu son regard méprisant à Nassau. Et cette compréhension le brisa presque.

# CHAPITRE DOUZE

Sur le chemin du retour, Max contemplait l'obscurité à travers la vitre tout en serrant la main de Treat. Elle avait l'impression qu'un énorme poids avait été retiré de ses épaules. Elle n'était pas débarrassée de ses fantômes, car elle savait qu'elle nourrissait toujours de la rancœur, mais au moins il connaissait la vérité. Même s'il était tard et qu'ils étaient tous les deux fatigués, ils étaient devenus si proches qu'elle ne voulait pas que leur soirée se termine. Elle voulait être dans ses bras protecteurs et aimants.

Lorsqu'ils arrivèrent à son appartement, elle vit à la pression de sa mâchoire et à la férocité de son regard qu'il était encore en train de digérer sa confession. Tout en ouvrant la porte de son appartement, elle chercha quelque chose à dire pour briser la tension.

— Merci d'avoir partagé Hope avec moi.

Il hocha la tête d'un air absent, et elle sut qu'il était toujours embourbé dans les ténèbres.

— Je n'aurais pas dû te dire ce qui s'est passé. Je suis désolée.

Il la prit dans ses bras et la serra si fort qu'elle eut du mal à respirer.

— Ce n'est pas ça, mon cœur. C'est juste que je veux être avec toi. Je ne veux pas te quitter ce soir.

— Alors, ne le fais pas.

Le regard de Treat s'emplit d'espoir et d'inquiétude, tandis qu'elle sentait la nervosité monter en elle. Mais elle devait suivre son cœur.

Elle lui prit la main et le conduisit vers la chambre.

— Reste avec moi.

Il la prit à nouveau dans ses bras. Ses lèvres étaient chaudes et aimantes, et elle but la douceur de son baiser.

— Je n'ai pas dit ça pour ça, dit-il tendrement. Je veux juste être avec toi, te tenir et savoir que tu vas bien après avoir revécu ces souvenirs. Je peux attendre aussi longtemps que tu en auras besoin avant de faire autre chose que t'embrasser.

— Je sais, mais peut-être que c'est moi qui ne peux pas, dit-elle avec franchise. Je te fais confiance, Treat. C'est pour ça que je me suis sentie suffisamment en sécurité pour te dévoiler mon secret.

— Tu peux toujours me faire confiance, chérie.

Il posa une main sur sa joue et elle s'appuya contre sa paume, calmée par son contact. Elle savait qu'il pouvait la sentir trembler, mais elle ne voulait pas qu'il s'arrête.

— Je suis nerveuse, admit-elle. Mais s'il te plaît, ne pars pas. Sois patient avec moi. Je n'ai connu que deux hommes. Celui dont je viens de te parler et un garçon durant ma dernière année de lycée. Je pensais que je l'aimais et que nous resterions ensemble pour toujours, mais tu sais comment ça se passe. Que sais-tu de la vie à dix-huit ans ? Nous sommes allés dans des universités différentes, il m'a trompée, ce qui m'a brisé le cœur, et j'ai reçu l'inévitable lettre de rupture un mois plus tard.

— J'aurais aimé te connaître à ce moment-là. Je serais resté avec toi pour toujours.

L'expression de son regard fit battre le cœur de Max encore

plus vite.

— Non, tu ne l'aurais pas fait. Comme je te l'ai dit, j'étais faible et bien loin de la personne forte et autonome que je suis aujourd'hui.

— Tu n'étais pas faible, mon cœur. Tu étais inexpérimentée et plongée dans une situation à laquelle tu n'étais pas préparée. Mais tu t'en es sortie et tu t'es construit une vie incroyable. Tu as pris soin de *toi*, Max, et ça te rend extrêmement forte. Mais peu importe à quoi tu ressemblais à l'époque, je sais que tu m'aurais plu. C'est ton essence même qui m'attire, ta force et ta douceur. Si on avait été ensemble à l'époque, j'aurais *voulu écouter* tes pensées et tes rêves, tes idées et tes inspirations, et bien sûr tes peurs et tes inquiétudes pour les adoucir. J'aurais écouté tes critiques à mon égard et j'aurais essayé de m'améliorer pour devenir l'homme dont tu avais besoin. C'est ainsi qu'on grandit en tant que personne et en tant que couple. Nous nous serions aidés à devenir meilleurs. Mais nous avons maintenant l'occasion de le faire.

— Oh, Treat.

Max essaya de parler malgré les émotions qui lui serraient la gorge.

— Voilà maintenant que j'aurais aimé qu'on se connaisse à l'époque.

Il l'embrassa et dit :

— Je n'aurais jamais cru avoir un jour des sentiments aussi forts pour quelqu'un d'autre que ma propre famille, mais l'ampleur de ce que je ressens pour toi n'est rien en comparaison avec ces sentiments. Peux-tu sentir ce qui se dégage entre nous ?

— Oui. Je m'en suis rendu compte à Nassau. Tous les murs que j'avais érigés autour de moi se sont effondrés, et j'ai senti ce côté plus doux de moi que je réprimais, tenter de réapparaître.

Je *voulais* que tu prennes soin de moi, et ça, plus que tout le reste m'a effrayée.

Elle n'avait jamais rencontré quelqu'un d'aussi aimant et patient, d'aussi fort et confiant.

— C'était écrasant, et c'est pour ça que je n'ai pas passé cette première nuit avec toi quand tu m'as invitée dans ta chambre. Je veux dire… comment je pouvais ressentir tout ça après seulement quelques heures en tête à tête ?

— Je n'ai pas de réponse, mais j'ai ressenti la même chose. Je voulais être avec toi, prendre soin de toi, mais aussi te *connaître*, qu'on discute et passe du temps ensemble. Découvrir ce qui te motive. C'est pour ça que j'ai été si bête quand je t'ai vue avec Justin. Je me disais après cette soirée que ce lien était réciproque et j'ai supposé un tas d'âneries sur vous deux, qui m'ont ramené à la situation avec Mary Jane et mon frère Dane.

— Nous avons tous les deux été trahis, dit-elle.

— Mais on va s'aider à guérir.

Elle s'accrocha à ses bras et s'ouvrit entièrement à lui.

— Je pourrais paniquer.

— Je ferais en sorte que tu te sentes en sécurité.

— Je ne suis pas facile à vivre, Treat. Mes plumes se hérissent et mes défenses montent facilement, je suis têtue et je peux parfois me montrer très forte, mais il est souvent plus facile de se cacher que d'affronter la vérité.

— J'admire ta force et ton entêtement, et comme tu l'as vue, je saurais te retrouver quand tu te cacheras.

Le cœur de Max s'ouvrait davantage à chacune de ses réponses.

— Si ça se reproduit, si j'ai peur et que mes défenses s'érigent, j'ai besoin que tu sois patient avec moi et que tu m'aides à traverser cette épreuve. Ne me laisse pas te tourner le dos par peur de mon passé.

— Je t'aimerai à travers tout, Max.

*Aimer ?*

Le cœur de Max s'envola. Il la regardait avec tant d'émotions qu'elle en était davantage émue que par sa promesse.

— Je t'aimerai dans le bien et le mal, dit-il en l'embrassant doucement. Les disputes et les…

Son regard se tourna vers le lit, puis revint vers elle, doux et séducteur, accélérant les battements de cœur de Max, avant d'ajouter :

— Les nuits débridées.

Il lui donna un autre baiser passionné qui la fit fondre jusqu'aux os.

— Je veux que tu sois forte et que tu me dises quand je fais n'importe quoi. Je veux que tu me préviennes si je fais quoi que ce soit de blessant ou déplacé. Max, j'ai été élevé par l'homme le plus courtois que je connaisse. Je ne veux pas être moins que lui, et tu mérites tout ce que j'ai à donner.

— Aime-moi, Treat. Aime-moi de tout ton cœur.

Elle se dressa sur la pointe des pieds, et il la rencontra à mi-chemin dans un baiser plein de promesses, d'espoirs, de rêves, et d'amour apaisant et inconditionnel.

— Je veux tout de toi, dit-il en lui caressant la joue du dos de la main. Mais après tout ce que nous avons traversé, en es-tu sûr ? Veux-tu y réfléchir et voir si tu ressens toujours la même chose demain ?

— Non, dit-elle en posant ses lunettes sur la table de chevet avant de s'attaquer aux boutons de la chemise du jeune homme. Je veux que tu m'aimes jusqu'à demain.

Le clair de lune les baignait dans une lueur romantique alors qu'il la déshabillait à l'exception de sa culotte, pressant de tendres baisers sur chaque partie de son corps à mesure qu'il la découvrait.

— Je vais t'aimer bien plus longtemps que ça, Max. Je vais t'aimer pour toujours.

Il s'éloigna le temps de retirer sa chemise, et elle posa la main sur son pantalon, mais il l'arrêta.

— Pas encore.

Son regard était brûlant, et son ton autoritaire et aimant à la fois. Il se plaça derrière elle, la buvant littéralement du regard. Elle sentit son sexe se contracter face au sentiment d'anticipation. Quand il embrassa la peau tendre de sa nuque, son souffle chaud la fit trembler. Tout son corps s'enflamma, et elle ferma les yeux alors qu'il l'embrassait le long de la colonne vertébrale tout en murmurant des mots tendres.

— Tu es si belle, Max.

Ses bras encerclèrent sa taille par-derrière et ses mains se posèrent sur son ventre et la firent se cambrer. Elle haleta alors qu'il caressait ses seins et pinçait ses mamelons entre ses index et ses pouces, envoyant des décharges de désir entre ses jambes. Elle ne put réprimer un gémissement de désir, et gagna un grondement affamé de la part de Treat alors qu'il continuait cette exploration qui lui faisait perdre la tête. Son corps dur était pressé contre le sien, poitrine contre dos, peau contre peau, tandis que ses grandes mains glissaient le long de ses flancs. Il agrippa ses hanches, l'embrassant plus bas, s'attardant juste au-dessus de sa culotte, et utilisa sa bouche diabolique pour la faire se tordre de désir.

— J'ai envie de toi depuis si longtemps, murmura-t-il en passant ses doigts sur sa culotte.

Elle retint son souffle.

*Retire-la. Prends-moi.*

Il baissa lentement le sous-vêtement, et affola le pouls de la jeune femme en embrassant la peau qu'il dévoilait. Chaque pression de ses lèvres la faisait trembler. Ses mains se déplacèrent à l'avant de ses cuisses, si près de son sexe qu'elle trembla de désir. Il se pressa contre son dos tout en plongeant un doigt en elle, lui soutirant un autre gémissement. Elle saisit son poignet et le poussa plus profondément alors que des étincelles s'allumaient en elle. Il lui mordilla l'épaule et prit sa poitrine de sa main libre. Seigneur, elle avait besoin de plus que sa main. Elle avait besoin *de lui* en elle. C'était un besoin viscéral et *douloureux* comme elle n'en avait jamais ressenti, mais elle savait à présent qu'elle aurait toujours soif de lui.

Il se partagea entre ses seins et son sexe, la taquinant d'une main tout en la sondant profondément et lentement de l'autre. Max n'arrivait plus à réfléchir. Ses muscles intérieurs palpitèrent et elle s'accrocha à son bras en se dressant sur ses orteils tandis qu'elle criait son nom d'une voix rauque et essoufflée.

— C'est ça, bébé. Jouis pour moi.

Sa voix profonde la remplit alors que l'orgasme déferlait sur elle.

Quand elle redescendit des nuages, le corps encore tremblant, il la retourna dans ses bras, les yeux noirs de désir, et il fondit à nouveau sa bouche. Elle saisit son pantalon, et le déboutonna fébrilement.

— Bon Dieu. Laisse-moi juste te regarder, dit-il d'une voix profonde et hypnotique. Tu es si féminine, ma douce. Je veux te protéger de toutes les souffrances.

Il captura à nouveau sa bouche, mais elle en voulait plus. Elle *avait besoin* de lui montrer qu'elle était vraiment à lui. Elle se laissa tomber au bord du lit et l'attira plus près tout en soutenant son regard avant de passer la main dans son pantalon et libérer son sexe.

— Max, dit-il. Laisse-moi…

Elle secoua la tête et le prit dans sa bouche jusqu'à ce qu'il tremble lui aussi. Sa peau était salée, sucrée… *familière*. Elle était perdue dans un monde de plaisir. Il passa ses doigts dans ses cheveux alors qu'elle allait et venait avec ses mains et sa bouche, léchant en cercles lents son extrémité large, puis le reprenant en entier. Il la regardait si attentivement qu'elle se sentait audacieuse et sexy.

— Max.

Il lui tira la tête en arrière et plongea dans son regard. Ce n'était qu'un mot, mais il était empli d'émotions et porteur d'une centaine de messages silencieux. Il se déshabilla, sortit un préservatif de son portefeuille et le posa sur la table de chevet, puis la souleva comme si elle était aussi légère qu'une plume et l'allongea sur le lit avant de la rejoindre. La faim dans ses yeux reflétait le désir qui parcourait le corps de Max. Elle saisit son sexe.

— Pas encore, dit-il avant de caresser un sein et abaisser la bouche vers l'autre.

Elle se laissa retomber sur le matelas et ferma les yeux alors qu'il traçait un chemin de baiser entre sa poitrine et ses hanches. Il était si fort, si viril, qu'elle se sentait petite entre ses mains. Il pressa ses hanches, léchant l'intérieur de ses cuisses et s'arrêtant juste avant son intimité brûlante et prête qui n'attendait que lui, puis remonta jusqu'à ses boucles et la peau sensible juste au-dessus.

Elle tremblait, et tous ses nerfs étaient exacerbés, mais pas à cause de la peur ou de ses vieux démons. Elle était à la dérive dans une mer d'émotions incroyables alors qu'il la touchait et l'aimait.

Elle se cambra sous son corps.

*Lèche-moi. Touche-moi.*

Comme s'il lisait dans ses pensées, il lui écarta les cuisses de ses mains et posa sa bouche au cœur même de sa féminité. Elle serra les draps dans ses poings alors qu'elle se noyait dans les sensations les plus intenses et incroyables. Elle était si proche d'un orgasme… Elle ondula les hanches, espérant attraper un petit coup de langue, mais il maintint ses jambes pendant qu'il la taquinait, léchant de haut en bas la peau entre sa cuisse et son sexe, taquinant chaque centimètre autour de son sexe, jusqu'à ce qu'elle ait la sensation de flotter hors de son corps. Puis il la retourna sur le ventre, agrippa ses fesses et continua à faire tourner son monde alors qu'il embrassait et caressait ses fesses. Il glissa sa langue à la jonction de ses jambes, là où ses fesses commençaient. Son corps était en feu, presque engourdi. Elle n'avait jamais été aimée aussi entièrement, jamais personne n'avait touché chaque centimètre de sa chair. Puis il lui saisit la taille et la plaqua contre lui afin qu'elle sente son sexe niché entre ses fesses. Sa langue était chaude et humide sur sa nuque. Il lui agrippa les cheveux remuant sur un rythme lent contre elle. Chaque caresse était érotique, chaque respiration brûlante, accélérant son pouls.

— Je veux que cette nuit ne se termine jamais, gronda-t-il contre sa peau.

Le mélange de son poids sur elle et de la passion dans sa voix la fit frissonner. Il parsema son dos de baisers tout en la maintenant immobile, augmentant son excitation. Il goûta ses fesses, ses cuisses alors qu'il les écartait et glissait à nouveau ses doigts en elle. Max haleta en soulevant ses fesses pour lui donner un meilleur accès. Il fit aller et venir ses doigts si lentement qu'elle dut le supplier, mais il continua avec cette inexorable lenteur, s'attardant sur le point qui la rendait folle et crispait ses parois intimes.

L'instant suivant, elle se cambra sous son corps tandis que son bras puissant la maintenait fermement et qu'elle allait et venait avec un abandon téméraire sur ses doigts, perdue dans son orgasme.

— C'est ça, bébé. Sois *mienne.*

Quand il retira ses doigts, elle faillit en pleurer. Il lui en fallait plus ! Quand il la retourna, elle haleta et essaya de faire fonctionner son cerveau, mais elle était si loin, et il la dévora là où elle en avait le plus besoin.

— Oh mon Dieu, *oui* ! cria-t-elle alors qu'il lui faisait toucher les étoiles.

Son corps était en feu alors qu'il berçait ses hanches et embrassait ses jambes, son sexe, son ventre. Chaque caresse l'inondait d'émotions.

Il se plaça alors au-dessus d'elle, son sexe dur face à son intimité.

— Tu es si douce, chérie. Si belle. Je veux *tout* de toi. Je veux te faire oublier tes blessures.

Elle sentit son cœur se gonfler alors qu'il prenait un préservatif et se mettait à genoux pour l'enfiler. Elle lui faisait confiance, perdue en lui et dans ce moment qu'ils vivaient, et elle le désirait malgré sa nervosité.

— Je suis là, chérie, lui assura-t-il en la berçant dans ses bras. On ira lentement.

Et juste comme ça, elle se détendit.

Elle leva les hanches afin de l'accueillir. Sa taille imposante fut un choc, et elle ne put cacher sa surprise ni s'empêcher de sourire béatement dans ses bras.

Elle s'attendait à ce qu'il la domine par sa force et qu'il la serre trop fort. Mais il fut d'une telle douceur que son poids sur elle lui donna un sentiment de sécurité et de joie. Alors qu'il s'enfonçait plus profondément et que leurs corps ne devenaient qu'un, elle n'aurait pu se sentir plus heureuse.

# CHAPITRE TREIZE

Treat tint promesse et l'aima bien au-delà du lendemain. Une semaine et demie plus tard, ils tombaient toujours dans les bras l'un de l'autre chaque nuit et faisaient l'amour jusqu'au petit matin. Max se réveillait chaque matin dans une bulle de bonheur surréaliste. À présent que le festival était terminé et que Max travaillait à des heures normales, ils pouvaient passer plus de temps ensemble. Ce soir, ils se promenaient dans le pittoresque village d'Allure, où des clôtures en fer forgé et les lampadaires à l'ancienne bordaient d'étroites rues pavées de briques, et où des maisons en briques et en pierre avaient été changées en boutiques et restaurants.

— Une boutique faite pour toi, déclara Treat en entrant dans une chocolaterie nommée « Intervention Divine ».

Un petit carillon tinta au-dessus de la porte et la voix d'une femme depuis la pièce arrière du magasin leur parvint.

— J'arrive ! S'il vous plaît, ne me volez pas. J'ai les mains sales et je viens de laver la porte d'entrée. Je détesterais devoir la salir.

— Dommage pour mes projets, répondit Treat à voix haute.

— Merci d'accepter de revoir vos plans, cria la femme. Au moins jusqu'à ce que je me lave les mains.

Treat et Max passèrent la boutique en revue. Sur les murs se trouvaient de jolies étagères faites de blocs de bois où étaient écrits des dictons sur le chocolat, entrecoupées de paquets de bonbons et autres friandises. Sur le mur, derrière les vitrines, il y avait des sweats rouges, brodés de l'inscription « *DIVINE INTERVENTION* » en jolies lettres marron.

Treat posa une main sur le dos de Max.

— Dis-moi la vérité. Pourquoi as-tu choisi de venir au Colorado et de recommencer ta vie ici ? C'était à cause de ce magasin ?

— Crois-le ou non, c'est la première fois que je viens ici.

— Incroyable, la taquina-t-il en l'embrassant. Pourquoi alors ?

— J'avais fait un stage pour un festival quand j'étais à l'université, et j'ai toujours voulu assister au festival de Chaz, mais j'étais étudiante et je n'avais pas beaucoup d'argent.

Max inspecta les vitrines remplies de gâteaux au chocolat et de bonbons.

— J'ai un peu correspondu avec Chaz, et il m'avait laissé une porte ouverte pour postuler.

Elle leva les yeux et surprit Treat qui la regardait attentivement. Elle adorait ça chez lui : il ne faisait pas semblant.

*Et il ne fait pas semblant non plus quand il m'envoie au septième ciel.*

Lorsqu'il posait une question, il était sincèrement intéressé par la réponse.

— J'avais vu des photos de la ville et je savais tout de cet endroit qui laissait toute l'année ses lumières des fêtes dans les arbres et les magasins. Ça me paraissait une ville paisible où la laideur n'avait pas sa place. Je sais que ça a l'air idiot, mais quand je suis montée dans ma voiture ce soir-là, je suis venue directement ici. Je n'ai jamais envisagé d'aller ailleurs. Pas même de rentrer à la maison.

Treat l'attira dans ses bras, son endroit préféré à présent.

— Tu as dit que tu croyais que c'était le destin qui t'avait conduite ici. Je n'ai jamais cru au destin, à cause de la mort de ma mère. Mais tu as changé ça, Max. Tu as tout changé.

Avant qu'elle puisse répondre, une jolie blonde sortit de l'arrière-boutique en portant un plateau chargé de chocolat. Malgré le temps froid, elle était vêtue d'un short et d'un tee-shirt portant l'inscription « Cédez à la tentation de *DIVINE INTERVENTION*», ainsi que des bottes noires à fourrure à hauteur des genoux. Ses cheveux étaient relevés en un chignon décoiffé et elle avait les plus grands yeux bleus que Max ait jamais vus.

— Bonjour, *les amoureux* ! lança-t-elle avec un grand sourire. Carly Dylan à votre service.

Elle ouvrit l'arrière d'un présentoir et y glissa le plateau.

— C'est gentil de ne pas m'avoir volée, dit-elle en se redressant et les passant en revue. Mais à la façon dont ce monsieur vous regarde, chérie, je doute qu'il ait mis ses grandes mains ailleurs !

— Vous avez raison, dit Treat en embrassant Max. Ma petite amie a un faible pour le chocolat. Que nous conseillez-vous ?

— Votre petite amie a aussi un faible pour les hommes de grande taille. Waouh, ils n'en font pas des comme vous à Pleasant Hill, c'est sûr. Comme vous êtes un grand et bel homme, je lui recommande de vous couvrir de sirop de chocolat.

— Excusez-moi, dit Max en riant. C'est un grand et bel homme, mais il est *pris*.

Carly agita la main avec dédain.

— Chérie, ça ne m'intéresse pas de piquer l'homme d'une autre, mais regardez sa façon de vous tenir. Il n'ira nulle part. De plus, j'ai déjà donné mon cœur au collège. Personne ne pourra l'avoir à part lui, et il est trop occupé pour réaliser ce qu'il rate.

— Pleasant Hill, dans le Maryland ? demanda Treat.

Carly s'affaira à ranger le présentoir.

— Le seul et unique.

— J'ai des parents là-bas, déclara-t-il. C'est une jolie petite ville.

— Une belle ville, des gens formidables et une fille au cœur brisé en moins, dit Carly en posant ses mains sur ses hanches. J'aimerais pouvoir retenir l'énergie que vous dégagez et la mettre dans du chocolat. Je ferais fortune avec ce philtre d'amour. Alors, dites-moi : quel est votre secret ?

Treat posa son regard amoureux sur Max et dit :

— Vous devez d'abord passer une soirée incroyable ensemble, et la faire suivre d'un gros malentendu. Puis, juste au moment où vous essayez de vous le pardonner, si vous avez de la chance, le destin interviendra.

*Ah, cet homme !*

— Vous m'inspirez tous les deux, et j'ai ce qu'il vous faut. Pourquoi ne pas jeter un œil à la boutique pendant que je vous prépare ça ?

Treat prit la main de Max et ils parcoururent les friandises. Quelques minutes plus tard, Carly leur tendit un sachet et lorsque Treat sortit son portefeuille, elle refusa.

— N'y pensez même pas. Vous pouvez donner mon nom à l'un de vos enfants et lui offrir une vie fabuleuse.

— Nous ne sommes même pas fiancés, déclara Max.

Elle jeta un coup d'œil à Treat, qui souriait comme un imbécile heureux. Son cœur dégringola dans sa poitrine.

— Merci, dit Treat avec un hochement de tête. Nous n'y manquerons pas.

En sortant, ils jetèrent un coup d'œil au contenu du sac et trouvèrent un gros pot de sirop de chocolat, plusieurs cœurs en chocolat et une note manuscrite qui disait :

*Vous me donnez envie de retourner à Pleasant Hill et retrouver la part de moi que j'y ai laissée. Merci ! Carly Dylan.*

Ils dînèrent dans un café et dégustèrent quelques chocolats en se promenant sur la place de la ville. Une foule s'était rassemblée près d'un pavillon extérieur, où un groupe jouait de la guitare et chantait. Treat prit Max dans ses bras et commença à danser. Comme Max regarda furtivement autour d'eux, il comprit qu'elle était gênée.

— Je me fiche que personne ne danse, déclara-t-il. Je te veux dans mes bras.

Il avait reçu un message au cours du dîner concernant les négociations d'Ocean Edge, et il essayait de trouver le bon moment pour partager la nouvelle de son voyage imminent avec Max.

Elle sourit, et commença à danser en se synchronisant avec lui.

— Ça tombe bien : je veux y être.

— Que dirais-tu d'être dans mes bras à Wellfleet ?

— Dans *le Massachusetts* ? demanda-t-elle les yeux écarquillés.

— Je dois me rendre quelques jours au Cap pour m'occuper

de la négociation d'une propriété que je souhaite acquérir. J'aimerais que tu m'accompagnes.

— Oh ! Ça a l'air génial. Mais tu n'auras pas à travailler ? demanda-t-elle, toute gêne oubliée.

— Si, mais mon équipe est préparée et les négociations ne devraient prendre que quelques heures. Nous séjournerons dans ma maison et nous rattraperons le temps perdu à Nassau.

— Quand pars-tu ?

Ils continuèrent à danser même après la fin de la chanson.

— Demain dans la journée. J'attends la confirmation.

— Demain ? J'adorerais venir, mais je ne peux pas partir un jeudi et laisser Chaz en plan, aussi merveilleux que ça puisse paraître.

— Alors, viens vendredi soir et passe le week-end avec moi, suggéra-t-il. J'aurai fini de travailler d'ici là, et nous pourrons passer du temps ensemble. Je m'occuperai de tous les arrangements et j'enverrai une voiture te chercher chez toi après le travail.

— Vraiment ? s'exclama-t-elle les yeux brillants. Ce serait formidable.

— Presque aussi formidable que toi.

Elle éclata de rire.

— C'est peut-être la réplique la plus ringarde que j'aie jamais entendue, mais sortant de ta bouche, ça paraît…

— Ringard, dirent-ils à l'unisson.

— Je te l'accorde, déclara Treat en capturant sa bouche et lui administrant un baiser dévastateur.

Il voulait tout donner à Max, réaliser tous ses rêves, et il avait hâte de partager son endroit préféré au monde avec elle.

# CHAPITRE QUATORZE

Chaz était déjà au bureau quand Max arriva jeudi matin. Il leva les yeux des feuilles de calcul qu'il étudiait, le regard marqué par des cernes.

— La nuit a été difficile ?

— Je pourrais te retourner la question.

Max s'assit en face de lui et commença à parcourir les rapports.

— Ma nuit a été parfaite, dit-elle sans lever les yeux.

Elle aurait été encore plus parfaite si Treat était resté toute la nuit, mais il était parti pour préparer son voyage. Elle savait que c'était idiot qu'il lui manque autant après seulement quelques heures, mais elle ne pouvait nier la douleur qu'elle ressentait.

— J'en suis ravi.

Ils travaillèrent quelques minutes, avant que Chaz brise le silence.

— D'habitude, tu n'es pas aussi silencieuse. Tu es sûre que tout va bien ?

— Oui. Je suis simplement concentrée.

*À essayer de comprendre comment effectuer quarante-huit heures de travail en seulement trois ou quatre heures.*

Elle était excitée à l'idée de partir avec Treat, mais sur le chemin du travail, elle s'était mise à caresser l'idée de partir avec lui aujourd'hui même, bien qu'elle ignore l'heure de son départ. Ils continuèrent à travailler sur les rapports, discutèrent des stratégies du festival de l'année prochaine et établirent des priorités selon les sponsors. Ensuite, Max commença ses appels, mais pour la première fois depuis qu'elle travaillait pour Chaz, le cœur n'y était pas. Elle se forçait à se concentrer et au bout de quelques appels, elle surprit Chaz qui la fixait avec une expression étrange.

— Quoi ?

— À toi de me le dire. Que se passe-t-il ? Treat a fait quelque chose de mal ? Parce que dans ce cas, je m'occuperai de lui.

— Tu es vraiment comme le grand frère que je n'ai jamais eu, dit Max en riant. Même si j'apprécie ton offre, il n'a rien fait d'autre que me demander de partir avec lui. Je suis désolée si je m'égare un peu. Tu sais que j'aime mon travail, mais je…

*J'aime Treat encore plus.*

Elle se figea à cette prise de conscience. Chaz posa ses papiers.

— Est-ce que ça va ?

— Hmm hmm, fit-elle distraitement.

— On dirait que tu cherches à me dire quelque chose, mais que tu ne sais pas si tu dois le faire. Je ne t'ai plus vue comme ça depuis le jour où Treat est apparu pour la première fois. C'est agréable de voir que tu es aussi normale que tout le monde.

— C'est censé être un compliment ?

— En fait, oui. Tu es toujours au top. C'est bien de savoir qu'il y a un côté moins parfait en toi.

Elle haussa un sourcil.

— Ça ne me semble pas flatteur. Je suis une très bonne épouse de bureau. Demande à ton… *épouse.*

— Je n'ai pas à le faire. Je le sais déjà. Vas-tu m'expliquer la raison de ton *absence*, ou dois-je deviner ?

— Je réfléchis.

Elle baissa les yeux sur ses papiers, mais finit par sentir le poids du regard de Chaz.

— Arrête ça.

— Quoi ?

— De me dévisager comme un grand frère qui refuse de me laisser tranquille tant que je ne lui aurais pas donné tous les détails juteux.

Chaz éclata de rire.

— C'est à ça que je ressemble ?

Elle leva les yeux.

— C'est soit ça, soit il m'est poussé un troisième œil au milieu du front.

— Partons sur les détails juteux alors.

Mais elle ne voulait pas parler de la proposition de Treat, car plus elle y pensait, plus elle voulait partir.

— Partons plutôt sur le troisième œil, dit-elle en plongeant le nez dans ses feuilles de calcul.

— Max.

— Chaz, dit-elle sans lever le regard.

— Tu tournes en rond. Réponds juste à ça : vas-tu tomber amoureuse, te marier et déménager sur une île tropicale ?

Max se redressa et remonta ses lunettes sur son nez.

— C'était pour ça le regard ? Tu te demandes qui s'occupera des sponsors si je pars par amour ?

— C'est embarrassant à avouer, mais non, car je sais que peu importe où tu vis je pourrai toujours te convaincre de t'occuper de la coordination et de venir au festival. Je veux juste savoir si je vais perdre ma collègue et plus important : mon amie.

Émue, Max baissa les yeux sur les feuilles de calcul.

— Tu ne me perdras jamais, Chaz. Et je ne vais pas m'enfuir pour me marier.

Quelques minutes plus tard, incapable de se retenir, elle ajouta :

— Mais je voudrais partir. Treat m'a invitée à l'accompagner à Wellfleet, mais je sais que nous avons beaucoup de travail, et comme il part aujourd'hui, je lui ai dit que…

Chaz se leva, saisit son sac à main, la mit debout et lui fourra le sac dans les mains en lui montrant la porte.

— Vas-y. *Maintenant.* Tu travailles comme une dingue. Quelques jours de vacances ne vont rien changer.

— Mais c'est notre travail…

Il la poussa vers la porte.

— Max, je t'aime comme ma propre famille, c'est pour ça que je veux que tu sois heureuse. Maintenant, dégage d'ici et ne reviens pas avant la semaine prochaine. Compris ?

Elle jeta ses bras autour de son cou et l'étreignit.

— Merci ! Je suis désolée ! Je vais rattraper le temps, mais merci !

Dans la voiture, elle essaya d'appeler Treat, mais elle atterrit sur la messagerie vocale. Trop excitée pour attendre, elle quitta Allure et se dirigea vers le ranch de son père.

Débarquer chez le père de Treat lui avait semblé une si bonne idée sur le coup, mais en voyant la maison tentaculaire et les voitures onéreuses garées autour de l'énorme allée circulaire, elle fut emplie de doute. Elle se gara derrière une Mercedes SLS noire et baissa les yeux sur ses vêtements. Des *baskets* ? Quelle idée ! Elle aurait dû d'abord rentrer chez elle pour se changer, ou simplement attendre que Treat la rappelle.

Elle sursauta presque quand quelqu'un frappa à sa vitre et fut soulagée et confuse de voir le visage souriant de Savannah. Il lui semblait que Treat lui avait dit qu'elle était retournée à New York.

— Max ! Salut ! dit Savannah tandis que cette dernière descendait de voiture.

— Bonjour, Savannah. Comment vas-tu ?

Trois hommes se dirigeaient vers elle, tous plus beaux les uns que les autres. Derrière eux suivait une version plus âgée de Treat, et elle devina que c'était son père. Elle avait l'impression d'être entrée dans une agence de mannequins ou au siège de *GQ*.[1] Elle aperçut son reflet dans la vitre de la voiture et détacha rapidement sa queue-de-cheval avant de secouer ses cheveux. Puis elle jeta un regard circulaire autour d'elle à la recherche de Treat. Son regard tomba sur la grange, et son cœur se serra au souvenir de la nuit où elle s'était confiée à lui.

— Que fais-tu ici ? demanda Savannah.

Puis sans lui laisser le temps de répondre, elle se tourna vers les autres :

— Voici Max. *La* Max de Treat.

L'un des hommes s'avança.

— Bonjour. Je suis Dane.

*Dane ? Celui qui a couché avec la copine de Treat ?*

Max ne voulait déjà plus rien à voir à faire avec lui, même

---

[1] Magazine masculin américain consacré notamment à la mode, à la culture ou au style.

s'il avait un visage gentil et paraissait d'un caractère agréable.

— Nous sommes les frères de Treat, déclara Dane en désignant les autres. Voici Rex et Hugh. Dommage que Josh ne soit pas là. Tu aurais pu rencontrer toute l'équipe.

Les visages illuminés par de grands sourires, les hommes s'avancèrent et lui serrèrent la main. Elle croyait que Treat était grand, mais Rex était immense et aurait pu rivaliser avec un bodybuilder professionnel. Il portait un chapeau de cow-boy sombre et ses épais cheveux noirs frôlaient son col. Malgré son regard grave, il se dégageait de lui une nervosité que les autres ne semblaient pas avoir. Hugh lui rappela Patrick Dempsey, avec son sourire arrogant et son regard amusé. Mais malgré leurs physiques avantageux, aucun ne touchait la corde sensible de son cœur comme le faisait Treat. Où était-il ?

— Je suis désolée, dit Max. Je n'avais pas réalisé que tout le monde était ici.

— Nous sommes arrivés aujourd'hui, déclara Hugh. Je suis entre deux courses et je manquais trop à Dane.

Dane s'esclaffa.

— C'est juste une coïncidence, expliqua Savannah. Je dois retrouver mes cousins de Trusty ce week-end, et Dane avait un trou dans son emploi du temps.

Le vieil homme s'avança et prit la parole.

— Max, c'est un plaisir de te rencontrer, chérie. Je suis Hal, le père de Treat. Bienvenue au ranch Braden, dit-il en l'étreignant chaleureusement.

— Oh, euh…

Elle passa ses bras autour de lui, se sentant à la fois mal à l'aise et étrangement réconfortée.

— On fait un barbecue. J'espère que tu te joindras à nous, dit Hal en mettant son bras autour d'elle et l'entraînant vers le jardin sans lui laisser le temps de protester.

Les sourires discrets et les hochements de tête de la fratrie ne lui échappèrent pas.

— Merci monsieur. En fait, je…

— *Hal.* Il n'y a pas de « *monsieur* » au ranch Braden à moins que tu sois là pour nous mettre en rogne, la coupa Hal en souriant et continuant à avancer vers le jardin, comme si Max était une invitée.

— Merci. Hal, je suis passée voir Treat. Est-ce qu'il est ici ?

Elle surprit Dane qui lançait des regards furtifs dans sa direction tout en se dirigeant vers le barbecue avec Hugh.

— Treat a dû partir, déclara Hal.

— Partir ? répéta-t-elle en se demandant s'il était déjà parti pour Cap ou s'il s'occupait simplement d'autre chose. Savez-vous quand il reviendra ?

Hal s'avança vers Rex et passa un bras autour de son épaule en lui disant quelque chose qu'elle ne put entendre. Savannah sortit de la maison avec une assiette et prit la main de Max pour la conduire à la table tout en discutant de l'After. Hugh retourna à l'intérieur et réapparut une minute plus tard, une bière à la main.

— Tu en as amené une pour notre invité ? demanda Savannah avec une pincée d'irritation.

— Non, vraiment…, l'interrompit Max.

Mais Hugh repartait déjà à l'intérieur et revint avec une bière bien fraîche.

— Voilà, Max.

— Merci, mais je ne vais pas rester, dit-elle.

— Sottise. Tu n'as pas à manger si tu n'as pas faim, dit Hal au moment où l'estomac de Max se mit à gronder. Mais visiblement…

*Pourquoi j'oublie toujours de manger ?*

Tout le monde s'affaira, mais Max se sentait dépassée, ce qui semblait se produire souvent avec les hommes Braden. Elle aurait dû aider, organiser… faire autre chose que rester là bouche bée. À la place elle se laissa guider d'un endroit à l'autre. Elle avait hâte de partir, au cas où Treat serait déjà à Cap, mais avant qu'elle puisse synchroniser ses jambes et sa tête, elle avait une assiette pleine devant elle et riait d'une blague de Dane.

— Comment vous êtes-vous rencontrés avec Treat ? demanda Hugh.

— Moi je sais, claironna Dane.

Savannah lui donna un coup de coude.

— Laisse-la parler.

Hugh passa le bras devant Max pour prendre le ketchup. Savannah le foudroya du regard et après un moment de confusion, Hugh comprit l'allusion.

— Excuse-moi, dit-il en retirant son bras de devant Max.

— Pas de soucis, déclara la jeune femme en notant que la réaction de Savannah ressemblait à celle d'une mère.

Elle était frappée par la différence entre Treat et ses frères. Treat avait des manières impeccables et ne regardait jamais qui que ce soit furtivement – du moins, elle ne l'imaginait pas le faire. Quand ils s'étaient rencontrés, il l'avait regardée franchement, comme s'il n'avait rien à cacher, et cette attitude n'avait jamais changé.

— Comment vous êtes-vous rencontrés ? insista Hugh.

Elle les observait si attentivement qu'elle en avait oublié sa question.

— Oh pardon. Nous nous sommes rencontrés au mariage d'un ami.

— Le mariage du cousin Blake. Rappelle-toi ? Vous étiez

tous trop occupés pour y assister, dit Dane en lançant un regard noir à Hugh.

— Quoi ? J'avais une cérémonie de remise de prix, se défendit Hugh en fronçant les sourcils, comme s'il ne comprenait pas le problème.

— Comme toujours, non ? dit Dane.

Son ton était d'autant plus ironique que Hugh ne semblait pas comprendre ce qui lui était reproché. Max comprit qu'il ne se doutait pas que ses frères et sœur le trouvaient égocentrique.

— Parle pour toi ! Tu t'es enfui dans une zone infestée de requins et tu as raté le mariage toi aussi, déclara-t-il en fourrant un morceau de steak dans sa bouche.

— Au moins, j'ai fait une apparition avant de partir, et je ne peux pas en dire autant pour aucun de vous, déclara Dane avec un sourire narquois.

Max s'amusait bien de leurs plaisanteries et de l'ambiance si différente des repas silencieux de sa propre famille. Elle ne pouvait s'empêcher de se demander ce que cela devait faire d'avoir autant de frères et sœurs – autant de personnes qui seraient là pour elle.

— Nous soutenions Hugh, expliqua Savannah.

— Ben voyons. Tout ça pour ses cinq minutes de gloire tous les deux mois. Depuis combien de temps n'avez-vous pas vu Blake ? demanda Dane.

— Pour info, j'en ai discuté avec Blake et Danica et ils ont tout à fait compris. Le pardon est une belle valeur, déclara Savannah avec une expression sans équivoque. S'il y a bien une personne qui devrait le comprendre, Dane, c'est toi. À t'entendre, ils ne veulent plus nous parler et nous en veulent à mort.

Le silence s'installa autour de la table, et Max aurait juré que la tension était montée comme un brouillard alors que tous faisaient visiblement un gros effort pour ne pas regarder Hal, à l'exception de Rex, qui le foudroyait du regard. C'est alors qu'elle se souvint de ce que Treat avait dit sur le fait que son père était rancunier. Elle repoussa la nourriture avec sa fourchette en essayant de ne pas donner l'impression de vouloir se sauver, et se remémora sa conversation avec Treat à propos de Ryan. La douleur refit surface. Est-ce que le pardon était vraiment une belle chose ? Elle n'était pas sûre de pouvoir un jour pardonner à Ryan. Elle s'était enfuie et ne lui avait jamais donné l'occasion de s'excuser, et d'ailleurs, elle ne voulait pas de ses excuses.

*Il ne mérite pas le privilège de soulager son esprit.*

*Mais est-ce que moi, oui ?*

— Vous savez, Blake a passé beaucoup de temps avec nous quand nous étions jeunes, et on ne se marie qu'une fois, déclara Dane qui ramena l'esprit de Max au présent.

Elle avait le sentiment qu'il essayait d'apaiser la tension.

— Pour autant que je sache, aucun de mes frères n'a prévu de se marier prochainement, ajouta Savannah en beurrant un morceau de pain.

— Max, as-tu déjà été mariée ? demanda Hugh.

Elle était sur le point de boire et son verre se figea dans les airs.

— Hugh.

Il suffit d'un mot et d'un regard sévère de la part de Hal pour que tout le monde comprenne que ce genre de questions était interdit.

La conversation se tourna rapidement vers des sujets plus légers. On interrogea Max sur son travail et on s'extasia sur le festival. Mis à part la seule allusion sur le pardon, le repas fut agréable et, Max dut admettre qu'à part l'absence de Treat, elle passait un très agréable moment. Elle essaya d'imaginer ce que ça serait d'être là avec lui. Combien de côtes est-ce qu'il mangerait ? Quel genre de taquineries lui infligeraient-ils ? Comment réagirait-il ? Serait-il aussi ouvertement affectueux avec elle en présence de sa famille ?

Elle ressentit le besoin de le retrouver plutôt que reste ici à regarder ses frères et sœur se narguer.

— Merci pour ce bon repas, mais je vais devoir y aller.

Toute la famille l'accompagna jusqu'à sa voiture.

*Font-ils toujours tout ensemble ?*

— Savez-vous si Treat a déjà quitté la ville ou s'il est encore dans le coin ? demanda-t-elle.

— Oui ma chère, répondit Hal. Il prévoyait de partir plus tard, mais il a reçu un appel ce matin et est parti précipitamment.

— D'accord. Merci encore pour le repas.

Elle allait ouvrir la portière de sa voiture quand Hal la serra à nouveau dans ses bras. Son étreinte fut plus paternelle qu'amicale, et Max qui était déjà triste d'avoir manqué Treat, eut du mal à contenir son émotion face à cette famille chaleureuse et accueillante.

— C'était sympa, déclara Savannah. Tu devrais venir avec Treat la prochaine fois. Il sera contrarié de t'avoir manquée.

L'instant suivant, Savannah l'écrasait contre elle, puis ce fut au tour des frères. Après être ainsi passée de bras en bras, elle finit par monter dans sa voiture, et une fois hors de leurs vues, elle s'arrêta sur le bord de la route pour vérifier ses messages. Son cœur bondit en entendant la voix de Treat.

*Bonjour ma douce. J'ai dû partir plus tôt que prévu et j'ai été assailli d'appels à la seconde où je suis arrivé. Je suis coincé dans des réunions toute la journée, mais je vais essayer de t'appeler ce soir. J'ai hâte de te voir demain soir.*

Un sourire posé sur le visage, elle prit sa décision en une fraction de seconde et décida de lui faire une surprise. Elle laissa un rapide message – *J'ai hâte de te voir aussi ! Bonne chance pour tes réunions* – et appela l'agence de voyages avec qui elle travaillait durant le festival. En matière de voyage, Selena Shirlington faisait des miracles, ce qui était exactement ce dont Max avait besoin.

# CHAPITRE QUINZE

Jeudi en fin de journée, Treat roulait sur l'étroite route surplombant la baie qui menait à sa maison. Il avait oublié que le festival de l'huître avait lieu ce week-end, et que le moindre trajet dans la région prendrait des heures. Il prit avec précaution le dernier virage en évitant l'énorme rosier qu'il oubliait toujours de demander au jardinier de tailler.

*Des knock-out. Les fleurs préférées de Max.*

Il avait écouté deux fois son message après sa dernière réunion, et elle lui manquait tellement que s'il n'avait pas été ravi de lui faire visiter Wellfleet ce week-end, il serait rentré immédiatement. Il l'avait rappelée, mais était tombé sur sa messagerie vocale.

La maison apparut enfin et il se gara dans l'allée. Il n'avait pas eu le temps de déposer ses bagages avant sa première réunion, mais avait pu contacter Smitty, son gardien. Smitty avait connu sa mère, et avait toujours été proche de lui. Il savait déjà que la maison était remplie de provisions pour le week-end, qu'il y avait du bois près de la cheminée, que les pièces avaient été aérées et les lits déjà faits.

Tout en inspirant l'air iodé de la mer, il récupéra ses sacs et monta les marches du perron. Le Cap avait comme toujours, un effet rajeunissant sur lui, comme remonter à la surface après avoir nagé sous l'eau. Il ne manquait plus que la présence de Max dans ce lieu qui avait été l'un des endroits préférés de sa mère pour parfaire ce séjour. Ses parents avaient loué plusieurs fois cette maison quand il était enfant, avant que sa mère soit trop malade pour voyager, et Treat l'avait achetée dès qu'elle avait été mise en vente.

Il monta les marches du perron en observant les bardeaux de cèdre patinés. Il pouvait presque entendre la voix de sa mère. *« Oh, regarde, Treat ! Les bardeaux ont vieilli. Tu ne trouves pas qu'ils sont beaux avec cette couleur grise ? ».*

Elle adorait le mélange d'objets différents qui donnaient au final un résultat harmonieux.

Une fois à l'intérieur, il posa ses bagages près de la porte et laissa ses clés dans le bol en céramique sur la table de la cuisine. Les rideaux fouettaient les fenêtres ouvertes. Il se tint dans la brise et admira la baie. Ses bras se couvrirent de chair de poule, et il vit, posé sur le canapé, l'épais pull gris à torsades que sa mère avait tricoté pour son père.

*Ce bon vieux Smitty.*

Il l'enfila, et un sentiment étrange l'envahit, comme s'il n'était pas seul. Il regarda autour de lui dans ce salon confortable, et s'il avait été du genre à croire à ces choses-là, il aurait presque senti la présence de sa mère, heureuse de le voir porter ce pull. Un brin de culpabilité lui serra le cœur de rejeter si facilement les croyances de son père.

Il se demanda ce que faisait Max et espéra qu'elle soit sortie en compagnie de Kaylie et ses amies.

On frappa à la porte et il alla ouvrir en se demandant si c'était Smitty qui guettait son arrivée. Mais c'était son ami d'enfance, Charley – Chuck – Holtz.

Avec plus de gris que de brun en haut, et plus de ventre que de muscle au milieu, Chuck rayonnait par son dynamisme habituel.

— T.B !

— Chuck, comment vas-tu ?

Treat lui fit signe d'entrer et ils s'étreignirent virilement.

— Smitty m'a dit qu'il avait aéré la maison pour toi. Je me rendais en ville et j'ai décidé de m'arrêter. Je ne t'ai pas vu depuis un moment. Qu'est-ce qui t'amène ? demanda Chuck de son fort accent de la Nouvelle-Angleterre.

— Je viens de négocier l'achat d'une propriété.

Lui et Max allaient avoir quelque chose à célébrer ce week-end. Après des heures de négociations, les propriétaires de l'Ocean Edge Resort avaient accepté ses conditions, mais il voulait l'annoncer à Max en premier.

— Ça doit être sympa. Mec, je tuerais pour mettre la main sur des biens immobiliers par ici, mais c'est trop cher pour mon budget. Je rejoins Bonnie pour dîner au Pearl. Pourquoi ne pas venir avec nous ? Tu ne pourras faire aucune réservation ce week-end, et manger seul n'est pas amusant. Nous lui ferons la surprise. Elle parle partout de toi. Tu sais comment ça se passe. Tu es célèbre dans le coin ; un gros poisson dans un petit étang, ajouta-t-il avec un clin d'œil.

La dernière chose dont Treat avait envie, c'était d'être exhibé comme un trophée, mais il adorait Bonnie, et il savait qu'elle était sincèrement fière de sa réussite.

— Pourquoi pas ?

— Génial. Allons-y, dit Chuck en se dirigeant vers la porte.

— Maintenant ?

Treat baissa les yeux sur son costume. Il avait désespérément besoin d'une douche et… il toucha son menton… *de se raser.*

— Tu as raison. Quitte ce costume de singe et mets des

vêtements confortables.

— Très bien. Donne-moi quelques minutes pour me laver et me changer, dit Treat en prenant ses affaires. On se retrouve là-bas.

— Non, je vais t'attendre.

— Fais comme chez toi, répondit Treat en montant à l'étage.

Il entendit le réfrigérateur s'ouvrir, suivi de cliquetis des bouteilles de bière. *Bon vieux Smitty.*

— C'est ce que je fais, répondit Chuck.

Max regarda son téléphone en souhaitant pouvoir contacter Treat. Elle avait recherché son nom sur Google, dans l'espoir de trouver la rue où il habitait afin de lui faire la surprise, mais bien sûr, il aimait trop sa vie privée pour que cette information soit disponible. Mais où était le destin quand elle en avait besoin ? Au moins, elle avait réussi à avoir un vol direct pour Boston, et l'agent de location de voitures avait été efficace. Le GPS lui indiqua la direction de Wellfleet : il fallait prendre l'autoroute Mid-Cape qui se terminait par un rond-point à Orléans. Avec moins de vingt kilomètres de distance, elle y serait en un rien de temps.

Mais au rond-point, la circulation avançait à un rythme d'escargot, et lorsqu'elle s'engagea sur la route principale, elle s'arrêta nette.

Vingt minutes plus tard, elle était toujours coincée dans les embouteillages. Elle était à présent à Eastham, une petite ville pittoresque avec des cottages et quelques boutiques à l'écart de la rue principale. Treat avait dit que c'était la basse saison, mais alors qu'elle avançait lentement sur la grande route étroite, elle remarqua que toutes les maisons à louer affichaient des panneaux « complet ». Elle avait désespérément besoin d'aller aux toilettes et elle n'avait absolument aucune idée de l'endroit où il habitait. Finalement, après avoir été bloquée dans la circulation pendant ce qui lui parut une éternité, elle se gara sur le parking d'un Four Points Sheraton.

Le vaste hall était bondé de gens qui se pressaient autour de la réception. Elle se faufila entre un homme de grande taille et une petite blonde, et repéra un panneau indiquant les toilettes. En revenant, elle tenta de se frayer un chemin en sens inverse, mais il y avait encore plus de monde qui lui bloquait le passage.

— Excusez-moi, dit-elle à un homme d'âge moyen.

— Désolé, chérie. Nous attendons l'arrivée des autres membres de notre club. Vous pouvez passer entre ces deux femmes.

Max regarda les deux femmes rondelettes qui étaient en pleine conversation, et qui étaient si collées l'une à l'autre qu'il n'y avait aucun moyen de passer. Elle regarda le monsieur qui avait suggéré l'idée, et il leva l'index.

— Harriet, Kelly, s'il vous plaît, laissez passer cette jeune femme, dit-il d'un ton amical.

Les femmes se séparèrent, sans interrompre leur conversation, et Max se glissa entre elles, puis contourna deux enfants et un autre couple avant d'atteindre la réception.

— Excusez-moi. Est-ce qu'il y a un autre chemin pour se rendre à Wellfleet ? demanda-t-elle à la femme aux cheveux blancs derrière le bureau. La route principale est bloquée.

Cette dernière regarda Max comme si elle avait perdu la tête.

— Chérie, vous ne trouverez aucune route qui circule ce week-end. C'est le week-end de la fête de l'huître. Nous avons plus de monde dans la région que de place pour les contenir. Ça sera comme ça jusqu'à dimanche.

Une femme corpulente se glissa à côté de Max et posa des questions sur les transports. Puis un homme joua des coudes pour se placer devant elle, et Max préféra battre en retraite en se demandant ce qu'elle allait bien pouvoir faire jusqu'à ce qu'elle ait des nouvelles de Treat. Elle prit un dépliant sur le festival et une carte de Cape Cod sur une table, puis retourna à sa voiture et regarda la circulation dense.

— Pas vraiment la surprise romantique que j'avais en tête, marmonna-t-elle en essayant de ne pas perdre sa bonne humeur et décidée à trouver Treat coûte que coûte.

Elle remonta dans sa voiture et étudia le dépliant du festival, puis le retourna et lut les informations sur l'événement. Il était évident à présent qu'elle ne pourrait jamais approcher de ce festival en voiture. Mais selon le dépliant, elle n'était qu'à quelques kilomètres de White Crest Beach, où elle pouvait prendre une navette. Pourquoi ne pas s'amuser un peu en attendant l'appel de Treat ?

En arrivant enfin à la plage, elle se demanda quel genre d'idiote pouvait traverser le pays pour se rendre dans un endroit où elle n'était jamais allée, sans emporter un plan.

*Le même genre qui est partie en plein milieu de la nuit et qui s'est rendue au Colorado sans plan.*

Elle se demanda s'il ne valait pas mieux laisser un autre message à Treat pour lui annoncer sa présence, mais elle voulait entendre l'excitation dans sa voix quand elle le lui annoncerait. En plus, elle connaissait son homme : il l'appellerait dès que possible. En descendant de voiture, elle se dit que ce n'était qu'un petit retard face à un week-end fantastique. Le destin les avait déjà réunis ; ça se reproduirait.

Vingt minutes plus tard, elle descendait de la navette du centre-ville de Wellfleet. Les rues étroites et les trottoirs étaient bondés de visiteurs qui passaient de boutique en boutique. Sans même se rendre compte de ce qu'elle faisait, elle commença à scruter toutes les chevelures noires qui dominaient la foule, même si elle savait pertinemment qu'il travaillait.

De grandes tentes blanches étaient installées dans le parking de l'autre côté de la rue. Les yeux de Max s'écarquillèrent en voyant la foule entassée et aussi serrée qu'un banc de poissons. Elle suivit le mouvement, et s'arrêta devant la première tente, où des paniers faits main et du bois flotté sur lequel étaient peintes des scènes de plage, de bateaux et de goélands étaient posés sur les longues tables.

Max passa d'une tente à l'autre, dégustant des huîtres de cinquante manières différentes, tandis que les artisans locaux souriaient et discutaient de leurs produits et du festival. Bientôt, la recherche de Treat fut oubliée.

— Goûtez-moi ça ! s'écria un homme en lui tendant une coquille d'huître.

— Merci, mais j'en ai tellement mangé que je vais exploser.

L'homme se pencha par-dessus la table et dit :

— C'est bien sur ça que compte votre mari.

Après un clin d'œil et un hochement de tête, Max comprit enfin l'allusion – et se souvint de Treat.

Elle avait suffisamment l'impression d'être emplie d'hormone et pouvoir à peine se contrôler quand elle était avec lui. Pas besoin d'un coup de pouce ! Elle sourit à cette pensée alors qu'elle se déplaçait vers la tente suivante.

Le temps passa rapidement et, alors que le soleil commençait à se coucher, Max retourna vers la navette. Elle prit un siège près de la fenêtre et un vieil homme aux cheveux blancs s'assit près d'elle. Elle sourit puis se tourna vers la vitre, pas d'humeur à parler. Alors que le reste des passagers montaient à bord, la déception de ne pas avoir de nouvelles de Treat la submergea et confronta son énergie pleine d'espoir à la réalité. Et si Treat travaillait jusqu'à tard ? Et s'il n'appelait pas ? Elle pressa ses mains contre sa poitrine en essayant d'apaiser ses doutes et jeta un regard vers le flot de passagers qui descendaient d'une navette, et commença à trembler de froid. Sa confiance sur le fait de retrouver Treat descendit d'un cran.

— Est-ce que ça va ? demanda l'homme près d'elle d'une voix compatissante.

Max hocha la tête.

— Hmm hmm.

— Vous êtes sûre ? Parce que vous semblez contrariée.

— Je le suis un peu, en effet, admit-elle.

— Je m'en doutais. Vous êtes bien trop jolie pour laisser quoi que ce soit vous rendre triste. Vous voulez en discuter ?

— Non, merci, dit Max en souriant. C'est un peu gênant.

Le vieil homme se gratta la tête.

— Comme vous voulez. Avez-vous apprécié le festival ?

— Oui. C'était bien, répondit-elle alors que la navette avançait le long de la route bondée.

— Vous êtes du coin ? Attendez. Ne répondez pas et répétez simplement ça : « Park the car in the Harvard yard and party hearty ».

Le tout prononcé avec l'accent de la région en remplaçant les « ar » par des « ah ».

Max éclata de rire.

— Je la connais celle-là, dit-elle en imitant son accent.

« Pahk the cah in the Hahvahd yahd et pahty hahty. »

— Vous êtes du coin, alors, la taquina-t-il.

— Du Colorado, en fait. Du moins, c'est là que je vis maintenant. Je suis originaire de la Virginie.

— De toute façon, vous êtes loin de chez vous. J'ai vécu ici toute ma vie.

Il lui raconta l'histoire du festival et ses changements au fil des ans, mais Max était trop perdue dans ses pensées pour retenir le moindre détail, et se contenta d'écouter la cadence apaisante de sa voix. Quand la navette s'arrêta à White Crest Beach, elle se sentait moins anxieuse, et le remercia de l'avoir aidée.

— Si vous venez d'arriver, vous n'avez probablement rien de prévu pour dîner, déclara-t-il. Vous êtes la bienvenue chez moi et la patronne, si ça vous dit. Je suis sûr que Vicky aimerait avoir de la compagnie, et promis : pas d'huîtres.

Max réfléchit à ses options. Elle ignorait le temps qu'il faudrait avant d'avoir des nouvelles de Treat, et elle avait un peu faim et froid.

— La voilà, dit-il alors qu'une femme s'arrêtait dans une vieille camionnette.

— Chris, est-ce que tu importunes cette jeune femme ? demanda la femme.

Elle avait de longs cheveux gris coiffés attachés, un peu comme ceux de Max, et son large sourire illuminait ses yeux bleus amicaux.

— Non. Il a été vraiment gentil, déclara Max.

— Elle vient d'arriver en ville et je l'invitais à dîner avec nous.

— Bien sûr ! J'ai plein de saumon, de poulet, des épis de maïs, et je sais que nous avons suffisamment de gelée pour le dessert, déclara la femme. Au fait, je suis Vicky Smith, la meilleure moitié de Chris. Ses manières auraient besoin d'être revues.

— Je ne sais pas, dit Max.

Son côté responsable se demandait si elle ne se mettait pas dans une situation dangereuse. Ils paraissaient gentils, mais...

Une voiture transportant un autre couple âgé s'arrêta devant eux, et le conducteur baissa sa vitre.

— Salut, Vicky. Vous venez tous au feu de joie ce soir ?

— Oh oui, on y sera, répondit Vicky. Salut, Marge, dit-elle ensuite en faisant signe à une autre femme qui passait. Tu viens au feu ?

— Certainement ! répondit la femme en continuant son chemin.

Max observa les interactions, et à moins qu'elle ne soit entrée dans un univers parallèle de Stephen King où toute la ville serait impliquée dans le kidnapping de touristes, pourquoi ne resterait-elle pas avec eux ? Après tout, elle pouvait répondre à l'appel de Treat depuis chez eux au lieu de rester assise sur la dune et dans le froid.

Max avait plus faim qu'elle ne le pensait, et le repas fut délicieux. Elle aida Vicky à faire la vaisselle pendant que Chris alla chercher des couvertures et des chaises pour le feu de joie dont elle les avait entendus parler plus tôt. Elle était heureuse d'avoir accepté leur généreuse invitation, mais maintenant que la conversation était au point mort, elle repensait à Treat, et s'impatientait d'avoir de ses nouvelles. La nuit était déjà tombée.

— Vous êtes de passage pour le festival ? demanda Vicky en lui tendant une assiette à sécher.

La vieille dame lui rappelait sa grand-mère, avec sa générosité et sa façon de taquiner Chris comme elle le faisait avec son grand-père.

— Non.

*Je suis venue pour mon petit ami.*

— Boulot ? insista Vicky.

— Non plus, répondit Max en séchant une autre assiette et la posant sur la table.

— Amour ?

La réponse « *Oui* » était sur le bout de sa langue, mais elle se retint. Elle ne voulait pas se lancer dans une grande conversation à propos de Treat ; elle était déjà assez nerveuse à l'idée de le retrouver ce soir.

— Pas étonnant que vous paraissiez si distraite alors.

Vicky posa le plat qu'elle récurait et se tourna vers elle.

— Je vais vous dire ce que ma mère m'a dit il y a de nombreuses années. Elle a dit : « Les hommes sont comme de mauvaises herbes. Certains t'étrangleront jusqu'à ce que tu ne puisses plus respirer, et d'autres t'étrangleront une fois, verront que tu ne peux plus respirer, et laboureront ton sol pour le reste de leur vie pour être sûrs que tu ne seras plus jamais étranglée ». Puis elle m'a fait un clin d'œil et m'a dit : « S'il t'étrangle encore une fois, ramène ton derrière ici. S'il laboure ton sol, fais-moi des petits-enfants ». Et c'était tout. Je n'ai jamais regardé en arrière. Vous devez juste trouver votre laboureur, Max.

— Je pense que je l'ai déjà trouvé. Je n'ai plus qu'à le retrouver *ici*. Nous n'arrêtons pas de manquer nos appels.

— Il faut aimer la technologie de nos jours, déclara Vicky. Ce n'est plus comme au bon vieux temps où on sortait avec le garçon du coin depuis l'âge de treize ans et qu'on l'épousait à dix-huit ans.

— Est-ce qu'elle radote encore ? demanda Chris en entrant dans la cuisine avec son manteau.

Max aimait déjà ces deux-là.

— J'aime bien les histoires de Vicky.

— Tu vois, Chris ? Tout le monde n'a pas entendu mes histoires autant que toi. Sommes-nous prêts ? Le camion est-il chargé ? demanda-t-elle en s'essuyant les mains sur un torchon.

— Tout est prêt, répondit Chris en faisant signe vers la porte. Allons-y.

— Max, vous avez un apporté manteau ? Il fait froid, même avec le feu de joie. Chris, prends-lui un de mes manteaux.

— Euh… ? Je pensais que vous me ramèneriez à ma voiture.

— Votre voiture ? s'étonna Vicky. Oh mon Dieu, Max. Vous n'allez pas attendre cet homme toute votre vie. Venez un peu avec nous et faites connaissance avec nos amis.

Max sortit son téléphone une fois de plus et vit que le voyant de la messagerie vocale était allumé.

— C'est bizarre. Je ne l'ai pas entendu sonner, mais il y a un message.

— Ça arrive par ici, expliqua Vicky. Je pense que c'est la façon du Seigneur de nous dire de lâcher ces fichus trucs de temps en temps. Se débrancher et se détendre.

La jeune femme s'excusa et fila vers la salle à manger pour écouter le message.

*Bonsoir, ma douce* (Elle fondit intérieurement en entendant la voix de Treat). *Je me suis dit que j'allais essayer de te joindre. J'ai tenté d'envoyer un message, mais ça ne passe pas. Je sors avec de vieux amis. J'essaierai de te rappeler à mon retour. Je t'aime, Max, et j'ai hâte de te voir.*

Elle ne put cacher sa joie en rejoignant Vicky et Chris. La vieille dame la regarda et sourit.

— On dirait que quelqu'un a reçu son appel.

Max savait que la réponse était inscrite dans son large sourire.

— Alors ? insista Vicky en haussant les sourcils. Vous nous accompagnez ? Ou vous partez pour une soirée romantique ?

— J'adorerais venir avec vous si ça ne vous dérange pas. Mon « *laboureur* » est sorti avec des amis.

Max les suivit jusqu'au camion, sa foi dans le destin, à nouveau rétablie.

# CHAPITRE SEIZE

Avec le vent qui s'était levé, les cheveux épais de Treat étaient complètement ébouriffés. Il était rentré chez lui prendre un pull, et se trouvait à présent au sommet de la dune et passait en revue les feux de joie. Il réalisa alors qu'il n'avait aucun moyen de savoir lequel appartenait à Chuck et Bonnie. Il y avait énormément de monde autour de chaque feu, et pendant une minute il envisagea de rentrer chez lui. Peut-être que Chuck et Bonnie ne remarqueraient pas son absence ?

Tout ce qu'il voulait, c'était parler à Max, mais Chuck et Bonnie étaient de bons amis de longue date. Il retira ses mocassins et descendit la dune jusqu'à la plage en contrebas. Le sable frais couvrait ses pieds nus à chaque pas. Il prit un moment pour écouter les vagues qui se brisaient contre le rivage, et ses pensées voguèrent vers la soirée passée à Nassau en compagnie de Max. Ils avaient parcouru tant de chemin depuis, et son amour pour elle avait atteint des proportions qu'il n'aurait jamais crues possibles. Il donnerait n'importe quoi pour l'avoir à ses côtés en ce moment.

La lune planait au-dessus de l'eau comme un phare dans le ciel sombre. Des rires montaient à sa droite, où des enfants se lançaient une balle et plongeaient dans le sable pour la récupérer. Sentir l'air marin sur son visage avait toujours été l'une de ses sensations préférées. Ça lui rappelait son enfance, quand il jouait au bord de l'eau sous le regard attentif de ses parents. Il retroussa son pantalon en lin gris et de sa position accroupie, observa un groupe d'adolescents qui dessinaient des images dans les airs avec des cierges magiques, tout comme il le faisait à l'époque avec ses frères et sœur. Il se souvint du rire de sa mère qui le taquinait et le faisait rire aux éclats quand elle le faisait tomber sur le sable et lui chatouillait le ventre, avant qu'elle soit trop faible pour arriver à lever le menton. Il ne s'autorisait pas à revisiter ces souvenirs trop souvent, mais comme Max lui manquait, il se délecta de leur chaleur.

— Vas-y. Je le rattraperai !

Treat entendit quelqu'un crier. Il chassa ses souvenirs et se dirigea vers la plage et le premier feu de joie.

*Autant en finir rapidement.*

Quelques minutes plus tard, il entendit quelqu'un l'appeler. Il se retourna, s'attendant à voir Chuck, mais trouva Smitty à quelques pas, les bras chargés de couvertures. Treat revint sur ses pas et prit les couvertures des bras de son vieil ami avant de l'embrasser.

— Je ne savais pas que tu serais ici.

— Oh, tu connais Vicky. Toutes les excuses sont bonnes pour faire la fête.

Les cheveux blancs du vieil homme semblaient presque gris au clair de lune.

— Tu rejoins notre feu de joie ?

— Je ne sais pas. Je cherche Chuck et Bonnie Holtz.

Smitty secoua la tête.

— Ils ne sont pas avec notre groupe, dit-il en passant les personnes les plus proches en revue. Ce ne sont pas eux là-bas ? demanda-t-il alors en désignant un couple qui faisait rôtir des guimauves.

— Tes yeux fonctionnent mieux que les miens. Je pense que tu as peut-être raison.

— Treat !

Treat gémit à la vue d'Amanda, la fille d'une amie de Bonnie qui avait dîné avec eux. Il lui avait clairement fait comprendre qu'il n'était pas sur le marché des célibataires, mais elle était aussi insistante qu'un moucheron, et ne se laissait pas décourager.

— On dirait que ton amie t'attend. Passe-moi ça et va les rejoindre, dit Smitty en récupérant ses couvertures.

— C'est bon. Je vais te les apporter.

*Tout pour éviter Amanda.*

Smitty lui arracha les couvertures des bras en regardant la femme qui se dirigeait vers eux d'un pas déterminé.

— Elle semble savoir ce qu'elle veut. Nous sommes le dernier feu sur la gauche. Passe nous voir plus tard et amène ton amie si tu veux.

— Ce n'est pas mon amie ! s'écria Treat après lui.

Une demi-heure plus tard, Treat ne pouvait plus supporter Amanda, même pour passer du temps avec ses amis. Elle était horrible et collante, proposant de lui faire toutes sortes de choses obscènes et refusant d'accepter ses refus courtois. Elle était si tenace qu'il s'attendait presque à l'entendre marchander : « *Le tout pour la modique somme de cinq cents dollars* ». Il était sur le point de lui dire carrément qu'il ne coucherait jamais avec elle, mais il n'avait jamais été aussi cassant avec une femme. Et puis, il n'avait jamais été amoureux au point de refuser les avances d'une autre.

— Je vais te dire, dit Amanda en lui tapotant le bras. Si tu veux bien faire une promenade avec moi – une seule promenade, insista-t-elle en se penchant plus près avant de chuchoter : Je te promets de te faire voir les étoiles. Je serai *ta* friandise.

Treat serra les dents de colère. Il aurait pu avoir n'importe quelle femme, mais il savait à présent ce que c'était que de vouloir bien plus que de l'érotisme pur. De regarder quelqu'un dans les yeux et de vouloir davantage qu'une gratification sexuelle. Il voulait une vie de sourires à se tenir la main et à partager des petits-déjeuners et, aussi des nuits d'amour coquines, somptueuses et torrides. Trop, c'était trop.

— Excuse-moi, dit-il pour la centième fois en s'éloignant d'elle et se dirigeant vers Chuck.

*Pourquoi se sentait-il toujours obligé de se comporter en gentleman ?*

Il sourit intérieurement en y pensant. C'était la question que Max lui avait posée.

— Chuck, j'ai passé un bon moment, mais je dois vraiment y aller. Bonnie, tu sais que je t'aime beaucoup, mais tu devrais y réfléchir à deux fois avant d'inviter à nouveau Amanda. Elle est un peu agressive.

Bonnie rougit.

— Je suis désolée. Je ne savais pas que tu étais pris, jusqu'à ce que tu nous le dises au dîner, et il était trop tard pour lui dire de ne pas venir.

— C'est bon, même si je suis surpris que tu penses que je pourrais être intéressé par quelqu'un comme elle.

— Je suppose que je me suis dit qu'un homme comme toi serait habitué à ce que les femmes se jettent sur lui, expliqua Bonnie.

— Oui, mais m'as-tu déjà vu sortir avec l'une d'elles ? D'ailleurs, m'as-tu déjà vu avec une femme depuis que tu me connais ?

— Eh bien, non, admit-elle.

Il posa une main sur son épaule et l'embrassa sur la joue.

— Alors, s'il te plaît ne me méjuge pas, dit-il avant de tapoter le bras de Chuck. Merci mon pote. On se revoit bientôt.

Treat se dirigea vers le feu de joie de Smitty pour dire un petit bonjour avant de retourner chez lui appeler Max.

Max retira la couche supérieure d'une guimauve rôtie et la mit dans sa bouche avant de lécher la divinité collante de ses doigts. Ça faisait des lustres qu'elle n'avait pas fait griller des guimauves, et elle passait un merveilleux moment en compagnie de Vicky et ses amis. Elle avait bu quelques verres de vin et se sentait bien. C'était exactement ce qu'il lui fallait : un peu de temps pour déstresser et se remettre de son long voyage.

Même si elle aimait les montagnes du Colorado, être au bord de l'eau lui procurait un grand bien-être. Une jeune famille se promenait sur la plage. Les deux enfants couraient devant les pieds dans l'eau, tandis que les parents marchaient bras dessus bras dessous. Elle s'autorisa le fantasme momentané d'avoir un avenir et une famille avec Treat. C'était prématuré, mais elle ne pouvait empêcher l'espoir qui fleurissait dans son cœur.

Smitty poussa le bras de Vicky.

— J'ai oublié de te dire sur qui je suis tombé.

— Dieu en personne ? le taquina Vicky.

— Si on veut. Treat Braden.

Max s'étouffa avec sa guimauve. Vicky lui tapota le dos.

— Donne-lui un verre ! Vite, Chris.

Chris lui tendit une bouteille de vin, et Max en prit plusieurs gorgées. Quand elle cessa de tousser, elle en but un peu plus pour calmer ses nerfs, et finit par avaler près de la moitié de la bouteille. Son cœur battait la chamade alors qu'elle essayait de réfléchir à la façon de le surprendre. Devait-elle courir sur la plage et se jeter dans ses bras ? Ou la jouer prudemment et l'approcher doucement comme il l'avait fait sur le parking après le travail ? Elle se souvint des conseils de Kaylie et décida que le calme, la décontraction et la sérénité étaient sans doute la manière la plus séduisante de faire son entrée.

*Ce sera la meilleure surprise de tous les temps !*

— Une petite soif, Max ? demanda Vicky avec un sourire curieux.

— Désolée. Merci. Vous avez dit « Treat Braden » ?

— Vous le connaissez ? demanda Chris.

Son pouls s'accéléra.

— Oui, je le connais très bien.

*Je l'aime.* Max regarda la plage, mais il faisait trop sombre pour distinguer autre chose que des silhouettes vagues.

— Un grand type, beau comme un dieu ?

— Il a une place spéciale ici à Wellfleet. Je connais sa famille depuis des années, répondit Chris en riant. Il m'appelle toujours Smitty, comme le fait son père. C'était mon surnom quand j'étais plus jeune.

— Beaucoup plus jeune, le taquina Vicky. Si je lis correctement cette étincelle dans vos yeux, je pense que Treat pourrait être la raison de votre venue ici.

Max sourit et se leva, légèrement chancelante à cause du vin.

— Vous lisez parfaitement. Je pense que je vais faire un tour aux toilettes et me rafraîchir avant de partir à sa recherche. C'est dans le parking, non ?

— Je vous accompagne, dit Vicky en se levant de sa chaise.

— Non. Ça va aller. Merci quand même.

Elle partit vers les dunes qu'elle grimpa jusqu'au parking, et trouva les petites toilettes en parpaings. Elle alluma et se regarda dans le miroir. Ses yeux étaient vitreux, ses joues roses à cause de l'alcool, mais elle s'en fichait. Elle était plus que ravie. Sa surprise allait enfin marcher.

Elle fit bouffer ses cheveux, tourna son visage dans un sens, puis dans l'autre, plissa les yeux, puis les rouvrit en grand. Elle ne s'était jamais considérée comme quelqu'un de spécial, mais Treat pensait qu'elle l'était, et ça lui donnait envie de le croire. Elle se lava les mains, ravie de le surprendre, et partit à la recherche de son homme.

Après avoir scruté la plage, elle repéra sa haute taille, et sa main vola vers son cœur.

*Regarde-le.*

Il lui coupait le souffle. Elle commença à descendre la rampe, le regard braqué sur Treat alors qu'il longeait la plage. Une blonde courut après lui en l'appelant par son prénom, et l'estomac de Max se noua. Elle s'immobilisa alors que Treat s'arrêtait net et que la blonde lui touchait le bras.

— Hé ! Ne le touchez pas, s'exclama Max à haute voix, mais pas assez fort pour être entendue tout en commençant à descendre la pente raide.

Elle repéra Vicky qui s'approchait de Treat tandis que la blonde se plaçait devant lui et le tirait par sa chemise. C'était un geste tellement possessif que Max trébucha et tomba les fesses sur le sable au même moment où la blonde pressait ses lèvres sur la joue de Treat.

Ce dernier se tourna dans la direction de Max, et pendant un moment, elle fut incapable de respirer. Elle regarda sa silhouette, prête à jurer que l'air entre eux s'était électrifié. Que se passait-il ? Qui était cette sorcière ? *Non, non, non, non, non !* Ça ne pouvait pas arriver. Pas avec Treat.

# CHAPITRE DIX-SEPT

— Max ! cria Vicky en courant pour l'aider à se relever.

Max était trop abasourdie pour bouger. Elle regarda Treat saisir la blonde par les épaules et lui dire quelque chose qu'elle ne put entendre, mais son langage corporel lui disait tout ce qu'elle avait besoin de savoir. Il était penché sur elle, crispé et rigide, et pas du tout alangui et aimant, comme il était avec Max. Enfin, il relâcha les bras de la femme et se dirigea directement vers la rampe.

— Bravo, Treat. Cette femme n'a pas une bonne réputation, déclara Vicky.

— Et c'est bien mérité.

Treat braqua les yeux sur Max. Le chagrin et la confusion se lisaient sur son beau visage alors qu'elle se relevait. Il se précipita vers elle.

— Max… ? Que fais-tu ici ? Ce n'est pas ce que tu crois. Je peux t'expliquer.

— Tout comme si ce n'était pas ce que tu pensais quand tu m'as vue avec Justin ? demanda-t-elle en essuyant le sable de ses fesses.

— Oui ! répondit Treat. Exactement comme ça.

— Une minute, tu me déclares ton amour et la suivante tu embrasses une drôle de blonde, dit-elle d'un ton taquin.

À la lueur de soulagement dans son regard, elle vit qu'il avait compris qu'elle plaisantait, mais elle ne pouvait s'empêcher de continuer :

— Pas étonnant que ce soit l'endroit que tu préfères. Tu as sûrement une femme dans chaque port.

— Max ? dit Vicky. Chérie, je connais Treat depuis qu'il est petit. On le voit chaque fois qu'il vient. Nous connaissons toute sa famille, et il n'est pas celui que vous pensez.

— Tu vois ? Même Vicky sait comment tu es, le taquina la jeune femme.

— Non, Max. Il n'est pas la personne que *vous* croyez. Ce ne sont pas mes affaires, et je vais vous laisser régler ça entre vous, mais d'abord…, dit-elle en se tournant vers lui : C'est la femme la plus douce et la plus gentille que j'aie rencontrée depuis longtemps.

— Je sais, dit Treat en glissant un bras autour de la taille de Max.

— Max, continua Vicky. Les femmes courent tout le temps après Treat. C'est évident. Regardez-le.

— Il est tellement beau, approuva-t-elle.

— C'est un miracle qu'il ne se fasse pas constamment agresser. Mais c'est un gentleman. Il n'a pas de fille dans ce port et je ne l'ai jamais vu amener une femme par ici, ni même sortir avec une femme d'ici, et ce n'est pas peu dire, car il n'est pas de toute première jeunesse.

Max gloussa et Treat se renfrogna.

— Tout ce temps sans avoir trouvé une femme faite pour lui, poursuivit Vicky en lui prenant la main : Max, c'est votre laboureur, croyez-moi.

Vicky embrassa Treat sur la joue et ajouta à voix basse :

— Fais-lui du mal et je te tue. Je veux un siège au premier

rang pour le mariage.

— Merci pour tout, Vicky, répondit Max en l'embrassant. Je sais déjà toutes ces choses que vous avez dites à son sujet. Mais c'était ma petite blague Justin-devant-l'ascenseur pour Treat.

— Je ne veux même pas savoir ce que ça veut dire, chérie, mais d'après votre regard, je dirais que c'est une bonne chose.

Une fois Vicky partie, Treat haussa un sourcil.

— Il n'y a personne d'autre que toi, Max.

— Je sais. Je suis pompette, mais pas trop ivre pour voir la vérité.

La vérité n'était pas ce à quoi Max s'attendait. Elle s'était imaginé le pire, non pas à cause de Treat, mais à cause des fantômes qui agitaient leurs chaînes dans son placard.

— Que fais-tu ici, mon cœur ?

— Je voulais te faire la surprise, mais je ne suis pas très douée pour ça. Je ne savais pas où tu vivais.

— L'efficace Max n'avait pas de plan ? Une carte de chaque maison du Cap ?

— Ce n'est pas drôle ! dit-elle sèchement.

— Non, ce n'est pas drôle. Certains diraient que c'est le destin. Tu sais ce que ça signifie, n'est-ce pas ? demanda-t-il en la serrant dans ses bras. Tu raisonnais avec ton cœur.

— Ça semble être la seule partie de moi qui fonctionne quand je pense à toi.

— Dans ce cas, dit-il en la serrant plus fort et la faisant rire aux éclats alors qu'il la portait sur la rampe. Je prévois d'inspecter chaque partie de toi pour voir si c'est vrai.

# CHAPITRE DIX-HUIT

Treat porta Max chez lui et l'allongea sur le canapé, malgré ses protestations. Il lui retira ses chaussures et la couvrit d'une couverture comme Max n'en avait jamais vu de plus douce. Puis il commença à faire un feu.

— Je ne suis pas invalide, tu sais, dit-elle bien que fatiguée.

Treat avait récupéré ses bagages dans sa voiture et avait refusé de la laisser s'occuper de quoi que ce soit – y compris de sa voiture – qui, avait-il promis, serait très bien dans le parking de la plage.

— Tu as eu une longue journée et bu pas mal de vin, et j'ai *faim* de toi depuis que je t'ai quittée la nuit dernière, dit-il en l'embrassant. Repose-toi pour que je puisse t'épuiser plus tard.

L'idée lui plut. Alors qu'elle le regardait faire le feu, elle se demanda comment un cœur pouvait être si résilient. Son amour pour lui était si grand qu'elle avait l'impression de s'y noyer. Mais elle savait que ce n'était pas ça qui l'étouffait, mais les fantômes de son passé qui s'insinuaient dans le futur qu'elle voulait se créer en faisant des fissures dans les fondations qu'elle et Treat bâtissaient. Comment pourrait-elle faire à nouveau confiance sans comprendre ce qu'elle avait pu faire de mal par le passé ?

Elle lança un regard circulaire dans la pièce douillette – qui n'était pas beaucoup plus grande que son appartement, mais beaucoup plus agréable – avec sa cheminée en pierre qui s'élevait sur deux étages, et son plafond cathédral. Outre le canapé, la pièce ne comportait qu'une table basse et des étagères assorties, finement sculptées dans du bois peint en blanc. Elle était heureuse de voir que les étagères étaient non seulement remplies de livres, mais également de bibelots et de bougies, un peu comme les siennes. Il y avait aussi des photos de famille, et ça lui fit un peu mal qu'elle ait pu penser, ne serait-ce qu'une seconde, qu'un homme aussi loyal et honnête l'aurait intentionnellement blessée. Ce n'était pas dans sa nature. Elle en était persuadée, et pour la première fois, elle songea à retrouver Ryan afin de tourner la page.

Mais elle ne voulait pas penser à cette laideur maintenant. Elle ne voulait pas que Ryan ait le pouvoir de gâcher quoi que ce soit avec Treat, ou dans sa vie en général. Alors elle se concentra à nouveau sur son environnement. Il y avait un escalier entre la cuisine et le salon, qui d'après ses suppositions, devait mener à la chambre. Elle ferma les yeux, et son esprit voyagea vers cette chambre et la proximité qui viendrait bientôt. Elle sentit le canapé s'enfoncer à côté d'elle et ouvrit les yeux pour voir Treat qui la regardait amoureusement.

— Tu as assez chaud ?

— Hmm hmm.

Il lui caressa la joue.

— Je vais te faire couler un bain.

La simple pensée d'être plongée dans de l'eau chaude apaisa sa tension, mais entendre la voix emplie d'amour de Treat la réconfortait davantage.

— Merci, dit-elle. Mais tu n'as pas à me gâter autant. C'est moi qui devrais te gâter.

Il pressa ses lèvres contre les siennes dans un long baiser lumineux.

— Ne t'inquiète jamais que je choisisse quelqu'un d'autre que toi. J'ai promis de ne jamais te faire de mal et tu peux me faire confiance.

— Ce n'était pas vraiment de toi dont je doutais. Je savais dans mon cœur que tu ne me ferais jamais de mal, mais il y a eu cette peur instantanée qui m'a submergée. J'ai réalisé rapidement que c'était mon incapacité à faire confiance à mon propre instinct, et je sais que ça vient de mon passé. Mais j'essaie de trouver le moyen de garder ces fantômes dans le passé.

— On trouvera ensemble, mon cœur, dit-il l'expression sérieuse. Il n'y a rien que nous ne puissions faire ensemble.

Il monta à l'étage et revint quelques minutes plus tard pour la prendre à nouveau dans ses bras. Même si cela allait à l'encontre de chaque fibre de son être, elle se blottit contre lui, et se laissa dorloter.

Une odeur de vanille emplissait la spacieuse salle de bains éclairée aux bougies. Quand Treat la posa sur le sol en céramique, elle ne rêvait que de retourner dans ses bras. L'idée de prendre un bain chaud semblait merveilleusement décadente. Quand elle se regarda dans le miroir, le regard intime de Treat la ramena à la réalité, et elle jura que quoi qu'il arrive, elle trouverait un moyen de mettre son passé derrière elle.

Elle fit un pas vers lui, et il l'aida à retirer son sweatshirt avant de le poser soigneusement sur le plan de travail à côté d'un panier de savons et de lotions. Puis elle leva les bras alors qu'il lui retirait son tee-shirt et son soutien-gorge.

— Tu es encore plus belle à la lueur des bougies, dit-il.

Elle l'aida à déboutonner sa chemise et répliqua :

— Toi aussi.

Ils retirèrent le reste de leurs vêtements, et Max dut fermer les yeux face aux pulsions primaires qui se répandaient en elle comme une traînée de poudre. Quand il retira ses lunettes, elle ouvrit les yeux et croisa son regard.

— Ma douce, murmura-t-il d'une voix pleine de désir alors qu'il attirait son corps nu contre le sien et l'embrassait avec passion.

Il la guida jusqu'à la baignoire et l'aida à y monter avant de s'installer derrière elle et de la caler contre son torse. Elle ferma les yeux alors qu'il lui lavait les bras avec un chiffon chaud et savonneux et rassemblait ses cheveux pour les placer sur une épaule. Il baigna son épaule et son cou avec une telle tendresse qu'elle fondit contre lui. Il lava chacun de ses doigts, ses paumes, et ses poignets.

Quand elle chercha à se retourner pour le laver lui aussi, il la ramena doucement contre son torse.

— Détends-toi, murmura-t-il. Laisse-moi t'aimer.

Il lui lava le bas du dos, descendit jusqu'aux genoux, puis son bas-ventre, caressant sa cage thoracique, ses hanches et l'intérieur de ses cuisses. Max ferma les yeux. Son corps la maintenait comme une captive consentante, créant un cocon d'amour qui lui donnait l'impression d'être toute petite et féminine – et vibrante de désir.

Il enroula ses bras autour de sa taille, posant sa joue contre la sienne. Avec son souffle qui réchauffait ses épaules humides, Max aurait voulu rester là pour toujours.

Rien dans sa vie n'avait jamais procuré à Treat un sentiment de bonheur égal à celui de s'occuper de Max durant cette dernière heure. Il sentait sa tension se relâcher et son corps s'affaisser contre lui. Tout en elle était sublime, et même si son corps en réclamait plus, le sexe n'était pas ce dont il avait envie, mais de savoir qu'elle lui faisait confiance et se sentait en sécurité avec lui. Même s'ils ne faisaient rien d'autre ce soir, il serait quand même rassasié.

Les bulles se dissipèrent et l'eau se refroidit. Max se blottit plus près pour emprunter sa chaleur.

— Laisse-moi te sécher, ma douce.

Elle se déplaçait comme si elle était à moitié endormie, et ses minces bras se tendirent vers lui alors qu'elle se levait. Treat l'aida à sortir de la baignoire et l'enveloppa dans une serviette épaisse, puis en utilisa une autre pour la sécher doucement. Il se souvint de la façon dont son cœur s'était serré la première fois qu'il avait posé les yeux sur elle et des émotions inconnues qui l'avait secoué. À présent, il comprenait ces émotions et n'avait plus peur, mais il savait que Max, si, et il devait trouver un moyen de l'apaiser.

Alors qu'il la séchait, il comprit exactement ce qu'il devait faire : il protégerait le cœur de Max avec de simples actes de gentillesse et d'amour jusqu'à ce qu'elle ne connaisse rien d'autre que cela. Il fut surpris quand elle s'accrocha à son cou pour qu'il la porte jusqu'à la chambre, car elle était forte et autonome, et en était fière. La femme qu'il porta jusqu'à son lit ne manquait jamais de l'étonner – même quand elle était passée d'un désir intense à une peur panique sur la colline du Colorado. Cet incident lui avait également prouvé sa force, car la plupart des femmes auraient continué en cherchant à se raisonner afin d'aller au bout de l'acte. D'après son expérience, la plupart des femmes craignaient de perdre l'homme de leur vie. Mais comme Max l'avait si bien dit, elle avait moins peur de le perdre que de ne pas pouvoir faire confiance à son propre instinct.

Il tira les couvertures d'une main et la posa sur les draps propres, puis sortit un tee-shirt de sa commode et l'aida à l'enfiler. Le vêtement lui descendait presque aux genoux : elle avait l'air adorable *et* sexy.

Treat enfila un boxer, puis sortit les bougies de la salle de bain et les posa sur l'ardoise de la cheminée. Puis il s'allongea à côté de Max, appuyé sur un coude.

— Ça va mieux ?

— Beaucoup. Je ne pensais pas avoir bu autant de vin, mais je suis encore un peu pompette, dit-elle avant de se rapprocher et l'embrasser.

— C'est bon. Je ne te laisserai pas profiter de moi, dit-il en lui caressant doucement le dos du bout des doigts.

— Hmm. Ça fait du bien, dit-elle en fermant les yeux. J'aimerais rester ici pour toujours.

C'était exactement ce qu'il voulait aussi. Elle était si somnolente et détendue qu'il l'embrassa doucement.

— Ça serait parfait. Pourquoi ne te reposerais-tu pas, bébé ?

— Le repos n'est pas ce que j'avais en tête, dit-elle en bâillant.

— Aimer quelqu'un signifie aussi laisser son corps faire ce dont il a besoin, et ton corps a manifestement besoin de repos.

Elle embrassa son torse et le regarda.

— Mais mon cœur a besoin *de toi*.

— Alors tu m'auras, bébé.

Il l'embrassa et se dressa au-dessus d'elle. Max souleva ses hanches avec un sourire espiègle.

— C'était facile.

— Je veux que tu sois heureuse, dit-il en embrassant la commissure de ses lèvres. Si ton cœur a plus besoin d'être de moi que de sommeil, qui suis-je pour me mettre en travers de son chemin ?

Il commença par ses mains, embrassant chacun de ses doigts puis remontant le long de ses bras jusqu'à ses douces épaules puis sa clavicule, adorant tous les endroits qu'il avait lavés, et mémorisant chaque courbe. Il la fit trembler et supplier en caressant ses seins, puis scella sa bouche sur un sein parfait, suçant si fort qu'elle se cambra contre le matelas. Il continua à s'en délecter, taquinant de ses mains son intimité moite, charmé par la façon dont sa respiration s'accélérait et ses hanches s'agitaient. Enfin, il se positionna au-dessus d'elle et effleura son intimité de son sexe, à un rythme exaspérant, jusqu'à ce qu'elle tremble et émette des bruits affolants qui le rendaient fou.

— Treat, le supplia-t-elle en enfonçant ses doigts dans ses courts cheveux. *S'il te plaît*, je n'en peux plus.

Mais il n'avait pas encore fini de lui donner du plaisir. Il leva les yeux, s'assurant que ce qu'elle ne pouvait plus supporter, c'était bien du plaisir et non autre chose.

— Ne t'arrête pas ! supplia-t-elle en chassant ses inquiétudes.

Non seulement il ne s'arrêta pas, mais il libéra toutes ses pulsions les plus sombres. Il lui immobilisa les mains sur le matelas alors qu'il la dévorait sans relâche. Son sexe dur et lancinant était détrempé par son excitation. Le besoin de lui faire l'amour l'oppressait comme une main diabolique, écrasant chaque muscle de son corps. Une onde électrique s'éleva autour d'eux alors qu'il caressait, mordillait, suçait et embrassait, jusqu'à ce qu'ils soient tous les deux éperdus de besoin. Ce ne fut qu'à ce moment-là qu'il se couvrit d'un préservatif et s'enfonça en elle.

Il la berça, leurs corps tremblant de désir et d'amour alors qu'il plongeait dans ses beaux yeux emplis de tant d'émotions que son cœur se gonflait.

— Il n'y a rien que je ne ferais pas pour toi.

Elle enfonça ses doigts dans sa peau comme si elle ne voulait jamais le laisser partir.

— J'ai besoin de plus, supplia-t-elle d'une voix emplie de désir.

— Je suis tout à toi, chérie, dit-il alors que leurs corps ne faisaient plus qu'un. Tu as *tout* de moi.

# CHAPITRE DIX-NEUF

Max se réveilla entourée d'une odeur de café et de Treat, mais elle était seule dans la chambre. Elle resta allongée, à penser à quel point ils étaient devenus proches, et à quel point elle aimait qu'il lui fasse l'amour. Dans une brume bienheureuse, elle entra dans la salle de bain et fut surprise de trouver ses articles de toilette dans un panier à côté du lavabo. Son shampoing et son revitalisant étaient déjà dans la douche. Elle aimait son côté organisé, si semblable à elle. Après s'être brossée les dents, elle descendit à sa recherche.

Le salon était empli d'un parfum floral, et elle repéra un énorme seau antique en métal débordant de roses Knock Out.

*Oh, Treat.*

Elle le trouva dans la cuisine, douché, habillé et étonnamment beau en jean et tee-shirt. Deux autres vases de roses étaient posés sur le plan de travail et au centre de la table dressée pour deux. Il y avait également des croissants chauds, des fruits frais et des œufs durs. Max posa une main sur son cœur.

— Tu es l'homme le plus attentionné au monde.

— Bonjour ma belle. Je devais m'occuper de quelques affaires ce matin, alors je me suis levé tôt.

Il la parcourut lentement du regard, et elle se sentit réchauffée de l'intérieur.

— Tu n'étais pas obligée de faire tout ça, protesta Max alors que Treat lui tendait une tasse de café à l'arôme délicieux.

— Ce n'était pas grand-chose, et j'ai pensé que tu aurais faim. Vicky a appelé. Elle voulait savoir si tu allais bien, mais je pense que c'était un prétexte pour savoir si on était réconciliés.

— Tu lui as dit qu'on ne se disputait pas vraiment ? demanda-t-elle en posant le café sur la table avant de l'entourer de ses bras.

Je lui ai dit que nous avions eu une dispute horrible, mais que la réconciliation sur l'oreiller avait été incroyable, dit-il en l'embrassant.

— Au moins, tu as été à moitié honnête. Ces roses sont magnifiques.

— Elles bordent l'allée. Un coup du destin ? demanda-t-il en haussant les épaules.

— Le destin en effet.

Elle regarda la magnifique vue sur la baie. Le ciel d'un bleu poudré reflétait ses sentiments, tout comme le brouillard qui l'avait recouverte et que Treat avait fait disparaître pour ne laisser que la beauté entre eux. Cependant, elle savait que les squelettes de son passé étaient simplement retournés dans leur clandestinité et qu'ils n'attendaient que le moment propice pour ressortir à nouveau leurs têtes maléfiques.

Quand Treat lui prit la main, elle repoussa ses pensées pour se concentrer sur l'homme incroyablement bon qui se trouvait face à elle.

— Merci pour tout ça et pour avoir apporté mes affaires à l'intérieur, déclara-t-elle.

Il plaça la main de Max sur sa hanche et l'attira contre lui afin que leurs cuisses se touchent et que ses seins se pressent contre son torse.

— J'ai rangé tes vêtements dans les tiroirs de la commode.

— Treat, à t'entendre on dirait que je vais emménager ici.

— Pas encore visiblement. C'est pour ça que je ne voulais pas coucher avec toi hier soir. Les femmes sont inconstantes, la taquina-t-il avant de lui embrasser le cou.

— Je ne suis pas inconstante, dit-elle en s'accrochant à sa taille et inspirant plus fort à chaque coup de langue. Je n'ai jamais cessé de te désirer.

— Tant mieux, parce que tu es coincée avec moi.

— J'aime être coincée avec toi, dit-elle en mode flirt. Mais j'ai oublié de te demander comment s'est passée ta négociation.

— Ça a été un grand succès. Bientôt, je serai l'heureux propriétaire de l'Ocean Edge Resort & Golf Club. Et toi, ma jolie petite amie, tu vas devoir fêter ça avec moi.

— Treat, c'est merveilleux ! s'exclama-t-elle en jetant ses bras autour de son cou et l'embrassant.

— Je veux te faire visiter la ville aujourd'hui, dit-il entre deux baisers.

— Comment faire avec toute cette foule ?

Il continua de l'embrasser avec passion, et soudain plus rien n'avait plus d'importance. Il lui caressa le dos, les hanches, puis glissa ses mains sous ses vêtements et réchauffa sa peau nue.

— Au pire, le trajet nous prendra un peu plus de temps, dit-il en passant ses lèvres sur sa joue. On a tout le temps qu'il nous faut. Il n'est que 10 h 30.

— 10 h 30 ! Pourquoi ne m'as-tu pas réveillée ? s'exclama-t-elle en enfouissant son visage dans son torse tandis qu'il lui caressait le dos. Je suis tellement gênée.

— Tu étais fatiguée. Et puis, que t'ai-je dit hier soir à propos d'aimer quelqu'un ?

— Qu'aimer quelqu'un signifie laisser son corps faire ce

dont il a besoin.

— Et ton corps avait besoin de sommeil, dit-il en lui levant le menton et la regardant avec avidité avant d'ajouter : Surtout que je t'ai gardé éveillé toute la nuit.

Ils avaient été insatiables la nuit dernière, mais tandis qu'ils se consumaient de désir, elle se demanda ce que ça serait de se réveiller à ses côtés tous les matins et de s'endormir dans ses bras toutes les nuits sans se poser de questions sur l'avenir. Les mots de Vicky lui revinrent en mémoire – *C'est ton laboureur* – tandis que la bouche de Treat se posait sur sa nuque.

*Laboure-moi, bébé. Laboure-moi bien.*

— Treat, dit-elle à bout de souffle. *Tu es* ce dont mon corps a besoin.

— Comment peux-tu me manquer autant après seulement quelques heures de sommeil ? gronda Treat.

Il écrasa sa bouche contre la sienne tandis que Max se pressait contre lui. L'amour et le désir fusionnèrent, et il sentit ses pulsions les plus profondes s'emparer de lui. Mais il lutta contre l'envie de l'allonger sur la table de la cuisine et de lui faire l'amour jusqu'à ce qu'elle en oublie son propre nom.

— Je n'en ai jamais assez de toi, dit-il entre deux baisers avides.

Max passa ses mains sous son tee-shirt et envoya un éclair d'anticipation à l'entrejambe de Treat. Elle se tint sur la pointe des pieds alors qu'il l'embrassait, et quand il la souleva, elle enroula ses jambes autour de sa taille. Ses cheveux tombaient comme un rideau autour de leurs visages. Elle sentait à la fois le soleil et la folie, et il était vraiment fou, fou amoureux d'elle. Leurs baisers étaient durs et affolés. Il voulait ensevelir les doutes de Max et les chasser de son corps.

Après l'avoir assise sur la table il s'inséra entre ses jambes.

— Qu'est-ce que tu m'as fait ?

— Je ne sais pas, mais quoi que ce soit, j'en veux plus, dit-elle en lui retirait son tee-shirt.

Il regretta de ne pas être à l'étage, sur le canapé, n'importe où de plus respectueux, mais il était trop excité, et l'instant suivant, son corps prit le dessus.

# CHAPITRE VINGT

Après avoir récupéré sa voiture de location et l'avoir déposée au pavillon, Max et Treat prirent le chemin de la ville où ils se promenèrent en entrant main dans la main dans les magasins qu'elle avait repérés la veille. Ils choisirent des jouets pour les jumeaux de Kaylie et Chaz dans un sympathique magasin de jouets appelé Abiyoyo, et Treat lui acheta une écharpe qui, selon lui, mettait ses yeux en valeur. Alors qu'ils faisaient la queue à la caisse, il lui serra la main et lui dit que lorsqu'ils seraient vieux et grisonnants, il se souviendrait encore du jour où ils l'avaient achetée. Max trouvait de l'espoir dans toutes ces choses qu'il faisait et disait, des choses qui lui confirmaient qu'elle pouvait faire confiance à son instinct concernant Treat.

Ils continuèrent à flâner, déjeunèrent dans un petit restaurant appelé le Juice où ils partagèrent un bol de potage de palourdes et un sandwich. Treat s'enracinait dans son cœur d'heure en heure. Le simple fait de partager des repas ensemble était excitant, comme s'ils faisaient ça depuis toujours. Treat ne la pressa pas pendant le déjeuner ni plus tard alors qu'ils serpentaient avec la foule dans une rue consacrée aux galeries d'art. Il lui montra les œuvres qu'il aimait et s'intéressa à celles qui lui plaisaient. Il lui raconta des histoires sur les galeries qu'il avait vues à l'étranger, et à quel point il aimerait les lui faire visiter.

Soudain, elle s'interrogea sur l'endroit qu'il considérait comme son foyer, en réalisant que son séjour au Colorado n'était qu'une parenthèse. Il y était venu rendre visite à sa famille, et bien qu'il en soit parti pour s'occuper de ses affaires, où irait-il une fois que tout serait bouclé ici ?

— Si tu n'es pas trop fatiguée, dit-il en la serrant contre lui, j'aimerais aller à Provincetown, pour dîner, et peut-être voir un spectacle ? Ou nous pourrions retourner au pavillon et regarder un film et nous détendre ? C'est comme tu veux.

Ça semblait merveilleux, mais elle s'attachait tellement à lui, qu'il lui semblait soudain important de savoir ce qui se passerait après ce voyage.

— Treat ?

— Oh oh. Quel est ce regard ?

— Je suis juste curieuse. Où habites-tu ?

— Genre, où je garde toutes mes affaires ?

— Oui. C'est où ton « chez toi » ?

— Ça n'a pas d'importance, car il suffit que tu sois d'accord pour que ma maison soit là où tu seras.

Il l'embrassa et elle en ressentit un tel plaisir qu'elle se dressa sur la pointe des pieds pour prolonger leur baiser.

— Waouh, souffla-t-elle quand ils se séparèrent enfin. J'adore t'embrasser.

Il posa ses mains sur sa taille, et elle put voir dans ses yeux qu'il pensait la même chose – qu'il voulait la soulever pour qu'elle puisse enrouler ses jambes autour de lui et l'embrasser comme un fou.

*Oh, mais peut-être qu'il ne pense pas ça.*

Pourquoi s'éloignait-il et détournait-il les yeux ?

— J'ai dit quelque chose de mal ? demanda Max timidement.

Il secoua la tête.

— Tu viens d'emballer mon esprit d'une manière incom-modante, expliqua-t-il en baissant les yeux sur son pantalon et montrant ainsi son érection manifeste.

Max essaya en vain d'étouffer un rire.

— Tu te moques ? C'est pourtant terrible, Max. Je n'ai plus vingt ans. Je suis un adulte. Je devrais être capable de t'embrasser sans que le monde entier sache que je ne sais rien faire d'autre que te désirer... et vouloir être en toi, ajouta-t-il en baissant la voix à un murmure.

Max enroula ses mains autour de sa taille et éclata de rire.

— Oh, tu trouves ça drôle ?

Il lui prit la main et l'entraîna derrière deux énormes buis-sons d'hortensias, puis l'embrassa jusqu'à ce que ses jambes se transforment en spaghetti et que son rire soit remplacé par des gémissements. Ils tombèrent au sol, où il continua à l'embrasser en écrasant son corps contre le sien aux endroits stratégiques. Sa bouche chaude se déplaçait sur son menton, son cou et le long du V ouvert de son tee-shirt.

— Treat, supplia-t-elle.

Il effleura son mamelon du pouce et suça la pointe exposée de son sein jusqu'à ce que chaque molécule du corps de Max brûle de lui appartenir. Elle agrippa sa tête et ramena sa bouche vers la sienne.

— Max, murmura-t-il.

Mais son cerveau refusait de fonctionner. Elle était allongée sous son corps, haletante et avide de plus alors qu'il passait sa langue sur sa clavicule. Puis il s'écarta.

*Qu'est-ce que tu fais ? Où vas-tu ?*

Elle tenta de s'extraire de son brouillard empli de désir alors qu'il se levait et qu'un sourire arrogant apparaissait sur son visage.

— Viens ici, réussit-elle à articuler en frappant l'herbe à côté d'elle.

Treat croisa les bras.

— On peut être deux à jouer à ce jeu.

— Tu es tellement injuste ! dit Max en gémissant.

Il lui prit la main et la tira si fort pour la remettre debout qu'elle se heurta à lui. Et puis il l'embrassa à nouveau, explorant sa bouche avec un soin si délicat qu'elle le désira encore plus. En l'entendant gémir, il s'éloigna avec un sourire victorieux.

— Provincetown ? demanda-t-il.

Provinetown était une ville où l'art occupait une place prépondérante : elle était située le long d'un magnifique littoral et avait des boutiques éclectiques et une multitude d'artistes de rue. Ils virent un spectacle humoristique, et Max se plia en deux sur sa chaise en pleurant de rire. La regarder rire était devenu l'un des plus grands plaisirs de Treat, et il jura qu'il ferait tout ce qui était en son pouvoir pour qu'elle soit toujours aussi heureuse qu'en ce moment.

Après le spectacle, ils sortirent du club dans l'air frais du soir et arpentèrent Commercial Street, la route principale de Provincetown.

— Treat !

Ce dernier vit son vieil ami Marcus qui se dirigeait vers eux. Il était travesti en femme, très maquillé, avec une perruque et portant des talons.

— Mon ami ! Comment va le mec le plus sexy du coin ? demanda Marcus en l'embrassant sur les joues.

— Marcus, comment vas-tu ?

— *Maxine* ce soir, dit-elle avec un clin d'œil en secouant ses longues mèches brunes.

— Tu es magnifique, *Maxine*, dit Treat en jetant un coup d'œil à Max. Voici ma petite amie, Max.

Celle-ci lui tendit la main.

— Enchantée.

— Mon très cher Treat ne m'avait encore jamais présenté de *petite amie*. Tu dois être quelqu'un de *très* spécial si tu es ici avec lui. Viens par ici et donne un gros câlin à Maxine.

Elle l'étreignit chaleureusement avant d'ajouter :

— Et je le comprends tout à fait. Tu es *magnifique*. J'adore tes lunettes rouges et ton prénom !

— Merci, dit Max en touchant ses lunettes.

— Tout va bien ? demanda Treat. Comment va Howie ?

— Oh, chéri, il est aussi pénible que d'habitude. Cet homme a plus de sautes d'humeur qu'une armée de femmes avec des syndromes prémenstruels. Mais tu sais que je l'adore.

Treat passa un bras autour de Maxine et baissa la voix.

— Et son cancer ?

L'euphorie de Maxine diminua un court instant, puis elle réaffirma son sourire.

— Il s'accroche. Il apprécie vraiment – *nous* apprécions vraiment – tout ce que tu fais pour l'hôpital.

Ses yeux se remplirent de larmes qu'elle essuya avant d'agiter les mains pour se ventiler.

— Ouf. Je ne peux pas me lancer là-dedans maintenant, chéri. J'ai un spectacle ce soir.

Il la serra à nouveau dans ses bras, plus longtemps cette fois, comme son père l'avait fait avec Max.

— Je suis là, d'accord ? Si tu as besoin de moi, appelle à tout moment. Tu le sais. Embrasse Howie pour moi.

— Ça sera fait, Treat.

Maxine se pencha alors plus près de Max et dit :

— Cet homme est un saint.

Treat sentait les milliers de questions qui tournaient dans la tête de la jeune femme alors qu'ils continuaient à marcher le long du trottoir. Ils croisèrent un artiste de rue, aussi immobile qu'une statue qui semblait avoir été trempée dans une épaisse peinture dorée, tandis que les touristes jetaient de l'argent dans un chapeau à ses pieds et prenaient des photos avec lui. Treat attendit qu'elle pose des questions sur Howie et Marcus, et comme elle n'en fit rien, il prit les devants.

— Howie a perdu son assurance maladie il y a quelque temps, déclara-t-il en entrant dans Shop Therapy, une petite boutique vendant des vêtements rétro. J'ai passé un accord avec l'hôpital et les prestataires médicaux d'ici pour qu'ils me facturent directement les soins.

— C'est tellement généreux de ta part. Qui est Marcus… *Maxine* ? Je veux dire, comment le/la connais-tu ?

— C'est un copain. Je connais de nombreux habitants d'ici depuis toutes ces années.

— Tant de gens auraient du mal à embrasser un travesti, et tu n'as pas hésité.

— Tu ne semblais pas avoir de problème non plus, dit-il le regard interrogateur.

— Non, mais certains hommes ont des réactions bizarres avec ce genre de choses. Je ne sais pas. Je suppose que je me trompe.

— Je ne suis pas la plupart des hommes.

— Je ne te le fais pas dire. En fait, j'ai encore plus craqué pour toi en te voyant le serrer dans tes bras.

— Je vais devoir m'en souvenir, la taquina-t-il tandis qu'ils continuaient à flâner dans la boutique. Tu sais, se travestir n'est pas ce qu'il est. C'est ce qu'il fait dans la vie.

— Oh. Je ne savais pas. J'ai cru que c'était son mode de vie.

— Non, pas en ce qui le concerne, dit-il alors qu'ils regardaient un présentoir de chemises. C'est un comédien fantastique. Si tu veux, je t'emmènerai voir un de ses spectacles.

Max s'inséra entre le portant à vêtements et le corps de Treat.

— J'aimerais beaucoup. L'amour est beau, et ne devrait jamais être stigmatisé, mais toujours célébré. Je suis heureuse qu'on partage le même point de vue à ce sujet.

— Plus j'en apprends sur toi, plus je t'aime.

Il avait prononcé le mot « aimer » avec une telle facilité et il avait trouvé la sensation si agréable. Il posa ses lèvres sur les siennes et l'embrassa chastement, mais après l'avoir goûtée, il ne voulait plus s'arrêter. Max se pressa contre lui en insistant sur tous ses endroits stratégiques et il dut s'éloigner à contrecœur par peur de devoir se promener avec une érection manifeste.

Max entrelaça ses doigts aux siens.

— C'est tellement amusant la vengeance, dit-elle d'un sourire espiègle qui fit gémir Treat.

Elle remarqua alors les escaliers avec un panneau montrant des flèches colorées pointant vers le haut.

— Qu'est-ce qu'il y a là-haut ?

Il l'éloigna des marches qui menaient à un magasin de jouets pour adultes.

— Rien, chérie. Allons acheter une glace.

Ils marchèrent jusqu'au Purple Feather Café pour y prendre

une glace, puis se dirigèrent vers la plage pour la manger. Il faisait frais, mais ils se câlinèrent en se faisant goûter mutuellement leurs glaces.

— Qu'y avait-il à l'étage de ce magasin ? demanda Max alors qu'elle lui tendait une cuillère de glace au tiramisu.

— Un magasin de jouets pour adultes, dit-il, mal à l'aise.

— Oh, fit-elle en regardant l'eau. Tu aimes les utiliser ?

— Non, Max.

Il posa sa glace et l'attira sur ses genoux. Elle sourit timidement, signe qu'elle avait beaucoup plus de questions dans son cerveau bouillonnant.

— Je n'ai pas besoin de jouets ni de quoi que ce soit, à part toi. Mais si tu veux explorer de nouveaux horizons, on peut le faire ensemble.

— C'est un peu embarrassant d'en parler, murmura-t-elle.

— Alors, ne le faisons pas.

— Non, c'est gênant, mais c'est bien. J'aime savoir que je n'ai pas à cacher mon passé avec toi, que tu m'acceptes avec mes insécurités et qu'elles ne te font pas fuir.

— Bébé, rien ne me fera fuir, fit-il d'un ton affirmatif qui lui valut un grand sourire. Tu peux compter sur moi Max. Toujours.

— Et si je ne voulais jamais explorer de nouveaux horizons ? demanda-t-elle prudemment.

— Alors nous ne le ferons pas. Je veux t'aider à guérir.

— Tu m'as déjà aidée. Le simple fait de pouvoir t'accepter et te faire confiance est une étape cruciale pour moi, dit-elle avec sérieux. Et si un jour tu as besoin de plus, je ne t'en empêcherai pas.

— Max, j'ai trente-sept ans. J'ai déjà fait tout ça. J'ai fait les quatre cents coups. Toute autre exploration sera parce que nous voudrons le faire ensemble. Je t'assure qu'à part te partager avec un autre, il n'y a rien sur le plan sexuel que je ne ferais pas pour toi ou avec toi, si tu le voulais. Mais sache que tout ce dont j'ai besoin est ici, sur mes genoux. Entre nous ce n'est pas une histoire de jouets ou de repousser ses limites, mais simplement d'intimité.

Elle baissa son visage vers le sien et ses lunettes glissèrent sur son nez. Treat les remit en place.

— Mais les hommes ont besoin d'excitation, murmura-t-elle.

— Mon excitation vient du plaisir que je t'apporte, pas de savoir si tu es prête à utiliser des sex-toys.

— Est-ce que ça te suffira ? À long terme ?

— Max, *tu* me suffis. Tu me suffiras toujours. Je ne suis pas ton ex, et je n'ai jamais eu besoin de dominer une femme. Je ne suis pas comme ça, et la plupart des hommes que je connais ne le sont pas non plus. Les vrais hommes ne dominent pas. Ils chérissent, ils aiment, ils donnent du plaisir. C'est quelque chose de réciproque, et pas une question d'ego.

— J'espère que tu as raison, parce que je veux te croire.

Il scella sa promesse par un baiser.

— Il fait froid maintenant. Rentrons à la maison.

Max lui avait posé des questions sur sa maison, et alors qu'ils retournaient à la voiture, il se dit que sa réponse avait été tout à fait honnête : sa maison serait là où Max se trouverait.

# CHAPITRE VINGT ET UN

Plus tard dans la soirée, Max et Treat étaient assis devant un feu crépitant. Max avait posé les jambes en travers des genoux de Treat qui lui faisait un massage des pieds.

— Tu n'imagines même pas à quel point ça fait du bien, dit-elle en fermant les yeux de plaisir.

— Oh, je pense que si.

— C'est vrai ? dit-elle en ouvrant les yeux.

— Ce sont des caresses, et les caresses sont agréables, dit-il d'une voix rauque.

*Pourquoi ta voix allume-t-elle chaque fois mon corps ?*

Elle retira ses pieds de ses genoux et s'assit en les glissant sous ses fesses.

— Laisse-moi t'en faire un aussi, dit-elle.

— Max, quel genre d'homme penses-tu que je sois ?

— Pas comme ça, dit-elle joyeusement en lui giflant le torse. Laisse-moi te masser et te donner du plaisir.

Il haussa les sourcils.

— Tu es une vilaine fille.

— Sérieusement, laisse-moi te faire un massage.

— Si tu insistes.

Il l'embrassa, puis se leva et se dirigea vers un placard près des escaliers pour en sortir une couverture qu'il étala sur le sol devant la cheminée. Lorsqu'il passa son tee-shirt par-dessus sa tête, Max en eut le souffle coupé. Elle avait suffisamment vu son corps parfaitement sculpté pour ne pas réagir ainsi en le voyant, mais son amour pour lui ne cessait de grandir, et visiblement ses réactions aussi. Sa grand-mère lui avait dit un jour qu'elle saurait reconnaître l'amour, car elle serait capable de s'imaginer aimer la personne, quel que soit son physique. Alors que Treat retirait son pantalon, elle l'imagina vieux et bedonnant, et son cœur l'adora tout autant. Elle alla plus loin, imaginant quelque chose d'encore plus difficile : et s'il était blessé dans un accident ? S'il perdait un membre ou s'il était défiguré ? Alors qu'il s'installait sur la couette, vêtu uniquement d'un caleçon, elle sut que son amour pour lui était profond et que rien ne pourrait changer cela.

Il tapota la place à côté de lui.

— Assieds-toi avec moi.

— Ça risque d'être plus dangereux que prévu.

Elle ne plaisantait qu'à moitié. Croyait-il vraiment qu'elle saurait le toucher sans vouloir le dévorer ?

Il ouvrit la main et révéla une petite bouteille d'huile.

— Comme par hasard, tu gardes ça dans le placard secret avec une couverture ? Combien paies-tu tes amis pour qu'ils disent que tu n'amènes pas de femmes ici ?

Elle glapit quand il lui chatouilla les côtes.

— Je ne mens pas, ma douce.

— Je plaisantais !

— Tant mieux, parce que je veux que tu saches que tu peux me faire entièrement confiance. Je n'ai jamais amené personne d'autre que Savannah ici, et j'ai dormi sur le canapé, d'où la couette. C'est elle qui a laissé l'huile ici.

Agenouillée à ses côtés, elle ne put s'empêcher de le taquiner.

— Je suis censée croire le fameux « *c'est à ma sœur* » ?

Dans la seconde suivante, Treat se leva et se dirigeait vers la cuisine, où il récupéra son téléphone. Il appuya sur un bouton et quelques secondes plus tard, sa voix s'éleva.

— Salut, Vanny. Attends une seconde.

Max bondit aussitôt.

— Oh mon Dieu. Non ! Tu *sais* que je plaisantais !

« Mortifiée » n'aurait même pas pu traduire le sentiment d'embarras qui s'empara d'elle.

— Je n'aurai jamais rien à te cacher, lui dit-il en baissant la voix. Je veux que tu le saches et que tu le croies.

— Mais je le *sais*. Je te taquinais ! dit-elle dans un murmure.

Il mit Savannah sur haut-parleur.

— Vanny, dis bonjour à Max. Je t'ai mise sur haut-parleur.

— Salut, ma belle ! Je ne savais pas que tu serais à Cap !

Max fut surprise par l'enthousiasme de Savannah.

— Je voulais faire une surprise à Treat.

— Oooh, c'est tellement romantique, dit joyeusement Savannah.

— Hé, Vanny, j'ai trouvé ton huile de noyau d'abricot.

Treat sourit en faisant tourner la bouteille entre son pouce et son pouce tandis que Max se couvrait le visage.

*Ce n'est pas en train de se produire.*

— Oh cool. C'est super pour l'aromathérapie. Tu devrais l'utiliser. C'est génial, et ça ne laisse pas la peau grasse.

— Je suis sûr que nous en ferons bon usage, répondit Treat en envoyant un baiser à Max.

Il lui prit la main pour la ramener à la couverture, et se laissa tomber au sol avec un autre sourire victorieux.

— Rien d'autre ? demanda Savannah. Je dois te laisser. Je

suis avec Connor.

— Je voulais juste que tu saches que c'est ici.

Max tenta de surmonter sa honte alors qu'il posait son téléphone.

— Tu peux tout me demander, Max. Je te donnerai toujours une réponse honnête, et je ne te reprocherai jamais de ne pas me croire, car je sais que les gens mentent et que tu as été blessée.

— *Franchement*, je ne faisais que te taquiner. Tu n'avais pas besoin de l'appeler.

— Je le sais, mais je sais aussi que tu as été trompée et qu'on t'a menti. Je ne prends aucun risque.

Il l'embrassa tendrement, puis se retourna sur le ventre et s'étira.

— Maintenant que c'est réglé, je crois que tu avais très envie de mon corps, non ?

— Attention à tes chevilles !

Elle fit couler de l'huile sur son dos et commença à pétrir ses muscles.

— Comment peux-tu savoir si je n'avais pas planifié ça avec Savannah ?

Les mains de Max s'immobilisèrent alors qu'elle réfléchissait à sa plaisanterie. Elle finit par esquisser un sourire.

— Parce qu'elle n'accepterait jamais. Elle m'aime bien.

— Et si c'était moi qui n'accepterais jamais parce que je t'aime bien ?

*Pâmoison !*

Elle se pencha et l'embrassa sur la joue.

— Ça marche aussi.

À l'aide de ses deux mains, elle lui massa la colonne vertébrale, chassant la tension et se laissant guider par ses gémissements appréciateurs. Elle adorait savoir qu'elle lui apportait du plaisir en suivant les lignes de son corps et pétrissant lentement les courbes de ses biceps et ses épaules. Elle massa ses omoplates et descendit plus bas, vers les extrémités.

Le parfum d'abricot flottait dans l'air. Toucher sa peau lisse et chaude était une sensation très érotique, et les gémissements de plaisir ne faisaient qu'augmenter son excitation. Elle aurait aimé ne pas porter de vêtements pour pouvoir glisser son corps nu à côté de lui.

Elle ferma les yeux et essaya de calmer ses pensées, puis versa de l'huile sur ses cuisses et pétrit ses muscles qui se contractèrent sous ses mains. Elle le massa entre les jambes, lentement, mais avec force.

— Tes mains sont magiques, dit-il d'une voix gutturale.

— Hmm hmm, fit-elle en essayant d'ignorer la pulsation qui la traversait alors qu'il écartait plus largement les jambes.

Elle s'immisça entre elles afin de travailler sur chacune d'elles. Apprendre à connaître son corps si intimement lui apportait des vagues de désirs. Elle le massa par-dessus son fin caleçon de coton, pétrissant d'abord la fesse droite, puis la gauche, et enfin les deux. Comme elle en voulait plus, elle glissa ses doigts sous son caleçon et massa sa chair brûlante. Elle était déjà humide, prête pour lui, et il n'avait même pas posé la main sur elle. Dire qu'elle avait passé toute sa vie sans jamais toucher ou être touchée d'une telle manière.

Chaque caresse érotique la rendait encore plus avide. Refusant de réfléchir ou d'hésiter, et sans un mot – parce qu'elle n'aurait pas pu parler même si elle le voulait – elle retira ses vêtements. Se déshabiller lui sembla naturel, et laisser sa culotte en dentelle coquin et excitant.

Le feu réchauffait sa peau alors qu'elle s'allongeait au sol et l'embrassait juste au-dessus de la ceinture de son caleçon. Le gémissement réactif de Treat l'attira plus près de son corps, et ses seins frôlèrent sa chair huilée alors qu'elle embrassait ses muscles durs.

— Ma douce, murmura-t-il en se retournant pour lui faire face.

— Chut. Allonge-toi sur le dos.

Il se retourna et elle parsema son cou et ses épaules de baisers avant de remonter vers son visage, et enfin un point sensible juste sous l'oreille. Un autre gémissement s'échappa de Treat et son membre se contracta de manière visible. Agréablement surprise par sa réaction, elle recommença et cette fois lui suça le cou. Elle se glissa le long de son corps, l'embrassant et pressant ses seins et ses hanches contre lui, et sentit tous ses muscles fléchir contre elle. Audacieuse, elle le chevaucha en lui tournant le dos. Treat saisit ses hanches et enfonça ses doigts dans sa chair. Elle ferma les yeux et essaya de se concentrer à lui donner du plaisir plutôt que de penser au sien, même s'il la brûlait de l'intérieur. Elle se pencha en avant et utilisa ses deux mains pour pétrir ses mollets, ses chevilles et finalement ses pieds, qui étaient tout aussi magnifiques que le reste de lui.

Lorsque ses seins effleurèrent son sexe dur, il souleva les hanches et la serra plus fort. D'un mouvement rapide, il la tira en arrière et porta son sexe à sa bouche. Max inspira durement alors qu'il tirait la dentelle sur le côté et se régalait de son sexe humide. Elle ferma les yeux et se redressa en se cambrant alors qu'il l'attirait plus profondément contre sa bouche. Des ondes de choc traversèrent son corps comme du feu et de la glace. Elle n'avait jamais rien ressenti de tel, d'aussi incroyablement torride – et elle en voulait *plus*. Il poussa ses doigts à l'intérieur et trouva instantanément le point qui lui soutira de longs gémissements. Elle n'arrivait plus à penser et pouvait à peine respirer alors qu'il la portait haut sur les cimes.

— Oh mon Dieu, *Treat*, supplia-t-elle.

— Tu as un goût si doux. Dis-moi que tu es à *moi*, Max.

— Je suis à toi. Complètement à toi.

Il scella sa bouche sur son sexe et fit quelque chose d'incroyable avec sa langue. Le corps de Max fut traversé d'un courant électrique et elle aurait voulu que la sensation ne cesse jamais. Elle serra les dents alors qu'il la maintenait fermement, continuant à lui donner du plaisir jusqu'à ce que des feux d'artifice explosent en elle. Des sons indiscernables s'échappèrent de ses lèvres. Elle haleta et frissonna, surfant sur la vague de son orgasme alors qu'il la léchait, suçait, lapait et la sondait, jusqu'à déclencher un nouvel orgasme.

Quand elle redescendit enfin des nuages, le corps bourdonnant comme des fils sous haute tension, elle s'allongea près de lui. Le feu se reflétait sur leurs corps luisants. Treat voulut la relever, mais elle secoua la tête, se régalant visuellement de la chaleur emprisonnée sous son caleçon. Elle ne s'interrogea pas sur sa vigueur retrouvée ou son manque de gêne : elle était *maîtresse* de ses propres désirs, et voulait nourrir ce sentiment en lui donnant autant de plaisir qu'il lui en avait donné.

— Max.

Il tendit à nouveau la main vers elle, et elle secoua la tête en faisant courir le bout de ses doigts sous sa ceinture et effleurant son sexe gonflé. Il inspira, les dents serrées, et elle lui caressa le torse en encerclant un mamelon avec sa langue. Il lui saisit la tête à deux mains.

— Non, non, chuchota-t-elle en retirant ses mains. Mes conditions.

Il serra la mâchoire, et elle embrassa les muscles saillants de son cou. Ses seins effleurèrent les poils sur son torse, ce qui lui valut un autre gémissement affamé.

— Tu aimes ? demanda-t-elle, séductrice.

— Tu me rends fou.

Cette fois quand il la saisit, elle ne l'arrêta pas, appréciant ses baisers ardents et avides, et le chaume de ses joues. Ses émotions étaient tangibles lorsqu'il prit son visage entre ses mains.

— Max, je ne pourrais pas t'aimer davantage.

— Dommage. Moi qui croyais que tu pourrais m'aimer un peu plus chaque jour.

Toutes ses terminaisons nerveuses étaient en feu, et le battement de son entrejambe avait vidé son cerveau de tout son sang. Incapable de s'arrêter, il l'attira plus près de lui, sentant son précieux cœur – ce cœur qu'il voulait protéger et chérir – battre contre le sien. Ils se dévorèrent mutuellement la bouche tandis qu'il retirait culotte et caleçon, et la faisait rouler sous son corps. Elle écarta les jambes et leva les hanches pour l'accueillir alors qu'il pénétrait son intimité chaude et étroite.

— Bon sang, mon cœur. Je te jure qu'on est fait l'un pour l'autre.

— Montre-moi, murmura-t-elle en tournant sa bouche vers la sienne alors qu'ils trouvaient leur rythme.

C'était une véritable torture pour Treat de se forcer à ralentir afin de savourer chaque seconde de leur union et lui donner du plaisir à lui en faire perdre la raison. Mais chaque va-et-vient dans sa douce chaleur le transperçait. Il serra les dents pour lutter contre la pression croissante, jusqu'à ce que ses veines pulsent. Il lui agrippa alors les épaules sans cesser ses puissants coups de reins. Elle lui griffa le dos et se souleva pour répondre à sa passion, faisant ressortir tous les instincts primaires de Treat.

— Plus fort, supplia-t-elle. Plus *vite*. Ne te retiens pas.

Il remonta ses minces jambes sous ses genoux, la tenant par ses hanches alors qu'il la martelait. Elle était si chaude et si humide qu'elle mouillait ses bourses. Rien ne lui avait jamais semblé aussi bon, aussi agréable, aussi…

*Oh, merde.* Il se retira précipitamment.

— Préservatif.

— Quoi ? demanda Max en ouvrant les yeux.

— Préservatif, répéta-t-il en se relevant pour récupérer son portefeuille de son pantalon. Je suis désolé.

— Dépêche-toi, supplia-t-elle avant de glousser lorsqu'il recouvrit son membre d'un préservatif.

— Tu ne fais rien pour épargner ma virilité, la taquina-t-il.

Elle rit encore, si adorable qu'il se mit à rire aussi. Mais avant qu'il puisse reprendre sa position, les yeux de Max s'assombrirent et elle prit ses bourses dans ses paumes – le prenant totalement au dépourvu et transperçant son cœur. Elle joua ainsi avec jusqu'à ce qu'il ait l'impression d'exploser.

Il saisit son poignet et entrelaça leurs doigts alors qu'il se rallongeait sur elle et plongeait dans son regard.

— Ah, Max. J'ai besoin d'être en toi.

— Aime-moi, dit-elle en soulevant les hanches.

Il la pénétra d'une seule poussée, et ils laissèrent déchaîner leur passion, s'embrassant et se caressant, tandis que le son de leurs chairs claquant l'une contre l'autre emplissait la pièce.

— Plus vite, supplia-t-elle, en enfonçant ses ongles à l'arrière de ses hanches. Oui, oui… *Oh, mon Dieu !*

Le cœur de Treat était si plein d'elle, si plein *d'eux*, qu'il pouvait à peine réfléchir tandis qu'il déversait toutes ses émotions dans l'acte. Les parois intimes de Max palpitèrent autour de son membre alors qu'elle criait son nom, et il la suivit aussitôt.

Longtemps après, quand le feu devint braise et que leurs respirations se calmèrent, il la porta jusqu'au lit et l'aima à nouveau, lentement et tendrement, jusqu'à ce qu'elle s'endorme dans ses bras. Exactement où était sa place.

# CHAPITRE VINGT-DEUX

Le lendemain matin, Treat parlait au téléphone sur le porche arrière quand Max descendit. Elle s'assit près de la fenêtre ouverte, une tasse de café à la main, et le regarda faire les cent pas alors que la marée montait. Après avoir refait l'amour ce matin, ils s'étaient douchés ensemble, ce qui d'après Max, était la meilleure façon de commencer la journée. Elle aimait ce petit pavillon, et savait que ça avait tout à voir avec la personne avec qui elle était.

Treat s'assit sur une chaise et sa voix pénétra par la fenêtre ouverte.

— Je sais que j'ai parlé de faire une offre, mais c'est fini. Je ne peux pas avancer sur ce projet pour le moment.

Elle ne voulait pas écouter, mais son ton frustré lui parut alarmant. Elle se demanda pourquoi il abandonnait, et réalisa qu'il ne lui avait pas vraiment donné de réponse quand elle l'avait interrogé sur l'endroit où il habitait. Existait-il un lieu qu'il appelait un « chez-soi », ou voyageait-il tout le temps ? Il lui semblait que c'était plutôt la deuxième option.

Soudain, il se releva et renversa sa chaise.

— Ça suffit. J'arrête. Plus de nouvelles acquisitions.

Max se figea, à présent résolue à écouter chaque mot.

— J'ai assez d'argent pour deux vies. Je m'en fiche. J'en ai fini avec ça, dit-il en faisant les cent pas avec colère. Ce n'est qu'une propriété. Oui, je sais que ce n'est que trois mois, mais je ne peux pas y consacrer du temps en ce moment.

Il s'arrêta, écoutant manifestement celui qui était au téléphone. Max espérait qu'elle n'avait rien à voir avec ses plans gâchés.

— Je sais que c'est la Thaïlande. Oui, je sais ce que ça implique pour mon entreprise au niveau international.

La *Thaïlande* ? Il travaillait déjà sur ce projet quand elle l'avait rencontré à Nassau, mais il avait annulé son vol pour célébrer le mariage. Son estomac se noua.

Treat se passa sa main dans les cheveux tout en contemplant la baie.

— Je change les choses en commençant dès maintenant. J'ai quelqu'un d'important dans ma vie. Plus de voyages constants. Fini les acquisitions à l'étranger qui consomment toute mon énergie.

Max savait qu'elle aurait dû se sentir flattée par ce qu'elle entendait, mais elle était trop déchirée pour cela. Elle se remémora le regard de Treat quand il lui avait expliqué l'excitation que lui procurait son travail, et se ressaisit en le voyant revenir à l'intérieur.

— Bonjour, ma douce. Désolé pour ça.

Il l'embrassa sur la joue, et remplit sa tasse de café avant de s'asseoir à table comme si la conversation téléphonique tendue n'avait jamais eu lieu.

— Tout va bien ?

— Oui, pourquoi ?

— Rien. Je pensais juste… Peu importe, dit-elle, plus inquiète que jamais.

Elle avait écouté aux portes. Elle ne pouvait pas l'avouer et lui demander des précisions sur ce qu'elle avait entendu.

Quand il lui prit la main, elle déclara :

— Si tu as des choses à faire pour le travail, je comprends tout à fait. Ne reste pas à cause de moi. Je peux prendre un vol plus tôt.

— Je n'ai rien à faire.

Max aurait juré déceler un soupçon de malaise dans sa réponse, et même si c'était imperceptible, elle craignait qu'avec le temps cela puisse devenir beaucoup plus important. Elle savait que les couples qui abandonnaient trop de choses pour leur relation pouvaient finir par s'en vouloir. Au fond d'elle, elle s'était toujours demandé si c'était cela qui avait changé Ryan. Puisqu'il avait étudié la gestion hôtelière et qu'il pouvait trouver un emploi n'importe où, il avait accepté de déménager là où elle trouverait du travail. Il avait abandonné ses objectifs professionnels pour que Max puisse suivre ses rêves.

*Et il a fini par me détester pour ça.*

Elle décida de ne pas gâcher leur journée avec ses soucis et essaya d'oublier ses pensées. Au milieu de l'après-midi, la température avait augmenté et ils se promenèrent le long de la plage.

— Ça n'a jamais été mon truc de marcher sur la plage jusqu'à cette nuit à Nassau, dit Treat en levant leurs doigts entrelacés et lui embrassant la main.

Elle fut heureuse de le savoir.

— Je suppose qu'il y a tout un tas de premières fois entre nous, alors, parce que je n'ai jamais été masseuse et personne ne m'avait jamais fait de massage des pieds.

— Vraiment ? Tu n'as jamais eu de massage des pieds ? Eh bien, ma douce, je veillerai à m'en occuper personnellement à partir de maintenant.

La marée commençait à monter. Ils descendirent jusqu'à la jetée et marchèrent encore tandis que la baie s'élevait le long des énormes rochers. Treat regarda l'eau, les sourcils froncés. Max avait vu son visage passer de placide à contemplatif tout au long de la matinée. Elle mourait d'envie de l'interroger sur la Thaïlande, mais elle savait qu'il lui répondrait qu'il était prêt à changer de vie pour elle. L'idée qu'il abandonne des aspects de sa carrière qui lui procuraient tant de joie l'effrayait. Elle ne pouvait s'empêcher de penser qu'être à l'origine d'un change- ment aussi important n'était pas une bonne chose. Une personne intelligente, performante et surdouée comme Treat finirait par s'ennuyer et la blâmerait pour tout ce qu'il aurait abandonné.

Cette idée pesa lourdement sur l'esprit de Max durant tout l'après-midi. Ils dînèrent au Bookstore Restaurant près du port, et malgré l'ambiance cosy et l'agréable soirée, Max était trop distraite pour manger.

— Est-ce que tu vas bien ? demanda Treat.

— Juste fatiguée, dit-elle en feignant un sourire.

— C'est ma faute si tu as aussi peu dormi ces deux dernières nuits. Je te laisserai dormir ce soir.

Elle décida alors de l'interroger sur l'appel, mais il la devan- ça.

— Max, je pense que nous devrions parler de ce que nous comptons faire une fois ce week-end terminé.

Elle déglutit contre la douleur sourde au creux de son esto- mac. C'était l'occasion de le laisser s'en sortir, de lui donner une issue facile pour qu'il puisse s'absenter quelques semaines. Elle serra sa serviette sous la table et déclara :

— Je vais être débordée au travail, et je suis sûre que toi aussi.

— Je ne serai jamais trop débordé pour passer du temps avec toi.

Elle l'aimait tellement, mais était-ce un fantasme ? Pouvait-il vraiment être heureux en abandonnant une part de lui ? Peut-être pourrait-elle l'accompagner ? Le suivre dans sa carrière et aller où cela les mènerait ? Chaz lui avait déjà dit qu'elle pouvait télétravailler. Mais serait-elle heureuse de passer son temps à voyager à travers le monde entier ? Treat avait construit un empire, et elle savait qu'il avait besoin de l'excitation que lui procurait la découverte de nouvelles stations balnéaires et la gestion de négociations difficiles. C'était quelqu'un de dynamique, alors qu'elle était casanière… une casanière brisée. Elle ne savait jamais quand les problèmes de son passé resurgiraient, et même si elle savait avec certitude que Treat l'aiderait à les surmonter, une part d'elle se demandait si la situation n'était pas injuste pour lui.

— Max ? Que se passe-t-il ?

— Les hommes ne sont pas censés détester parler de leurs sentiments ? demanda-t-elle.

— Pas ton homme, dit-il en réglant la note.

Ils retournèrent au pavillon et s'assirent sous d'épaisses couvertures sur le porche arrière pour regarder le ciel nocturne au-dessus de la baie. Max souhaitait pouvoir figer la soirée et ne jamais avoir à prendre une décision.

— Es-tu prête à me parler ? demanda Treat.

La tête posée sur son torse, elle aurait voulu lui dire qu'elle préférait ne pas en parler. Qu'ils n'avaient qu'à retourner à leur vie, et qu'entre eux soit ça marcherait, soit ça ne marcherait pas. Elle voulait lui dire d'aller jusqu'au bout de son projet pour la Thaïlandaise et de ne pas mettre sa vie entre parenthèses pour elle – mais elle voulait aussi le garder et ne jamais le laisser partir. Elle s'était autrefois inquiétée de la confiance, mais à présent elle trouvait cela plus facile à gérer que la tempête latente qui planait. Autrement dit, être la raison pour laquelle il abandonnerait sa passion afin de le garder auprès d'elle pour toujours. C'était un bras de fer où il n'y aurait pas de gagnant.

Il l'attira plus près et elle ferma les yeux, s'autorisant une fois de plus à rêver de passer toutes ses nuits auprès de lui, ou d'être là pour lui quand il reviendrait du travail. Elle se rendit compte qu'elle ne savait même pas ce qu'il faisait, à part l'acheter des stations balnéaires.

— Explique-moi ce que tu fais. Je sais que tu possèdes des hôtels, mais qu'est-ce que cela implique vraiment ?

— Je ne veux pas t'ennuyer avec ça, répondit-il. C'est moins glamour que ça en a l'air.

— J'aimerais vraiment comprendre, dit-elle en se redressant.

La lueur d'excitation qu'elle avait vue dans son appartement apparut à nouveau dans ses yeux.

— Eh bien, je n'ai pas de planning fixe sur ce que je fais chaque jour. J'ai du personnel qui s'occupe des centres de villégiature et j'ai des gestionnaires qui supervisent le personnel, donc je passe la plupart de mon temps à travailler sur ce qui vient ensuite.

— Qu'est-ce qui vient ensuite ?

— Nouvelles acquisitions, fusions, recherche de zones et de distributeurs, bilans d'entreprises. Je prévois, planifie, analyse et élabore des stratégies, dit-il en se penchant en avant dans un élan d'enthousiasme. Je fais ça depuis douze ans et ça ne vieillit jamais. Il y a toujours quelque chose de nouveau à penser, et puis il y a les rénovations, les inaugurations, les événements mondains. D'ailleurs, j'ai un calendrier mondain assez chargé pour entretenir mes relations professionnelles. C'est une vie passionnante et fantastique. Ça a été un rêve, vraiment, un très beau rêve.

Il regarda Max et dut lire l'inquiétude dans ses yeux, car lorsqu'il s'adossa au dossier du siège, l'excitation avait disparu.

— Ça a été amusant, mais je suis prêt pour la suite de ma vie maintenant. Je n'ai pas besoin de continuer sur ce rythme. C'est ce que je faisais avant de te trouver, Max.

Il marqua une pause avant d'ajouter d'un ton plus grave :

— Je remplissais mes journées de travail, et mes nuits de tout sauf du permanent. Je fuyais tout avenir en dehors du travail, Max. Ma vie n'était pas épanouissante, expliqua-t-il avant de poser une main sur la jambe de Max et la serrer doucement. Ce que je fais est passionnant, eh oui, j'adore ça, mais maintenant que je suis prêt à *vraiment* vivre ma vie et que je t'ai à mes côtés, j'en veux plus. Je veux une maison, de la stabilité, et peut-être même des enfants un jour. Je veux le rêve que j'ai passé tant d'années à fuir.

Max n'entendit plus rien après « *C'est une vie passionnante et fantastique. Ça a été un rêve, vraiment, un très beau rêve* ». Elle savait qu'il ne fallait pas prendre un homme dynamique qui réussissait et le sortir de son élément. C'était comme mettre un ours en cage. Finalement, l'ours finissait par prendre conscience des barreaux et les démolir, même si ça devait blesser la personne qui l'avait nourri, répondu à ses besoins, et aimé durant des années.

# CHAPITRE VINGT-TROIS

Le froncement de sourcils que Max essayait si fort de cacher n'échappa pas à Treat. Il savait que son enthousiasme pour son métier était intimidant, mais il avait promis de toujours être honnête. Il aurait voulu la prendre dans ses bras et lui promettre qu'il savait ce qu'il faisait, mais il se rendait compte qu'elle avait décelé son malaise. Il n'avait aucune inquiétude pour Max, mais la Thaïlande le rendait nerveux. Il avait travaillé dur pour cette acquisition qu'il était prêt à abandonner pour être avec elle, mais aller au bout de cette négociation serait une jolie façon de dire au revoir. Cependant les trois mois de voyage à l'étranger qui l'inquiétaient. Comment pourrait-il demander à Max de mettre sa vie entre parenthèses et partir avec lui ? Ça aurait été injuste.

— Je t'ai clairement dit ce que je voulais, dit-il en soutenant son regard. Et toi, Max ?

Elle haussa les épaules, le mettant à la torture.

— Max ?

Si elle ne voulait pas de toutes ces choses, alors que faisaient-ils ensemble ? Pourquoi s'étaient-ils trouvés ?

Quand elle leva les yeux vers lui, il lui reposa la question.

— Que cherches-tu avec moi, mon cœur ? Comment envisages-tu cela ?

Max s'éloigna un peu de lui.

— Je suppose que nous avançons un peu trop vite.

Ses mots furent comme un coup de pied dans le ventre de Treat.

— Un peu trop vite ? Je pensais que tu ressentais la même chose que moi. Je pensais que tu le voulais autant que moi.

— Oui, mais…

— Mais quoi ? Max, on peut y aller plus lentement. Je n'ai jamais cherché à te brusquer.

— Je suis désolée, mais je t'ai entendu parler de la Thaïlande au téléphone. Et si tu finissais par m'en vouloir d'avoir abandonné cette affaire ? Et si je ne réussissais *jamais* à me libérer de mon passé ? Dans ce cas, ça serait l'enfer pour toi.

Il sentit sa poitrine se serrer à la voir tant s'inquiéter pour lui.

— Tout d'abord, je ne t'en voudrai jamais. Je comprends ton inquiétude Max, mais je peux continuer à acheter des propriétés qui ne nécessitent pas ce genre d'éloignement. Et en ce qui concerne ton passé, je serai là, quoi qu'il arrive. Ma seule préoccupation c'est que tu ne te rendes pas folle à ressasser ce que tu as traversé. En fait, tu n'as jamais eu de véritable rupture. Je ne veux pas que tu affrontes à nouveau ce type, mais peut-être que parler avec un thérapeute t'aiderait ?

Elle hocha la tête, les larmes aux yeux, et s'appuya à nouveau contre son torse.

— Peut-être, murmura-t-elle. Je ne veux pas que tu abandonnes ce que tu aimes pour moi, surtout quand j'ai tout ce travail à faire sur moi.

— Nous y travaillerons ensemble.

Max était émotionnellement épuisée. Tout ce qu'elle voulait, c'était fermer les yeux et effacer cette soirée angoissante. Elle fut soulagée que Treat lui prenne la main et la conduise à l'étage. Ils prirent un bain chaud ensemble et parlèrent jusqu'au petit matin. Même après que Treat se fut endormi, le cœur de Max ne voulait toujours pas s'apaiser. Chaque fois qu'elle fermait les yeux, elle voyait son magnifique regard noir danser d'excitation quand il lui expliquait à quel point il aimait son travail. Elle avait également ressenti son honnêteté lorsqu'il avait parlé de vouloir une vie plus authentique. Qui était-elle pour se remettre en question ses désirs profonds ?

Allongée dans le cercle de ses bras aimants, et admirant le clair de lune à travers les rideaux, elle sentit une pensée soudaine et perturbante lui traverser l'esprit. De quoi avait-elle *vraiment* peur ? Elle faisait pleinement confiance à Treat et elle savait qu'il ne lui mentait pas. Elle repensa à ce qu'il avait dit sur la rupture et se demanda s'il la connaissait mieux qu'elle se connaissait.

Essayait-elle vraiment de le sauver d'une vie de ressentiment, ou fuyait-elle le bonheur parce qu'elle était persuadée que Ryan l'avait abîmée à vie ? Elle était passée à côté de certains signes évidents à l'université : la façon dont il s'était soudain mis à boire davantage, à fréquenter les bars, à devenir méchant et à ne plus vouloir discuter avec elle. Elle ne raterait plus jamais ces signes, mais elle ne voulait jamais avoir à les *reconnaître* chez Treat en se disant qu'elle en était la cause. Elle était certaine que Treat se connaissait assez pour prendre la bonne décision, mais se connaissait-elle suffisamment pour faire de même ?

Trop agitée pour rester allongée, elle se leva sans faire de bruit et alla à la fenêtre. Le reflet de la lune ondulait sur l'eau. Elle avait besoin de quelqu'un pour la guider à travers son passé et l'aider à construire son avenir, ou d'une mère qui pourrait lui dire comment faire. Mais n'ayant ni l'un ni l'autre, la décision ne reposait que sur elle.

Le cœur dans la gorge, elle prit son téléphone et descendit. Elle se laissa choir sur le canapé en tremblant et ouvrit Facebook. Elle détestait utiliser les médias sociaux, en dehors de la promotion du festival. L'idée de raconter publiquement ce qu'elle faisait de ses journées lui semblait une énorme perte de temps, tout comme tweeter et se faire faire une manucure. En fait, peut-être qu'une manucure de temps en temps ne lui ferait pas de mal. Après une profonde inspiration, elle tapa le nom de *Ryan Cobain, Texas A&M* dans la barre de recherche. En quelques secondes, plusieurs Ryan Cobain apparurent. Son cœur s'arrêta presque de battre face à la photo de son ex-petit ami. Ne l'ayant pas revu depuis des années, elle fut prise au dépourvu par la douleur lancinante qui la transperça. Ses épais cheveux bruns étaient coupés plus court, et son visage s'était aminci. Si elle ne le connaissait pas si bien, elle aurait pu se dire que c'était un bel homme joyeux. Mais elle le connaissait. Elle étudia ses yeux verts et reconnut la même confusion fiévreuse que le jour de son départ.

Elle se dit de poser son téléphone et retourner se coucher, de disparaître dans la sécurité des bras de Treat. Mais Ryan resterait toujours tapi dans l'ombre. D'une main tremblante, elle cliqua sur l'icône du message, certaine qu'il ne répondrait pas, mais il fallait qu'elle tente de tuer les démons qui l'empoisonnaient comme une maladie.

Elle avait les yeux rivés sur la messagerie en se demandant ce qu'elle pourrait écrire. « *Salut, c'est Max. Tu te souviens de moi ? La fille que tu as molestée ? »*. Elle ferma les yeux, et ce fut en entendant la voix de Treat lui disant qu'il serait là quoiqu'il arrive et qu'ils guériraient ensemble, qu'elle trouva la force. Elle lutta pendant ce qui lui parut des heures, alors qu'en réalité ça ne devait faire que quinze minutes, avant de finalement écrire.

— *Salut.*

C'était tout ce qu'elle pouvait faire. Elle envoya le message et regarda bêtement l'écran comme s'il pouvait s'animer. Son corps était préparé à fuir ou à se battre, ce qui était idiot puisque ce n'était qu'un message.

— C'était stupide, dit-elle à la pièce vide avant de se diriger vers la cuisine et poser son téléphone sur la table pendant qu'elle se versait du jus de fruits.

Quelques minutes plus tard, son téléphone sonna et son pouls s'affola. Retenant son souffle, elle le prit et se figea.

*Je ne veux pas faire ça. Si, je le veux.*

Elle ferma les yeux, rassembla son courage, la mâchoire serrée si fort qu'elle craignait de se casser une dent, et elle lut son message.

— *Bonjour Max. Comment ça va ?*

Elle se mordit la lèvre inférieure et répondit.

— *Très bien.*

Depuis quand était-elle une menteuse ? Elle était bien loin de « très bien » en ce moment.

Sa réponse fut instantanée.

— *Tant mieux.*

Elle regarda l'écran, essayant de comprendre ce qu'elle cherchait à faire. D'habitude, elle ne faisait jamais rien sans un plan, et voilà qu'elle était à la dérive dans une mer d'inquiétudes. Pourquoi avait-elle tendu la main ? Que voulait-elle vraiment ?

Une rupture ? Voir si elle était assez forte pour l'affronter ? Voir s'il regrettait la façon dont il l'avait traitée ?

Tout cela en même temps ?

— *Où habites-tu ?* demanda-t-elle ?

Encore une fois, sa réponse vint rapidement.

— *Yakima, à Washington. Et toi ?*

Les mains de Max s'immobilisèrent. Elle ne voulait pas lui dire où elle habitait, mais quelque part au fond de son esprit, elle formait déjà un plan.

— *Je serai dans ta région demain pour le travail. J'aimerais passer te voir et discuter.*

Il répondit instantanément.

— *Je travaille toute la journée.*

— *Où ?*

Elle regarda l'écran après avoir envoyé le message, puis relut deux fois sa réponse suivante « *Crowne Inn, près de Central Avenue* », avant de prendre sa décision.

— *Je peux passer ?*

Elle retint son souffle.

— *Je n'aurais jamais cru que tu me reparlerais. Oui, j'aimerais beaucoup. J'ai des choses à te dire.*

Elle avait également des choses à lui dire, même si elle ignorait si ça serait sous forme de larmes ou de rage, et à vrai dire elle s'en fichait. Elle avait besoin de le faire, ne serait-ce que pour diriger toute cette haine contenue en elle vers la *bonne* personne. Son esprit efficace et organisé s'affairait déjà aux préparatifs. Elle détestait l'idée d'annoncer cela à Treat, mais elle savait que c'était nécessaire s'ils comptaient construire un avenir commun.

— *D'accord. 19 h ?*

Après qu'il eut accepté, elle commença ses préparatifs de voyage avant de se dégonfler. En quittant Ryan, elle avait emporté son fantôme tel un prédateur silencieux.

Après-demain, elle espérait ne plus jamais se sentir comme une proie.

# CHAPITRE VINGT-QUATRE

Le bras de Treat retomba sur un drap vide. Il ouvrit les yeux et trouva Max recroquevillée dans le fauteuil près de la fenêtre.

— Bonjour chérie. Ça va ?

— Oui, dit-elle doucement en s'approchant et en s'asseyant sur le lit. Je dois te parler.

— Je t'écoute.

Elle embrassa son torse nu et il passa son bras autour d'elle pour l'attirer plus près.

— Qu'est-ce qui se passe ? demanda-t-il en l'embrassant. Tu sembles tendue.

— Je le suis. Je dois partir.

— Partir ? répéta-t-il en se redressant, visiblement abasourdi. Pourquoi ? Que se passe-t-il ?

— Rien de mal. Je t'assure.

L'incertitude qui se reflétait dans ses beaux yeux inquiéta Treat.

— Alors pourquoi pars-tu ?

Elle inspira profondément et expira lentement.

— Quand nous étions à Nassau, j'ai tout de suite compris que nous nous plaisions. Et quand nous nous sommes retrouvés dans le Colorado, mes sentiments pour toi sont devenus limpides. Être ici ces derniers jours n'a fait que fortifier tout ça dans mon cœur et mon esprit.

— Alors pourquoi pars-tu ? C'est à cause de la Thaïlande ?

— Pas vraiment, mais dans un sens, oui. J'ai déjà été à ce tournant où nous nous trouvons en ce moment, quand l'un des deux doit abandonner ce qui lui est cher afin que la relation fonctionne. Et je sais que l'amour qui unit peut aussi se transformer en ressentiment, quand l'étape de la lune de miel est passée et que le quotidien s'installe, avec ses délais, ses pressions et ses nuits de travail tardives et que tout ce qu'on désire c'est d'avoir la paix. Et là, tous ces sentiments qui nous ont un jour unis disparaissent et le ressentiment s'installe.

Il prit sa main dans la sienne.

— Max, c'est faux. Je ne sais pas sur qui tu te bases pour dire ça, mais si c'est ton ex, alors s'il te plaît, oublie. Ça n'arrivera pas entre nous.

Il serra sa main plus fort, réticent à la laisser rompre leur lien.

— Peut-être que tu as raison, mais nous devons réfléchir à un moyen de ne pas tomber là-dedans, et pendant que nous y réfléchissons, je dois enfin en finir avec mon passé. Je ne veux pas amener mes fantômes dans notre relation, même si tu es prêt à me laisser faire. Je ne t'en aime que davantage pour ça, mais il est temps pour moi de grandir et d'affronter l'homme qui m'a fait du mal. C'est la seule façon pour moi de surmonter ce qui m'est arrivé.

— Qu'est-ce que tu racontes ? Où vas-tu ?

— Voir Ryan, pour déterrer mes fantômes et les libérer. J'ai parlé à Chaz et lui ai dit que j'avais besoin de quelques jours de congé supplémentaires.

À l'idée de Max faisant face à ce pervers, il se leva aussitôt.

— Je viens avec toi.

Il se dirigea vers la douche, colère et inquiétude faisant rage en lui.

— Treat, arrête.

— Tu ne feras pas ça seule, Max.

— Tu m'as dit que tu aimais que je sois forte, dit-elle en le rejoignant. Que si nous avions été ensemble à l'époque, tu aurais voulu savoir ce que j'avais à dire ! J'adore que tu veuilles venir avec moi, mais c'est *mon* passé, *ma* douleur, et te laisser t'en occuper me rendrait aussi faible que je l'ai été le jour où c'est arrivé. Je suis enfin en train de suivre les conseils de ma grand-mère et dire ce que je pense. Je dois le faire, et je dois le faire seule.

— Tu me demandes de te laisser te jeter dans les griffes d'un pervers ? Entre les mains d'un homme qui t'a fait tant de mal que ça te hante encore ?

Elle enroula ses bras autour de sa taille et le regarda avec des yeux confiants et déterminés.

— Oui, parce que si nous voulons avoir une chance de construire un avenir normal, je dois le faire. De la même manière que tu ne dois pas abandonner ce qui te rend heureux. Tu mérites une femme qui soit entière à tous points de vue. Laisse-moi essayer de devenir cette femme.

Il l'étreignit avec force et serra les dents contre tous ses instincts primaires.

— Je veux y aller avec toi. J'attendrai dans la voiture, peu importe, laisse-moi juste être là.

Elle secoua la tête, et ce fut cette détermination farouche qui le fit céder.

— Je n'irai jamais jusqu'au bout si tu es avec moi. C'est trop facile de te laisser prendre soin de moi. S'il te plaît, accorde-moi ça.

Il serra les dents.

— Pour info, je déteste cette idée, même si je suis fier que tu franchisses cette étape. Je te conduirai à l'aéroport et je veux connaître le nom de ce type, le lieu et l'heure de votre rencontre.

— J'ai déjà tout écrit. C'est sur la table. Je savais que tu le demanderais, et ne t'inquiète pas : je le rencontre dans un lieu public, là où il travaille, expliqua-t-elle avant d'ajouter avec un petit sourire. J'aimerais vraiment que tu me conduises à l'aéroport, mais que faut-il faire de ma voiture ?

— Smitty se chargera de la ramener.

— D'accord, mais nous devons nous dépêcher. Je ne veux pas rater mon vol.

Après avoir déposé Max à l'aéroport, les pulsions protectrices de Treat ne firent qu'augmenter. Il avait fait son sac et l'avait mis dans le coffre, mais Max était restée inflexible. Il se dirigea vers le guichet, en espérant qu'elle lui pardonnerait de venir quand même.

Son téléphone sonna et il le sortit de sa poche sans regarder le numéro.

— Max ?

— Euh non. C'est moi.

— Désolé, Savannah, dit-il, distrait.

— Je pensais que Max était avec toi.

— Elle l'était, répondit-il en réprimant l'envie de lui aboyer dessus. Qu'est-ce qu'il y a ?

— C'est papa. Il est malade et je m'inquiète vraiment pour lui.

— Je l'ai vu il y a pas longtemps. Il était fort comme un bœuf.

Il décida d'abandonner l'idée d'un vol ultérieur et d'affréter un avion pour arriver avant Max.

— Treat, tu m'écoutes ?

Le ton tranchant de Savannah le ramena au présent.

— Oui désolé.

— Tu dois rentrer à la maison. Papa a des vertiges et des douleurs à la poitrine, et j'ai peur.

Ses entrailles se tordirent à la situation dans laquelle il se trouvait, mais Max avait fait son choix, et son père était peut-être en danger.

— Emmène-le à l'hôpital. J'arrive.

Jurant à voix basse, il appela Max et lui laissa un message pour lui dire qu'il rentrait chez lui. Puis il appela son ami Brett Bad, propriétaire d'Elite Security afin qu'il fasse une petite enquête sur l'homme qui avait fait du mal à Max, ainsi qu'un agent de sécurité en civil pour veiller sur elle en son absence. Elle pouvait bien se mettre en colère, mais il était hors de question qu'il prenne le moindre risque avec sa sécurité.

# CHAPITRE VINGT-CINQ

Tout devint limpide pour Treat en s'asseyant au chevet de son père à l'hôpital. Il était temps pour lui de rentrer à la maison et de poser ses valises. Et c'était avec Max qu'il voulait le faire. Il avait construit son empire grâce à ses talents de négociateur et son implication dans chaque transaction. Il se donnait tellement à fond lorsqu'il s'agissait d'acquisitions, qu'en dehors de ses conseillers juridiques et financiers, il n'avait jamais besoin d'aucune assistance. À présent, il voyait tout cela sous un jour différent : il s'était caché – de la culpabilité d'avoir quitté sa famille, de l'engagement et de l'amour. Pour la première fois de sa vie, il était suffisamment attaché à quelqu'un pour vouloir arrêter de se cacher.

Il prit la main de son père en espérant qu'il ne soit pas trop tard pour rattraper toutes les années perdues.

— Tu veux retourner chez papa et déballer tes affaires ? Te détendre un peu ? demanda Savannah.

— Je ne pars pas, déclara Treat. Mais tu peux y aller. Je serai là à son réveil.

— Je n'ai pas l'intention de partir. Rex repassera après s'être occupé des corvées du soir. Je suis sûr que ça ira si tu veux qu'on se relaye.

— Savannah, je n'irai nulle part.

Il ne voulait pas paraître bourru, mais voir son père dans un lit d'hôpital lui rappelait les souvenirs douloureux des derniers mois de sa mère. Elle avait fait tant de séjours à l'hôpital qu'il en avait perdu le compte, et même si son père était beaucoup plus grand, l'hôpital avait le même effet sur lui, le faisant paraître faible et diminué sous ses draps stériles.

— D'accord. Dane a enfin reçu mes messages. Il est en Australie et prend le prochain vol.

— As-tu pu joindre Hugh ?

— Il est en route, et avant que tu puisses demander, Josh aussi. Il a dû changer son emploi du temps avant de pouvoir partir, déclara-t-elle avant de choisir un siège plus proche de Treat. Tu veux en parler ?

— Non. Je veux que les médecins finissent leurs foutus tests et qu'ils nous disent ce qui ne va pas chez lui.

Leur père remua.

— Papa ? s'exclama Treat en se levant, tandis que Hal clignait des yeux.

— Treat ? Que fais-tu ici ? demanda-t-il en regardant autour de lui avec confusion. Qu'est-ce que… ?

Il baissa les yeux sur sa blouse d'hôpital.

— C'est une blague, j'espère ? dit-il en se tournant vers Savannah, les sourcils froncés.

Treat poussa un soupir de soulagement de voir que leur père n'avait pas perdu son énergie. Ça devait être bon signe.

— Tu n'arrivais plus à respirer, papa. Que voulais-tu que je fasse ? Te laisser mourir devant moi ? demanda Savannah.

Soudain, Treat réalisa que Savannah était censée être à New York lorsque cela s'était produit.

— Attends. Pourquoi étais-tu chez papa ? Je pensais que tu étais rentrée chez toi.

Ce fut la voix basse et grondante de son père qui lui répondit.

— Il s'avère que Connor Dean est plus qu'un client, et que ta sœur s'est disputée avec cet homme qui n'est pas assez bien pour que sa famille le rencontre, mais qui est apparemment assez bien pour qu'elle fasse le tour du monde avec lui.

Treat lança un regard interrogateur à Savannah qui haussa mollement les épaules avant de détourner les yeux – son signal habituel pour dire *« Je ne peux pas en parler maintenant »*.

Même si Treat était désireux d'en savoir plus, il n'était pas capable de se concentrer sur la vie amoureuse de sa sœur pour le moment. Pas quand Max était en train de traverser tout le pays pour affronter son ennemi juré, et que son père était allongé dans un lit d'hôpital.

— Papa, tu devrais te calmer. Ils font des analyses pour comprendre ce qui s'est passé, mais ils pensent que c'est peut-être ton cœur.

— Pff, fit Hal en agitant la main avec dédain. J'ai revu ta mère, c'est tout. Ta sœur a réagi de manière excessive.

Savannah et Treat échangèrent un regard inquiet. Treat repensa à la première fois qu'il était revenu au pavillon. Il aurait juré que sa mère était là, et même en ce moment il se posait des questions.

Leur père appuya sur le bouton de son lit afin de le relever et s'asseoir correctement.

— Ne pensez pas que je n'ai pas vu vos regards.

— Papa, commença Savannah. Nous sommes juste inquiets pour toi.

— Eh bien, je vous suggère de vous inquiéter pour vous-même. Et toi, ajouta-t-il en pointant un doigt en direction de Treat. Ta mère est malade d'inquiétude à ton sujet. Qu'est-ce que tu fiches avec cette gentille jeune fille, Max ? Je l'ai rencontrée, tu sais. Nous l'avons tous rencontrée. Elle me fait penser à ta mère. Elle est toute mignonne et pourtant je parie qu'elle est bien têtue elle aussi.

Treat sourit en repensant à leur matinée.

— Oui, c'est vrai.

Heureusement, le médecin entra dans la chambre avant qu'ils n'aillent plus loin sur le sempiternel « *ta mère* ». Le Dr Mason Carpenter avait été le médecin de leur père d'aussi loin que remontaient les souvenirs de Treat. Lorsqu'il avait pris sa retraite deux ans plus auparavant, son associé et fils, Ben, avait pris la relève. Ben et Treat avaient grandi ensemble, et ce dernier faisait non seulement confiance à son jugement médical, mais il avait toujours trouvé que Ben était un ami fidèle. Les deux hommes se serrèrent la main.

— Treat, content de te revoir, déclara Ben avant de se tourner vers Savannah.

Ben avait craqué pour Savannah lorsqu'ils étaient plus jeunes. Treat se souvenait encore de l'été où lui et Ben étaient rentrés de l'université. Savannah qui était alors au lycée, avait réalisé que son corps n'était plus celui d'une petite fille, et l'avait affiché comme tel, au grand désarroi de Treat. Ben avait été incapable de la quitter des yeux, et d'après ce qu'il voyait, ses sentiments n'avaient pas changé.

— Savannah, tu es toujours là ? dit Ben surpris. Ravi de voir que tu as tenu compte de ma suggestion de rentrer chez toi et te reposer un peu.

— Oui, et je ne pars pas de sitôt, dit-elle en croisant les bras.

— Benjamin, quand est-ce que je pourrai sortir ? demanda leur père.

— Eh bien, monsieur Braden, répondit Ben en souriant. Je

dois vous poser quelques questions. Que faisiez-vous lorsque vos symptômes ont commencé ? Savannah n'a pas su me répondre. Faisiez-vous quelque chose d'épuisant ?

— Je te l'ai dit. Il était dans la grange quand je l'ai trouvé…

— La dernière fois que j'ai vérifié, chérie, c'était encore moi « monsieur Braden », déclara leur père. Ou il s'adressait peut-être à Treat ? Mais Ben ici présent, sort de la fac de médecine, et à voir la façon dont il te regarde, je ne pense pas qu'il te prendrait pour un « *monsieur* ».

Ben rougit, Savannah bouillonna et Treat rit dans sa barbe.

*Formidable papa. Tu vas bien.*

— Pour répondre à ta question, j'étais dans la grange avec Hope, répondit leur père. Et, appelle-moi Hal, s'il te plaît. Depuis combien d'années je te le demande ?

— Et vous la brossiez ? Vous nettoyiez le box ? demanda Ben. Que faisiez-vous exactement ?

Treat sourit de voir que le jeune médecin ignorait la demande de son père. Ben avait déjà dit une douzaine de fois à Hal qu'il avait trop de respect pour l'appeler par son prénom, mais son père ne manquait jamais de râler à ce sujet.

Hal pinça les lèvres en croisant les bras, et Treat regarda ses biceps rebondir au même rythme que sa mâchoire crispée. Il lui rappelait tellement Rex que c'en était troublant. Assis bien droit et agacé au plus haut point, son père n'avait plus l'air ni petit ni maladif dans sa blouse d'hôpital. Il avait même l'air prêt à bondir de ce lit et à se remettre au travail.

*Voilà le père que je connais et que j'aime*, se dit Treat avant de lever les yeux au ciel et articuler en silence : *Merci.*

— Monsieur Bradden ? insista Ben.

Hal grommela avant de céder.

— Oh, d'accord. Mais je ne veux entendre aucune réflexion

à ce sujet, tu m'entends, Benjamin ?

— Oui monsieur. Pas de réflexion, répéta Ben avec un hochement de tête.

Ben avait déjà vu Hal sous toutes ses humeurs. Lui et ses parents avaient souvent été invités pour un barbecue au ranch.

— Je parlais à Adriana, déclara Hal en passant en revue le visage de ses enfants, puis celui de son médecin.

Treat savait que son père voyait la même chose que lui sur les visages de Savannah et de Ben : de la pitié. Lui-même se donnait toujours beaucoup de mal pour ne jamais laisser transparaître cette expression sur son propre visage, mais après son séjour à Cap, il n'était plus sûr de rien concernant sa mère.

— Ne me regardez pas comme ça. Je me fiche de ce que vous en pensez. Adriana était là et elle veillait sur Hope, tout comme moi, affirma-t-il avant de se tourner vers Treat en pointant un doigt. Elle a peur que tu te perdes tellement dans ton petit monde de stations balnéaires et tout ce qui remplit tes journées, que tu en oublies l'essentiel, conclut-il en tapotant son cœur.

Ben fronça les sourcils et Treat leva les paumes, comme pour dire : « C'est mon père tout craché ». Mais il ne pouvait se mentir : les paroles de son père résonnaient en lui après ses pensées au sujet de Max.

— Monsieur Braden, je ne doute pas que vous croyiez avoir vu votre femme, dit Ben prudemment. Ou que vous ayez des conversations avec elle.

— Oh, bon sang, Ben, s'exclama Savannah avec un soupir.

Treat lui toucha le bras et secoua la tête. Elle se rassit et croisa les jambes en faisant rebondir son pied.

— Écoute-moi, s'il te plaît, Savannah, continua Ben. Ton père a eu tous les symptômes d'une crise cardiaque, mais je crois qu'il souffrait en fait du syndrome du cœur brisé.

— D'accord, tu sais quoi ? le coupa Savannah en se levant et se dirigeant vers la porte. Je n'en peux plus d'écouter ces bêtises. Treat, viens me chercher quand… viens me chercher après, d'accord ?

— Je suis désolé, Ben, dit Treat. Elle a apparemment eu des moments difficiles ces derniers temps. Continue s'il te plaît.

— Le syndrome du cœur brisé présente tous les symptômes d'une crise cardiaque : difficulté à respirer, douleurs thoraciques, l'hypotension artérielle et même affaiblissement du muscle cardiaque.

— Ça ressemble à une crise cardiaque. Quelle est la différence ? dit Treat en posant sa main sur celle de son père.

— Eh bien, ce syndrome est aussi appelé cardiomyopathie liée au stress, car il est causé par un stress intense, généralement émotionnel – peur, colère, surprise. Il existe deux différences majeures entre une crise cardiaque et ce syndrome. La première c'est que la plupart des crises cardiaques sont dues à la formation de caillots sanguins dans les artères coronaires. Si ces caillots coupent l'apport sanguin au cœur pendant une période suffisamment longue, les cellules du muscle cardiaque peuvent mourir et laisser le patient avec des dommages permanents et irréversibles. Mais avec le syndrome du cœur brisé, les patients conservent des artères coronaires saines, comme avec ton père, et on ne voit aucun signe d'obstruction ou de caillots.

*Pas d'obstruction. Pas de caillots. Artères en bon état.*

Treat serra la main de son père.

— La deuxième différence, expliqua Ben, c'est qu'avec la cardiomyopathie liée au stress, les cellules cardiaques sont étourdies par l'adrénaline et d'autres hormones de stress, mais ne sont pas tuées comme lors d'une crise cardiaque. Et comme nous allons le découvrir avec ton père, j'en suis certain, cet effet d'étourdissement s'améliore très rapidement, souvent en quelques jours à peine. Donc même si un patient souffre d'une faiblesse du muscle cardiaque au moment de l'accident, le cœur récupère complètement en quelques semaines, et dans la plupart des cas, il n'y a pas de dégâts irréversibles.

— Et tu penses que c'est ça pour papa ?

*C'est décidé. Je vais passer plus de temps à la maison.*

— Oui, exactement. D'après ce que nous savons de ce syndrome, il n'y a pas de risque que ça se reproduise. Ça peut arriver, mais nous ne l'avons jamais observé.

— Alors, tu dis que j'étais trop ému et que j'ai eu une fausse crise cardiaque qui a affaibli mon muscle cardiaque, mais que c'est réparable ? demanda Hal.

— Oui monsieur. Les dommages causés à vos muscles cardiaques étaient minimes, et vous devriez pouvoir vous rétablir complètement.

— Alors, je peux rentrer chez moi et m'occuper de mon ranch ? déclara Hal en commençant à sortir du lit.

Ben posa une main sur son bras.

— Pas si vite. Nous vous avons administré des médicaments pour faire baisser la pression de cœur pendant que vous récupérez. Je veux vous surveiller pendant les prochaines heures, mais ensuite vous pourrez partir. Je ferai un point avec vous avant de vous libérer.

— Alors il va bien ? demanda Treat.

— Oui, affirma Ben avant de s'adresser à Hal : Mais, monsieur Braden, vous ne pourrez pas retourner travailler au ranch tout de suite, comme je sais que vous aimeriez le faire. Vous devriez récupérer en quelques semaines, mais durant ce temps, je vous demande de n'effectuer aucun travail pénible. Treat, je peux compter sur toi pour qu'il suive mes consignes ?

Ben ignora le grognement de Hal, ainsi que son regard en colère.

— Bien sûr, répondit Treat.

— Il a sa propre vie à mener, Benjamin. Qu'est-ce que c'est que ces âneries ? Déclara Hal avant de marmonner : Je n'ai pas besoin de baby-sitter.

— Bien sûr que non. Je suis sûr que vous ferez exactement ce que je vous recommande, car vous avez toujours été si raisonnable avec mon père, déclara Ben avant de feindre une toux et d'ajouter : bras cassé.

Treat sourit de voir son ami plaisanter et son père fulminer. Plusieurs années auparavant, son père avait eu une luxation au bras, et au lieu de suivre les recommandations du père de Ben, il était reparti sur son cheval préféré durant l'après-midi – et revenu au cabinet deux heures plus tard, avec cette fois une fracture nette, nécessitant un plâtre.

— Ben, merci de prendre si bien soin de lui, déclara Treat en serrant la main de son ami.

— Tu veux que je t'envoie Savannah si je la vois ? demanda Ben.

— Pas besoin, déclara Savannah en entrant avec son téléphone portable à la main et des marques rouges suspectes autour des yeux. J'ai tout entendu.

Treat savait qu'elle avait pleuré, mais impossible de savoir si c'était à cause de leur père ou de Connor. Il posa une main protectrice sur son dos.

— Je suis désolé si je t'ai vexée, Savannah, dit Ben.

Elle hocha la tête, puis prit la main de son père.

— Donc, en gros, papa doit arrêter de parler à maman et de s'inquiéter pour nous ?

Ben sourit.

— Eh bien, étant donné que je ne pense pas que ton père arrêtera un jour de faire l'un ou l'autre : non. Pour l'instant, nous allons choisir quelque chose d'un peu plus réaliste, comme peut-être parler de ses frustrations au lieu de les retenir ?

— Hors de question que je parle à un thérapeute, si c'est ce que tu insinues, Benjamin. Ton père ne me demanderait jamais de faire une chose pareille, déclara Hal.

— Papa, tu feras tout ce qu'il te dira de faire, dit Savannah.

— Ne vous inquiétez pas. Jamais je n'oserais vous conseiller une chose pareille. Mon père m'a bien instruit sur la philosophie des Braden. Ce que je vous recommande, c'est que lorsque vous vous sentez inquiet – ou que votre femme semble inquiète (il ignora le roulement des yeux de Savannah) au sujet de vos enfants, par exemple, parlez-leur. Ne le gardez pas à l'intérieur. Et s'il y a des problèmes avec le ranch, parlez-en avec Rex.

— Ou avec moi, ajouta Treat.

— J'ai entendu mon nom ? demanda Rex en entrant à ce moment précis.

Ses yeux se fixèrent sur son père avant de se tourner lentement vers Treat.

— De quoi s'agit-il ?

— Je disais à ton père qu'il devait arrêter d'intérioriser, et qu'en cas de problème avec le ranch, il devait en parler à toi… ou à Treat, déclara Ben.

— Treat n'est jamais là, déclara Savannah.

— Évidemment, dit Rex en dévisageant son père. Tu peux compter sur moi, et Savannah a raison : Treat n'est jamais là.

— Je le serai à partir de maintenant, annonça Treat.

# CHAPITRE VINGT-SIX

Max passa la durée de son long vol à prier pour que tout se passe bien, et à remettre son projet en question. Plusieurs fois, elle avait failli faire marche arrière, et le temps d'arriver à Washington, elle était à bout de nerfs. Après avoir écouté le message de Treat, elle en eut mal au ventre. C'était déjà assez grave que son père soit malade, mais qu'elle ne soit pas auprès de lui à cause de Ryan rendait la situation encore plus dramatique. Dans son message, Treat lui avait à nouveau demandé de ne pas rencontrer Ryan seule, mais il lui semblait plus important que jamais de mettre un terme à son passé afin de pouvoir se concentrer sur leur avenir. Malgré la douleur dans son cœur, elle devait se répéter que c'était la bonne décision.

Elle prit une chambre dans un hôtel près de l'aéroport et inspecta son sac afin de trouver la tenue idéale. Quelque chose qui dirait : « Je suis forte et capable. Tu ne m'as pas brisée ».

*Pas définitivement, du moins.*

Après avoir passé en revue ses vêtements, essayé plusieurs tenues et versé quelques larmes, Max sut ce qu'elle devait porter. Elle sortit de la poche avant de sa valise le tee-shirt de Treat dans lequel elle avait dormi. Elle inhala l'odeur de l'homme qu'elle aimait, puis l'enfila. Le rentrer dans son pantalon fut laborieux – c'était le moins qu'on puisse dire – puisqu'il lui descendait pratiquement jusqu'aux genoux. Elle abandonna finalement et entreprit d'attacher le bas et faire un nœud au niveau de la taille. Elle enfila ensuite un sweatshirt par-dessus, et mit son jean le plus confortable. Pour les chaussures, elle choisit des baskets.

*Au cas où je devrais m'enfuir.*

Le Crowne Inn était situé sur le terrain le plus plat que Max ait jamais vu. Unique construction au milieu des parkings et de la pelouse verte, il n'y avait nulle part où se cacher. Elle passa lentement devant l'hôtel afin de faire un repérage de l'endroit où elle devrait affronter ses démons. Le bâtiment ressemblait à n'importe quel hôtel, haut de quelques étages, avec de grandes fenêtres majoritairement dotées de rideaux, et une allée circulaire qui menait à une entrée couverte.

Alors que la peur montait en elle et alourdissait ses entrailles comme du plomb, elle essaya de se souvenir de la raison de sa présence ici. Elle opéra un demi-tour, passa devant l'hôtel en sens inverse et envisagea de reprendre l'autoroute pour rentrer chez elle. Après deux passages, elle finit par avoir peur de se faire repérer et arrêter par la police pour comportement suspect.

*Ce serait bien ma chance.*

Elle examina à nouveau le parking et un frisson la parcourut. L'hôtel était loin de tout. Tout pouvait arriver ici. C'était peut-être le plan de Ryan : l'attirer dans un endroit isolé et lui faire subir quelque chose d'horrible. Il avait dit vouloir lui parler. C'était peut-être une ruse. Non… c'était elle qui *l'avait* contacté. Elle se comportait comme une idiote : ils étaient dans un lieu public. Tout se passerait bien. Du moins, elle l'*espérait*.

Elle se gara tout au fond du parking afin de se laisser le temps de changer d'avis durant la longue marche. Tout en serrant le tee-shirt de Treat pour se donner du courage, elle finit par atteindre l'entrée. Elle prit une profonde inspiration et arpenta le trottoir, puis souleva son sweatshirt pour voir le vêtement de Treat en dessous et se souvenir combien il tenait à elle et combien il nourrissait sa force et son cœur. C'était ce qu'elle voulait : être aimée et guérir. Elle devait le faire, afin de se purifier des souvenirs qui la traquaient comme une proie et la tiraient en arrière à chaque pas en avant.

Après une dernière profonde inspiration, elle pénétra dans l'hôtel. Dans le hall, un homme de forte carrure aux cheveux noirs leva les yeux de son journal alors que Max passait devant lui.

La femme à la réception l'accueillit avec un grand sourire.

— Bienvenue au Crowne Inn.

Son enthousiasme coupa court à l'anxiété de Max, qui se figea en plein milieu du grand hall.

*Marche. Pars. Mais fais quelque chose !*

Son esprit tiraillé avait changé ses jambes en piliers inamovibles. Quelle folie ! C'était la pire idée de toutes les idées !

Enfin, elle réussit à faire demi-tour et prit le chemin de la sortie. Elle ne restait *pas* ici !

— Max ?

Les poils de sa nuque se dressèrent à la voix de Ryan. Elle se rendit vaguement compte que l'homme qui lisait le journal s'était levé, et serra les poings contre la peur qui l'envahit en se rappelant qu'elle était *incroyablement forte*.

Elle se força à se retourner en s'efforçant de feindre un sourire, mais à la façon dont ses dents grinçaient, elle devinait que ce n'était pas un grand succès. Elle pouvait à peine respirer en regardant l'homme qu'elle avait cru aimer et en qui elle avait eu un jour confiance. Cet homme qui l'avait si gravement meurtrie qu'elle avait dû s'enfuir comme une voleuse en pleine nuit. Il portait un costume bleu foncé avec un badge doré sur sa poche de poitrine, écrit « *RYAN COBAIN, DIRECTEUR D'HÔTEL* », et souriait comme s'il était sincèrement heureux de la revoir. Ce n'était pas à ça qu'il ressemblait vers la fin, quand il l'étouffait par son agressivité.

Il fit un pas en avant, et inconsciemment elle recula. Il s'immobilisa avec un regard désolé.

— Max ?

Elle s'obligea à rester debout, et cette fois son corps obéit. Elle regarda le tee-shirt de Treat et regretta de ne pas être mieux habillée. Ryan avait l'avantage sur elle dans son beau costume et sur son propre territoire.

*Attends ! Qu'est-ce que je raconte ? Je contrôle la situation.*

Elle se força à se ressaisir, redressa le dos et repoussa ses épaules en arrière. Elle sentit alors la force familière à laquelle elle avait si souvent fait appel au cours de sa carrière, cette puissante énergie qui démarrait dans ses entrailles, se diffuser vers ses membres.

Elle fit un pas en avant, puis un autre : elle en était capable ! Et tendit la main.

— Ryan, dit-elle d'un ton glacial qu'elle ne reconnut pas.

Il prit sa main dans les siennes et elle se raidit contre la secousse de panique.

— C'est tellement bon de te revoir, Max. Tu es magnifique.

— Merci.

— Nous pouvons parler dans mon bureau, dit-il en indiquant une porte près de la réception.

*Reste en public. Reste à la vue des autres.*

— Tu sais, j'aimerais vraiment une tasse de café. Est-ce qu'il y a un restaurant ici ?

— Bien sûr.

Elle le suivit dans un large couloir tout en le regardant à la dérobée. Il ne semblait pas nerveux. En fait, il ressemblait à l'ancien Ryan, celui qu'il était avant de changer : à l'aise et confiant. Il la conduisit dans un petit restaurant faiblement éclairé, où ils furent installés à une table à l'écart.

— J'ai été surpris d'avoir de tes nouvelles, déclara Ryan.

Il appela la serveuse et commanda une tasse de café pour Max et un verre d'eau pour lui.

Max observa ses manières et trouva qu'elles lui rappelaient l'époque où ils avaient commencé à sortir ensemble. Finis les regards furtifs et les gestes saccadés et incontrôlés dont elle se souvenait. Mais c'était un masque ; elle en était sûre.

*Un jeu dans lequel il s'est amélioré.*

Ryan dit quelque chose qu'elle n'entendit pas. Elle était trop absorbée à se souvenir de tous ses changements durant leur relation. Elle avait passé tellement de temps à vivre dans l'ombre de l'homme qu'il était devenu, qu'elle avait pratiquement oublié celui qu'il avait été. À présent, en voyant cette nouvelle version de lui, elle se rappela les anciens moments, la rapidité avec laquelle le courant était passé entre eux, l'époque où ils étaient devenus plus que des amis, ainsi que tous ces mois de rires et de bonheur. Elle se souvint de leur emménagement et à quel point elle avait été heureuse.

La serveuse apporta leurs boissons. Max remarqua que l'homme du hall s'était assis à une table voisine, et se demanda comment elle avait pu manquer son entrée.

— Max ? Est-ce que ça va ?

— Je suis désolée, dit-elle en réalisant qu'elle avait eu une absence. Que disais-tu ?

— Je ne pensais pas que j'aurais un jour de tes nouvelles après…

Max baissa les yeux, puis se morigéna silencieusement de l'avoir fait : elle dominait le jeu. La voix de Treat lui redonna de la force : « *Tu as pris soin de toi, Max, et ça te rend extrêmement forte* ».

Elle pensa à toutes les façons d'aborder le sujet, et finit par opter pour le moyen le plus sûr : l'honnêteté.

— Je me suis surprise moi-même. Mais je voulais… j'avais besoin d'une rupture.

— J'ai essayé de te retrouver pendant des semaines après ton départ, Max. Tes parents ne répondaient pas à mes appels. Toi, eh bien, tu n'as jamais répondu à quoi que ce soit : appels ou e-mails.

Elle ne s'excuserait pas de ne pas avoir répondu. Elle ne s'excuserait de rien.

Ryan soutint son regard et poursuivit :

— Je t'ai finalement trouvée dans le Colorado.

*Tu m'as suivie ?* Tous les muscles de son corps se tendirent.

— Tu travaillais pour une petite société de cinéma, puis pour un festival. Je t'ai écrit des dizaines de lettres et d'e-mails au fil des ans, mais je n'ai jamais eu le courage de les envoyer.

*Tu m'as suivie. Et si tu étais venu à Allure ? Qu'aurais-tu fait ?*

— En fin de compte, dit-il, j'ai compris que ce serait injuste de te contacter.

Ryan soutint son regard, ce qu'elle trouva troublant et rassurant à la fois. Les gens qui avaient quelque chose à cacher évitaient le contact visuel. Pourquoi agissait-il comme s'il était inconscient de son comportement monstrueux qui lui avait ôté toute capacité à se remettre en couple ?

— J'aurais fui si j'avais su que tu m'avais retrouvée, dit Max, le menton haut.

— Je comprends, dit-il.

Cette fois, c'est lui qui baissa le regard. Enfin, des remords ?

Quand il leva les yeux, ils étaient doux et désolés.

— Max, je te dois une explication et des excuses, qui je sais, ne suffiront jamais à réparer ce que j'ai fait.

— Je ne veux pas entendre tes excuses, Ryan. Il n'y a aucune excuse pour ce que tu m'as fait.

*Qu'est-ce que je veux, alors ?*

Des larmes de colère lui piquèrent les yeux, mais elle refusait de les laisser couler.

— Tu m'as volé quelque chose que je ne pourrai jamais récupérer. Tu as volé ma dignité et ma confiance.

Sa voix monta malgré ses efforts pour rester calme, et l'homme au journal sembla prêt à se lever pour venir la défendre.

— Je sais, et il n'y a pas une journée où je ne le regrette pas depuis.

Max ne l'entendit pas. Elle était trop occupée à formuler sa prochaine accusation.

— À cause de toi, j'ai fui toute relation. Tu m'as transformée en quelqu'un qui…

Que faisait-elle ? Elle n'est pas venue jusqu'ici pour lui dire ce qu'il avait réussi à *accomplir*. Elle était venue ici pour lui prouver à lui – et à elle-même – qu'elle allait bien, même s'il avait tenté de la démolir.

— Max…

— Non, Ryan. Je ne veux pas entendre tes excuses. Elles n'ont aucun sens.

— Max, j'étais malade, d'accord ? Ce ne sont pas des excuses.

Max redressa les épaules. Elle était préparée pour les mensonges.

— Ryan, j'étais là, tu te souviens ? Tu n'étais pas malade. Tu as simplement changé. Tu as arrêté de parler aux gens, tu as arrêté de me parler. Tu me regardais parfois avec ce regard froid, et c'était comme si tu avais caché ta méchanceté ou ta haine envers moi et que tu les libérais.

— Max…

— Je ne suis pas bête. J'ai compris la situation. Je l'ai juste comprise un soir trop tard, bouillonna-t-elle. Et je sais que c'était en rapport avec le fait que tu avais déménagé pour mon travail. J'ai enfin tout compris…

— Max ! la coupa-t-il d'une voix profonde et forte qui la sortit de sa diatribe. Max, continua-t-il en baissant la voix. Je suis schizophrène. Les médecins sont passés à côté de tous les signes, comme nous tous. Après ton départ, je me suis effondré. J'étais tellement hors de contrôle que parfois j'avais même peur de rentrer chez moi.

— Schizophrène ?

Max n'avait rien vu venir. Elle plissa les yeux en cherchant des signes de mensonge.

— Réfléchis, Max. Mon comportement avait radicalement changé. Je m'en rends compte maintenant quand je regarde en arrière. Cette nuit-là, je… t'ai fait du mal ? Ce n'était même pas toi que je voyais ou après qui je criais. J'ai été abusée sexuellement quand j'étais gosse, mais je l'avais refoulé. J'étais en plein délire. Dans mon esprit, ce n'était pas toi que je blessais, mais la femme qui m'avait agressé.

— Oh, Ryan, s'exclama-t-elle en sentant toute sa bravade

s'effondrer. Comment as-tu su ?

— Une nuit, j'ai fait du mal à quelqu'un d'autre. Méchamment. Elle n'a pas appelé la police, alors qu'elle aurait pu. En fait, dit-il en fronçant les sourcils, elle aurait sûrement dû le faire. J'ai compris à ce moment-là que ça n'allait vraiment pas. Je suis rentré chez moi et j'ai dit à mes parents que je ne sortirais plus de la maison parce que j'avais peur de ce que je pourrais faire.

Max avait envisagé d'appeler la police quand Ryan l'avait blessée, mais la honte d'avoir été consentante pour utiliser cette chose sur elle l'en avait empêché. À présent, elle réalisait qu'elle aurait pu éviter à l'autre femme d'être blessée si elle avait porté plainte.

Elle déglutit avec effort et demanda :

— Tu as blessé quelqu'un d'autre ?

Ryan lui expliqua qu'il avait rencontré une fille quelques nuits après le départ de Max, et qu'ils étaient allés chez elle. Pendant qu'ils étaient au lit, elle s'était montrée dominante, et les souvenirs de Ryan étaient remontés à la surface.

— C'était comme si j'avais perdu connaissance. Je ne me souviens pas l'avoir blessée, ni de l'avoir insultée, et le temps que je revienne à moi, elle s'était enfermée dans la salle de bain, meurtrie et en sang. Elle m'a dit que si je partais, elle ne me dénoncerait pas à la police. À mon retour à la maison, après une semaine ou deux, mes parents ont commencé à remarquer – ou peut-être qu'*accepter* est un meilleur terme – les changements. Mon père harcelait les psychiatres et les psychologues. Il m'a emmené voir à peu près tous les médecins qu'il a pu trouver. Ils ont tous fait le même diagnostic, mais il ne voulait pas l'accepter. Je ne le voulais pas non plus, mais je ne voulais pas non plus continuer à faire du mal aux autres.

— Est-ce que j'aurais dû voir quelque chose en particulier ? Ai-je raté un signe ? Ça s'est déclenché après notre emménagement ensemble ? demanda Max.

*Toutes ces années où j'ai cru que ta colère était dirigée contre moi. Dans quoi d'autre me suis-je également trompée ?*

— Non. Ça n'avait rien à voir avec ça. Ils ne savent pas vraiment ce qui a déclenché mes souvenirs, mais j'ai suivi un traitement à l'hôpital, où j'ai été évalué, traité et réévalué. Tu connais ma mère. Elle était loin d'être préparée à affronter ça. J'ai suivi des années de thérapie, et il leur a fallu une éternité pour trouver le protocole thérapeutique qui me convienne. Mais ça fait quelques années.

Il haussa les épaules avant de poursuivre.

— Maintenant, ça fait partie de ce que je suis et serai toujours. Heureusement, grâce aux médicaments, je ne suis plus violent et je n'ai plus de crises de délires. Je vis une vie normale en ayant conscience de ma situation.

Max en eut mal pour lui, et pour elle-même. Il but une gorgée d'eau et continua :

— Max, je ne te dis pas ça pour gagner ta sympathie. J'assume l'entière responsabilité de ma maladie et de mes actes. Mais je suis content que tu m'aies contacté. J'avais envie de t'expliquer et de m'excuser. Je te connais, Max, et je sais que tu t'es sans doute tenue coupable pendant toutes ces années. Tu es si sensible. C'est une des choses que j'aimais chez toi. Je suis tellement désolé pour toutes ces semaines, cette nuit en particulier, et toutes celles depuis où tu as revécu ce souvenir. Si je pouvais tout effacer de ton esprit et prendre ta douleur sur moi, je le ferais sans hésiter.

*Ce n'était pas moi. Ce n'était pas parce qu'il avait emménagé avec moi.*

Toute idée de reproche fut aussitôt balayée, remplacée par ses souvenirs de Ryan, le garçon qu'elle avait connu avant qu'il change, et de l'homme qu'il était devenu, courageusement assis face à elle et lui exposant ses vulnérabilités.

— Tu as dû avoir tellement peur en traversant ça, dit-elle.

*Aussi effrayée que je l'étais cette nuit-là.*

— Pétrifié. Imagine ne plus vouloir vivre dans ta propre peau. C'était cette sensation, dit-il, honteux. Quand je repense à la façon dont je t'ai blessée, aux choses horribles que je t'ai dites, et à cette nuit-là… et puis à l'autre femme, à qui j'ai depuis expliqué ma situation et présenté mes excuses… J'aimerais que tout cela ne se soit jamais produit.

Elle vit la douleur et l'honnêteté dans son regard, et au-delà de cela, elle vit quelque chose qu'elle ne s'était jamais attendue à revoir : le jeune homme qui avait été un jour son ami. Elle se souvint alors de ce que Savannah avait dit à propos du pardon. Peut-être que c'était ce qu'il leur fallait à tous les deux ?

Si quelqu'un lui avait demandé la veille si un jour elle pardonnerait à Ryan Cobain, elle aurait répondu : « *jamais* » sans hésitation. Pourtant, en le regardant assis face à elle, qui ne cherchait ni à se cacher derrière sa maladie ni à se dérober à ses responsabilités, mais qui au contraire exposait sa vie comme un livre ouvert, elle sentit la colère la quitter en même temps que les mots qui sortaient de sa bouche.

— Ryan, dit-elle d'une voix tremblante. Je te pardonne.

Il baissa les yeux sur ses genoux. Une petite part au fond de Max s'inquiétait que lorsqu'il relèverait la tête, ce serait avec ces mêmes yeux froids dont elle se souvenait. Mais ce ne fut pas le cas. Il resta le même homme chaleureux qui s'était excusé quelques instants auparavant et la regarda avec empathie, honnêteté et les larmes aux yeux.

— Tu ne peux pas savoir ce que cela signifie pour moi admit-il, avant de détourner le regard et cligner des yeux pour dissiper les larmes. Je suis désolé, je suis si émotif.

— Comment ne pas l'être ? Toute cette histoire est si bouleversante. Toutes ces années ont été riches en émotions d'ailleurs. Tu te souviens de l'époque où nous nous sommes connus ? Tout nous rendait euphoriques.

Elle était étonnée d'avoir dit ça, et encore plus de se souvenir de ces temps meilleurs, mais ça faisait du bien.

— Oui, dit-il avant de froncer les sourcils. Max, je dois te poser la question : pourquoi maintenant ? Après toutes ces années, pourquoi m'as-tu retrouvé maintenant ? Tu n'as pas à me le dire. Ce ne sont pas mes affaires, mais je suis curieux.

Max toucha son tee-shirt. *Treat.*

— Ça ne me dérange pas de te le dire. J'ai rencontré quelqu'un, et… disons que je ne suis plus la même personne qu'à l'époque où j'étais avec toi. Après mon départ, j'ai grandi et je suis devenue autonome.

*Mais la peur est restée jusqu'à aujourd'hui.*

— Il me rend encore plus forte.

— Attends. Tu sors toi-même les poubelles ? demanda-t-il avec un sourire taquin.

— Oui.

Elle sourit en se remémorant qu'à l'époque, elle considérait que c'était un *travail d'homme.*

— Je ne te crois pas. Et tu demandes de l'aide dans les magasins ?

— Tout le temps. Mince, j'avais oublié à quel point j'étais timide. J'étais vraiment nulle à l'époque, dit-elle en se cachant brièvement les yeux et secouant la tête.

— Tu étais adorable, Max. J'ai toujours su à quel point tu

étais solide. Je n'ai jamais douté de ta force et de ton courage. Tu étais destinée à accomplir tout ce dont tu rêvais. Alors, ce type, est-ce qu'il est gentil avec toi ?

Max fut emplie de bonheur rien qu'en pensant à Treat.

— C'est l'homme le plus incroyable que j'aie jamais rencontré, eh oui, il est très gentil avec moi.

Parler au bon vieux Ryan s'avéra facile, réconfortant même. Si seulement elle avait su tout cela, il a des années, comme sa vie aurait été différente. Et si elle n'était pas venue tuer ses démons… Elle préférait ne pas y penser. C'était trop douloureux de se dire qu'elle avait été si proche de faire demi-tour et rentrer chez elle.

— Au cas où tu aurais peur que ton copain change, ce que j'ai est assez rare, Max. Nous étions ensemble à l'âge où ça se manifeste, mais c'est terminé maintenant. Je ne pense pas que tu aies à t'inquiéter qu'un autre devienne soudain fou.

Ryan ne se moquait pas d'elle. Il était honnête, comme le bon vieux Ryan, pensant à son bien-être.

— Merci, dit-elle. Pendant toutes ces années, je croyais que tu m'avais fait du mal par rancœur. J'en étais tellement persuadée que cela a influé sur mes relations, ou peut-être devrais-je dire mon manque de relations.

— Max, je t'aurais suivie n'importe où. C'est tout le principe d'une relation de couple : donner et recevoir. Les compromis sont essentiels.

Il regarda alors une petite rousse qui s'avançait vers eux, et quand elle arriva à leur table, il lui tendit la main.

— Rachelle, voici Max.

Le regard qu'ils se lancèrent était chaleureux, et Max comprit que Ryan tenait à elle. Elle sourit à la jeune femme.

— Bonjour.

Rachelle posa une main sur l'épaule de Ryan.

— Max, je suis tellement contente que vous ayez finalement contacté Ryan. Il m'a beaucoup parlé de vous. Je sais combien vous comptiez pour lui. Il s'inquiète pour vous depuis tout ce temps.

— Je me suis aussi inquiétée pour moi, admit Max.

— Avec Rachelle, nous nous sommes rencontrés quand j'étais à l'hôpital. Elle était aide-soignante. Elle est infirmière maintenant et elle travaille à l'hôpital, expliqua-t-il en lui souriant avec fierté.

Le regard amoureux de Ryan ramena l'esprit de Max à Treat et à la façon dont il la regardait, la touchait et la complétait si merveilleusement. Elle l'avait fait. Elle avait affronté ses pires démons, et elle respirait encore.

Non, elle ne respirait pas « *encore* » – elle respirait comme jamais encore.

# CHAPITRE VINGT-SEPT

Treat et Savannah étaient assis côte à côte sur le canapé du salon. Ils avaient ramené Hal à 21 h et il s'était endormi à 22 h. Il était maintenant près de minuit, et Treat avait l'impression d'avoir fait du surplace durant les douze dernières heures. Il avait eu des nouvelles de son ami Brett et avait appris la vérité sur l'ex de Max bien avant que celle-ci l'appelle et lui confirme la même chose. Il aurait donné n'importe quoi pour être aux deux endroits à la fois. À sa grande surprise, Max ne se fâcha pas en apprenant qu'il avait engagé Elite Security pour veiller sur elle en son absence.

*« Peut-être que je devrais être contrariée, mais cela me montre à quel point tu tiens à moi ».*

Elle avait été incroyablement courageuse d'affronter ses pires peurs, et maintenant il voulait qu'elle revienne en toute sécurité dans ses bras. Il avait proposé d'affréter un vol pour la ramener ce soir même, mais elle avait dit être trop épuisée pour même penser à voyager. Elle reviendrait dans le Colorado le lendemain, et elle avait dit qu'elle l'appellerait dès qu'elle serait chez elle. La nuit allait être très longue.

Rex les rejoignit dans le salon.

— Où est Josh ?

— Sous la douche. Tu veux une bière ? demanda Treat.

— Non, merci. Je pense qu'on devrait tenir une réunion de famille, dit Rex en prenant la chaise à côté du fauteuil inclinable de leur père.

Josh les rejoignit quelques minutes plus tard.

— Savannah, tu veux boire un verre avant que je m'asseye ?

— Oui, je vais prendre du vin. Rouge, s'il te plaît.

— J'y vais, proposa Treat, dit-il en se dirigeant vers la cuisine.

Tout pourvu que cesse la douleur qui l'envahissait dès qu'il fixait du regard le fauteuil vide de son père. Ils avaient cru le perdre, et cet incident lui avait fait prendre conscience que leur père était mortel. Treat ne comptait pas perdre une année de plus loin de sa famille.

Dans la cuisine, Josh l'interrogea au sujet de Hugh et Dane.

— Hugh est en route, expliqua Treat. Il a été retardé à une escale. Et Dane arrive demain. Tu tiens le coup ?

Josh était le plus sensible de ses frères, et Treat voulait qu'il sache qu'il pouvait lui parler s'il en avait besoin.

— Je ne vais pas te mentir ; ça m'a fait peur. Je n'ai jamais pensé à papa comme à quelqu'un qui pouvait tomber malade.

— Moi non plus, dit Treat en prenant une gorgée de sa bière. Ça m'a fait peur aussi, mais je pense que Ben sait de quoi il parle, et s'il pensait que c'était autre chose qu'une cardiomyopathie liée au stress, il nous l'aurait dit.

— Tu y crois ? Syndrome du cœur brisé ?

*Absolument. S'il était arrivé quelque chose à Max, je serais à l'hôpital.*

— Je ne sais pas, mais nous savons tous que papa croit voir et parler à maman, et je me dis en fin de compte que ça ne serait pas impossible.

— Oui, dit Josh. Moi aussi.

— Vraiment ?

Josh haussa les épaules.

— Il se produit parfois des choses étranges.

— Du vin, s'il vous plaît, leur cria Savannah depuis le salon.

Ils rejoignirent les autres, et pendant un moment ils restèrent assis à boire en silence. Soudain, la porte s'ouvrit sur Hugh qui entra bruyamment, mais ils se tournèrent tous vers lui en faisant « chut ».

— Papa dort, expliqua Savannah en serrant dans ses bras leur plus jeune frère. Mais il va bien.

Treat attendit que Hugh se débarrasse de sa veste en cuir, puis il l'embrassa.

— Ça va ? Tu as fait un bon voyage ?

Hugh faisait facilement vingt-cinq ans au lieu de vingt-neuf avec ses cheveux noirs ébouriffés qui avaient grandement besoin d'une coupe, et son Levi's usé.

— C'était long, mais je suis là, et c'est tout ce qui compte.

Hugh salua ses deux autres frères et se dirigea vers la cuisine pour boire un verre.

— Tu veux que je te prépare quelque chose à manger ? demanda Savannah quand il revint avec une bière.

— Non. J'ai pris un sandwich en chemin, dit-il en s'installant près d'elle sur le canapé et posant une cheville sur son genou opposé. Alors, papa va bien ? Qu'est-ce que c'est que ce SCB ?

Treat expliqua ce que le médecin leur avait dit.

— Je dirais plutôt le Syndrome de la Connerie Burlesque, plaisanta Hugh en passant en revue ses frères.

— Hugh, le réprimanda Treat sur ce même ton qu'il utilisait à l'époque où ses frères étaient des adolescents incontrôlables.

Ça n'avait pas toujours fonctionné, mais là, oui.

— Et pourquoi appellent-ils ça de cette façon aussi ? Dites cardiomyopathie liée au stress. Pourquoi tout doit-il tourner autour des *sentiments* ?

Treat se pencha en avant et Savannah posa une main apaisante sur sa jambe, lui rappelant silencieusement qu'ils étaient tous à bout de nerfs.

— Laisse tomber, Hugh, dit Treat. On s'en fiche comment ça s'appelle. Le fait est qu'il doit se calmer pendant quelques semaines.

— C'est précisément ce dont je voulais parler, déclara Rex. Je réfléchissais et je me disais qu'on devrait embaucher une ou deux personnes, ou un gérant. Je suis débordé et...

— Pas besoin, l'interrompit Treat. Je vais rester un moment.

— Tu as tes propres entreprises à gérer, déclara Josh.

— Mais oui, Treat. Tu as travaillé trop dur pour tout abandonner comme ça, renchérit Savannah.

— Je n'abandonne rien du tout, mais j'ai réfléchi. Rex, tu avais raison. J'aurais dû rentrer plus tôt. Je vais embaucher quelqu'un pour mes entreprises à l'étranger ainsi que les négociations. De cette façon, je n'aurai plus que quelques voyages par an à faire.

Le simple fait de le dire à voix haute le soulagea. La maladie de son père avait été un électrochoc, et il comptait bien changer sa façon de travailler, même si Max n'était pas d'accord. C'était ce dont il avait besoin et ce qu'il voulait faire. Elle n'était pas la seule à être hantée par le passé. Treat avait fui le ranch pour échapper à ses propres démons, et il était grand temps de les affronter.

— Treat, tu n'as pas à faire ça. Je peux m'en occuper, lui

assura Rex en contractant ses biceps, un peu comme le faisait leur père lorsqu'il était contrarié. Je vais simplement embaucher un ou deux assistants durant quelques semaines. Ça ira.

— Je sais que tu peux le faire. Ce n'est pas une question de compétition entre toi et moi, déclara Treat.

— C'est à cause de ta copine ? Max ?

La question de Josh ne contenait pas une once de ressentiment, comme ça aurait pu être le cas si c'était venu de Rex.

Mais en vérité, ça concernait autant Max que lui : elle méritait un homme libéré du poids de son passé.

— Je mentirais en disant que cela n'a rien à voir avec elle. Je l'aime.

Il marqua une pause suffisamment longue pour que chacun prenne la pleine mesure de cette information avant de continuer.

— Mais j'ai réalisé que je ne pourrai jamais être avec elle, ni qui que ce soit, tant que ça restera sur mon cœur. Pour répondre à ta question, c'est à cause de vous tous, tout autant que moi ou Max. Rex, tu me le rappelles depuis des années, et je détourne chaque fois le sujet, non pas parce que c'est faux, comme je le prétends toujours, mais parce que c'est bien trop *vrai* et que j'en ai honte. Après la mort de maman, je vous ai laissé tomber.

C'était plus difficile que Treat ne l'avait imaginé.

— Qu'est-ce que tu racontes ? Tu ne nous as jamais laissé tomber, réfuta Josh.

— Allez, Josh. Tu sais bien que oui. J'ai été soulagé de partir pour l'université. Aussi difficile que cela soit à admettre, j'ai besoin que vous sachiez la vérité. Le ranch me rappelait constamment maman et tout ce que je ne pouvais pas faire, dit-il en serrant plus fort sa bouteille de bière.

— Treat, dit Savannah en lui prenant la main.

— Laisse-le finir, dit Rex tandis que tous les regards se tournaient vers lui. Il essaie de nous dire quelque chose. Laissez-le vider son sac.

— Merci, Rex.

Treat se demanda si Rex avait hâte de l'entendre admettre son échec ou s'il cherchait à le soutenir. Mais peu importe : quelle que soit la raison, il était reconnaissant d'avoir son soutien.

— Bref, j'ai travaillé d'arrache-pied pour prouver ma valeur, mais je réalise que je ne serai jamais l'homme que papa a été, déclara-t-il en indiquant la chambre de leur père. Cet homme est le meilleur alors que je ne suis qu'un type ordinaire qui n'a jamais pu l'égaler.

Il l'avait dit bien haut et fort, et attendait à présent les : « *on le savait déjà* » et les : « *il était temps que tu t'en rendes compte* ».

Les bras de Savannah furent aussitôt autour de son cou.

— Treat, tu ne m'as jamais laissée tomber. Tu es tout pour moi, et tu ressembles tout à fait à papa.

— Mec, tu m'as laissé dormir dans ton lit après la mort de maman. Tu ne te souviens pas ? Papa n'aurait jamais fait ça, dit Hugh en secouant la tête. Tu es tout sauf un raté. Tu m'as sauvé.

— Et moi, admit Josh. Tu étais là toutes les fois que j'en avais besoin. Tu m'attendais le soir et tu ne laissais personne m'embêter. Tu me laissais aussi grimper dans ton lit quand j'avais peur, et tu m'as écouté pleurer pendant des semaines. Tu me donnais même de l'argent pour les sorties scolaires.

— J'avais oublié ça, avoua Treat en souriant.

Il réalisa alors que Dane n'était pas là. Ça aurait été plus facile de leur parler à tous en même temps, mais puisqu'il avait déjà ouvert les vannes, autant laisser tout sortir. Il parlerait plus tard à Dane.

Treat attendit de voir si Rex ferait un commentaire, mais celui-ci se contenta de faire craquer ses doigts, poser ses coudes sur ses genoux et regarder Treat avec une expression stoïque. La danse familière des biceps allait à toute vitesse.

— Je ne vous dis pas ça pour avoir des compliments. Je le dis parce que ça me hante depuis toujours, et je n'en veux plus. Je veux poser mes valises, mais avant ça, je veux être honnête avec vous. Rex, je suis désolé. Tu avais raison depuis le début. J'ai abandonné le ranch.

Rex se leva et sortit par la porte arrière. Treat serra la mâchoire et voulut le suivre. Parfois en sa présence, Rex semblait en vouloir à la terre entière. Treat espérait que ça ne causerait pas plus de problèmes entre eux.

— Laisse-le partir, dit leur père.

Treat se retourna et trouva son père appuyé contre les escaliers.

— Papa, tu devrais être au lit.

— Je retournerai au lit quand je serai prêt à y aller, déclara Hal.

— Qu' as-tu entendu ? demanda Treat.

— Oh, je pense que j'ai tout entendu. Du moins l'essentiel.

Savannah et Treat se précipitèrent vers lui alors qu'il entrait dans le salon. Il les écarta d'un geste et s'installa dans son fauteuil, avant de regarder longuement et attentivement son fils aîné.

C'était une chose de dire la vérité à ses frères et sœur, mais c'en était une autre d'affronter l'homme qui avait mis tout son cœur et son âme à l'élever. Il méritait tous les reproches que son père s'apprêtait à lui faire.

— Je suis désolé, papa, dit-il en s'asseyant sur une chaise

près de lui. Tu as vraiment essayé de m'élever correctement, et je voulais que tu sois fier de moi, mais…

Son père prit la même pause que Rex tout à l'heure, et pendant un instant, Treat craignit qu'il quitte la pièce comme l'avait fait son frère. Mais Hal lui serra la main, l'expression forte et déterminée.

— Fils, tu es et as toujours été tout ce que j'espérais. Tu avais à peine onze ans quand ta mère est morte, et à peine neuf quand elle est tombée malade.

Treat en eut presque le souffle coupé.

— Papa…

— Non, fils. Tu as été tout ce dont cette famille avait besoin, et il n'y a jamais eu aucun moment où tu ne l'as pas été. Tu vois les visages de tes frères et sœur ? Tu vois l'amour dans leurs regards ? Ils sont ce qu'ils sont en grande partie grâce à toi. Tu leur as appris la force et la famille. Tu leur as appris l'amour, et quand tu les laissais dormir avec toi – et ne croyez pas que je ne le savais pas, ajouta-t-il en tournant son regard vers Josh et Hugh. À toi seul, tu leur as donné ce que j'étais incapable de faire. La vérité, c'est qu'en partant, votre mère a emporté une part de moi. J'ai fait ce que j'ai pu. J'ai fait tout ce que j'ai pu, mais je ne suis qu'un homme, tout comme toi, Rex, Dane, Hugh et Josh. Nous sommes tous qui nous sommes, et ce que nous sommes, c'est les Braden. Les Braden font toujours de leur mieux. Parfois, notre mieux semble ne pas suffire, mais ça ne veut pas dire que c'est vrai. Aucun de mes enfants ne m'a jamais déçu.

Il regarda Hugh avant de poursuivre :

— Pas même Hugh quand il a été absent à la première vente aux enchères du ranch.

Son regard se tourna vers Savannah.

— Pas notre jolie Savannah, quand elle a fugué à quinze ans, ou toi, Treat, quand tu l'as ramenée sans jamais m'en dire un mot.

Les yeux de Savannah s'agrandirent.

— Tu étais au courant ?

Leur père hocha la tête en souriant, puis regarda Josh, qui écoutait attentivement.

— Et pas votre frère Josh, quand il a décidé de concevoir des robes pour gagner sa vie.

Treat regarda son frère s'imprégner de la fierté de leur père. Il savait que Josh attendait d'entendre cela depuis longtemps.

— Le fait est, Treat, que tu avais peut-être besoin de purifier ton âme pour pouvoir avancer sans avoir cet énorme gorille sur ton dos, mais sache que c'est *ton* gorille. C'est un singe imaginé par l'esprit effrayé d'un petit garçon qui s'est transformé en un gorille grandeur nature et qui essaie de te faire culpabiliser. Ça t'a pesé, mais tu ne l'as pas laissé prendre le dessus parce que ce n'était pas réel. Je suis fier de toi, mon fils. Ce gorille n'était que le fruit de l'imagination de ce petit garçon, et tu as enfin réussi à le repousser.

Treat alla vers son père et le serra plus longtemps et plus fortement qu'il ne l'avait jamais fait. Il ignorait si ce qu'il avait dit était vrai, mais ses paroles l'avaient touché, et il savait qu'il ne le laisserait jamais tomber.

— Tu envisages vraiment de revenir ? demanda enfin son père.

— Je ne fais pas que l'envisager. J'agis dans ce sens, déclara Treat en regardant furtivement la porte arrière.

— Quant à ce garçon dehors, il porte un fardeau bien plus lourd que le tien. Laisse-lui du temps, suggéra son père.

— Je ne suis pas sûr de ce que j'ai bien pu lui faire.

— Il te le fera savoir quand il sera prêt. Tout comme toi, dit Hal en se levant. Raccompagne-moi à ma chambre, Treat.

Une fois dans sa chambre, son père s'assit sur son lit et tapota la place près de lui. Hal Braden n'était pas un homme à parler pour ne rien dire. Il choisissait ses mots avec soin et donnait rarement des conseils non sollicités. Alors, quand il demanda à Treat d'écouter attentivement, celui-ci s'empressa d'obéir.

— J'ai attendu toutes ces années que tu comprennes ce qui freinait ton cœur. Pendant un moment, je me suis demandé si ce n'était pas quelque chose que j'avais fait durant ton enfance. J'ai fait de mon mieux, mais être à la fois mère et père n'a pas été facile. Puis j'ai pensé que tu n'avais peut-être pas encore rencontré la femme idéale. Mais en plongeant dans ton regard aujourd'hui, j'y ai vu la peur en même temps que l'amour. J'ai su alors que ce qui m'avait inquiété tout ce temps était vrai. Fils, ta mère n'est pas morte à cause de notre amour l'un pour l'autre. Tu le sais sûrement.

Il hocha la tête, incapable de formuler une réponse, car son père avait vu sa plus grande peur. Et aussi ridicule qu'elle puisse paraître, elle le rongeait depuis bien trop longtemps.

— Cette vie qui nous est donnée est courte, continua Hal. Elle sera finie avant même que tu ne t'en aperçoives, et, fils, tu es un homme bon. Tu es un homme aimant, gentil et généreux qui a bien plus à donner que des hôtels tape-à-l'œil. Tu l'as toujours été. Ce n'est pas parce que tu tomberas amoureux qu'une puissance supérieure va te voler cette personne – ou te voler d'elle. Si tu ne t'autorises pas à aimer, à entrer pleinement dans la vie et les sentiments de celle que tu aimes, si tu n'autorises pas ton ego à disparaître et ton cœur à battre *pour* quelqu'un d'autre afin que chacune de tes respirations soit *pour* elle… alors j'ai bien peur que tu rates l'une des seules bénédictions de la vie. Et en dehors de la famille et de donner la vie, c'est la seule bénédiction qui vaille vraiment la peine d'être vécue.

Son père ouvrit alors le tiroir de sa table de chevet et en sortit un petit sac en velours qu'il lui remit. Treat sentit le cercle entre ses doigts et sut ce qu'il contenait. Il regarda son père avec incrédulité.

— Ta mère voulait qu'elle soit à toi, et d'une manière ou d'une autre, elle a su qu'aujourd'hui serait le bon moment.

— Papa..., dit-il d'une voix étouffée par l'émotion.

— Elle est à toi, fils. Tu en feras ce que tu voudras. Je fais juste ce qu'on m'a demandé.

# CHAPITRE VINGT-HUIT

La porte de la chambre de Treat s'ouvrit à 5 h 30 le lendemain matin et Rex entra avec un sourire triomphant, qui s'effaça rapidement lorsqu'il vit son frère entièrement habillé, se lever du bureau derrière lequel il travaillait.

— Il était temps que tu sortes ton cul paresseux du lit, dit-il.

Il s'était réveillé tôt, anxieux à l'idée de revoir Max, et s'était attaqué à ses e-mails. Il prit sa chemise de flanelle sur le dossier de la chaise, ferma son ordinateur portable et tapota l'épaule de Rex alors qu'il sortait de la chambre et se dirigeait vers les escaliers.

Rex ne dit pas un mot pendant qu'ils remplissaient leurs gobelets de café avant de sortir dans l'air froid du matin.

— Tu vas devoir m'expliquer, déclara Treat.

— Les ouvriers s'occupent des chevaux. Nous deux, on va réparer la clôture. Quelque chose est entré dedans et l'a arraché sur une étendue de dix mètres.

Treat monta du côté passager du camion.

— Qu'est-ce qui s'est passé ?

Rex haussa les épaules et roula sur l'herbe.

— Ça n'a pas d'importance.

*Super, ce genre d'attitude à 6 h du matin.*

Le camion traversa les champs, et Treat attendit que Rex

parle du sujet de la veille. Le silence entre eux n'était pas particulièrement inconfortable, mais comme il se prolongeait, il essaya de briser la glace.

— Je suis allé voir papa. Il avait l'air d'aller bien.

— Super. Savannah l'a couvert pour la journée, et Josh a dit qu'il surveillerait ses médicaments.

Le chapeau de cow-boy de Rex était baissé et il gardait les yeux fixés sur les champs sans jamais regarder Treat.

— Ça te dérange si je reste un moment ? demanda Treat.

Rex haussa les épaules et arrêta le camion. Ils commencèrent à décharger le bois, les fils et le matériel.

— Mets ça là-bas, dit-il en désignant une zone herbeuse de l'autre côté de la clôture brisée. On va installer les tréteaux ici et utiliser cette zone là-bas pour les déchets.

Treat s'exécuta tandis que Rex soulevait de longues planches en bois et les jetait sur son épaule comme si c'était des cure-dents. Treat était quelqu'un de fort, mais il dut admettre que son frère était bien plus costaud. Sous son Henley, les muscles de Rex ondulaient à des endroits où Treat ignorait même qu'il en existait.

Au lieu de se sentir envieux de ce frère qui était clairement en colère après lui, Treat en était au contraire fier. Rex consacrait sa vie au ranch et à leur père, chose que Treat n'avait pas été assez fort pour faire, et il réalisa qu'il était à présent capable de l'admettre sans ressentir de la honte.

— Tu vas aider ou regarder ? demanda Rex.

Treat prit son marteau et suivit les instructions sommaires de son frère. Il avait grandi en aidant son père dans toutes les tâches, en commençant par le nettoyage des boxes et en passant par les réparations de la grange. Il lui manquait un peu de pratique, mais tout lui revenait, y compris des souvenirs précieux de sa mère jouant à proximité avec ses frères et sœur pendant que lui et son père travaillaient. Travailler aux côtés de Rex fit également ressortir son côté compétitif. Bientôt, il n'eut plus besoin d'instructions, et se mit à scier le bois à la longueur parfaite, fixer les fils et enfoncer les poteaux dans le sol. À l'heure du déjeuner, son torse et ses bras étaient meurtris et douloureux. Mais il serra les dents face à cette douleur irritante afin de ne pas le montrer à son frère, qui se portait comme un charme.

— Ça va ? demanda Rex alors qu'ils roulaient vers la maison.

— Ça va.

Après avoir passé la matinée à effectuer un travail si dur et physique, Treat s'attendait à ressentir le désir de retourner à sa carrière effrénée où il était entouré de confort et où une dure journée signifiait acheter une propriété. Au minimum, il s'attendait à ressentir de l'appréhension à l'idée de changer sa façon de travailler. Mais alors qu'ils se garaient devant la maison et qu'il réfléchissait aux suggestions de son avocat d'embaucher un manager et gérer les négociations via Skype, il découvrit qu'il n'avait plus tant envie de s'occuper d'acquisitions. Il voulait aider pendant un certain temps au ranch et être avec Max. Sa décision de s'installer dans le Colorado et la suggestion de l'avocat lui paraissaient justes.

— On dirait que Dane est arrivé, déclara Rex en indiquant la Land Rover vert foncé qui se garait dans l'allée.

Alors qu'ils se dirigeaient vers la maison, Savannah les appela depuis la cuisine :

— Le déjeuner est prêt.

Ils retirèrent leurs bottes de travail et Dane les intercepta dans l'entrée.

— Tu as réussi à rentrer, déclara Treat en embrassant son frère.

Il avait passé la majeure partie de la nuit à réfléchir à la façon d'annoncer à Dane ce qu'il avait déjà expliqué aux autres, même s'il était sûr que son frère l'avait déjà entendu d'au moins trois manières différentes. Mais même s'il trouvait cela difficile, Treat tenait à le faire en personne, d'homme à homme. Et quel meilleur moment que maintenant ?

— Le vol était extrêmement long avec un enchaînement de retards, déclara Dane. Mais nous avons marqué de beaux requins pendant que nous étions en dessous.

— Désolé pour le vol, mais c'est une bonne nouvelle pour tes recherches, et je suis content que tu sois là. Viens avec moi un instant.

Il ouvrit la porte, et ils s'installèrent à l'extérieur sur des chaises faisant face aux champs.

— J'ai entendu dire que tu comptais rester, dit Dane.

— Oui. Il est temps.

— Et ton travail ?

— Ça ne va rien changer, à part le nombre de voyages et la façon de mener les négociations.

Il regarda son frère se détendre sur sa chaise. Sa peau était tannée et ses yeux brillants. Treat n'avait jamais vraiment pensé à son âge jusque-là, mais depuis les problèmes de santé de son père, ça le travaillait. Comment les années avaient-elles pu passer aussi vite ? Un jour, ils se rassembleraient ainsi pour les funérailles de leur père, et ce serait probablement dans bien moins longtemps qu'ils le pensaient. Cette prise de conscience en apporta une autre : Treat voulait fonder une famille et voir son père passer du temps avec ses petits-enfants.

— On a rencontré Max. Elle te l'a dit ? demanda Dane.

— Oui, répondit Treat en souriant.

Plus que quelques heures avant qu'elle soit à nouveau dans ses bras.

— Elle est vraiment mignonne. Elle semble intelligente, un peu timide peut-être ? Mais je comprends qu'elle te plaise.

Le corps de Treat se crispa. *Elle est à moi.* Il adressa un regard d'avertissement à son frère.

— Elle te plaît *vraiment*, hein ?

— Je l'aime, Dane.

— Je ne t'avais encore jamais entendu dire ça, déclara Dane en hochant la tête.

— Je ne l'avais encore jamais ressenti.

La vérité avait un goût presque aussi doux que les baisers de Max.

— Écoute, Dane…

— Avant que tu te lances, je peux dire quelque chose qui me travaille depuis longtemps ?

— Bien sûr, rétorqua Treat en se préparant au pire.

— C'est à propos de Mary Jane.

Treat plissa les yeux.

— Voilà, eh bien…, commença Dane en prenant une profonde inspiration. La vérité c'est que je n'étais pas aussi saoul que je te l'ai fait croire ce soir-là. Je savais ce que je faisais.

— Pourquoi me dis-tu ça maintenant ? demanda-t-il en sentant ses poings le démanger.

— Parce que les autres m'ont raconté ce que tu as dit hier soir, et que tu dois le savoir. J'ai couché avec elle pour avoir l'impression d'être aussi bon que toi, Treat, avoua Dane en détournant le regard. As-tu une idée de ce que c'était que de grandir dans ton ombre imposante ?

— Mon ombre n'est pas si grande, Dane.

— Tu ne t'en rends pas compte. Quoi qu'il en soit, ça n'a pas marché et je me suis senti encore plus minable après ça, et je sais que ça a toujours pesé sur notre relation.

Il regarda Treat avant d'ajouter :

— Je suis désolé, frangin. Je n'ai jamais cessé de le regretter depuis.

Treat qui ne s'était pas attendu à entendre une chose pareille fut pris au dépourvu.

— Je sais que tu t'inquiètes de ce qui pourrait se passer entre moi et… toute femme qui t'intéresse. Mais tu ne le dois pas. Je ne suis plus ce gamin stupide. Je ne ferai plus jamais quelque chose d'aussi bas ou dégradant envers toi ou moi-même… ou toute autre femme. Mary Jane était un pion pour moi, et je suis désolé pour toi et elle.

— Elle n'était pas un pion pour moi.

La poitrine de Treat se serra au souvenir. Il n'était pas amoureux de Mary Jane à l'époque, du moins, pas comme avec Max. Mais elle avait tout de même compté pour lui.

Dane baissa les yeux.

— Je sais, et je suis désolé. Je lui ai présenté mes excuses peu de temps après ça.

Il apprécia le courage qu'il avait fallu à son frère pour tuer son propre dragon, et dans un effort pour détendre l'atmosphère, il le taquina :

— Tu es donc en train de me dire que tu n'essaieras pas de marquer Max avec ton harpon géant ?

— Pas d'un pouce, dit Dane en riant. Mais sérieusement, je ne ferai pas la même erreur deux fois. Et puis il y a une certaine personne que je n'arrive pas à oublier ces derniers mois, donc je ne serai peut-être plus très longtemps sur le marché des célibataires.

— Ah bon ? demanda Treat.

Dane s'appuya contre le dossier de sa chaise et regarda les montagnes majestueuses.

— Oh oui.

— Ainsi donc, ils m'ont balancé ? demanda Treat en hochant la tête vers la maison.

— J'ai eu trois appels à 2 h du matin.

*Hotline Braden typique.*

— Lequel n'a pas appelé ?

— À ton avis ? demanda Dane en désignant de la tête le camion de Rex.

— Oui. Je ne sais pas trop quoi faire de Rex, alors je vais me contenter de suivre les conseils de papa et le laisser venir. Il parlera quand il sera prêt.

Dane se leva pour retourner à l'intérieur, mais Treat le retint. Laisser ses frères et sœur s'occuper de son aveu était une échappatoire. Il devait s'en charger tout seul s'il voulait vraiment avancer sans regret.

— Je voulais te dire que j'étais désolé de la façon dont les choses se sont passées quand on a perdu maman. J'étais le plus vieux, et j'aurais dû être là plus souvent. J'aurais dû faire plus d'efforts pour t'aider à trouver les moyens de t'en sortir quand tu t'es enlisé dans ta colère.

Après la mort de leur mère, la plupart de ses frères et sœur s'étaient effondrés en larmes et s'étaient repliés dans leurs coquilles, mais Dane avait explosé. Il était passé du garçon d'humeur douce et égale – comme en ce moment – à un garçon colérique et irritable. Treat avait pourtant tenté de le raisonner, mais à certains moments il l'avait laissé cracher bien trop fort sa fureur. Chose qu'il regrettait encore.

— J'avais un peu pété les plombs, hein ? dit Dane, le regard troublé.

— Je pense que c'était notre cas à tous. Tu sais à quel point je t'aime, n'est-ce pas ?

Il n'avait jamais été embarrassé d'avouer son amour à sa famille, et cette journée ne différait pas des autres.

— Je n'ai jamais eu le moindre doute, dit Dane en l'embrassant. On est bon ?

— Toujours.

Treat le regarda s'éloigner, puis contempla les champs en pensant à sa mère. Il la voyait encore montée à cheval et lui faisant signe de la main en criant « *Treaty !* », et il espérait qu'elle aurait été fière de lui malgré ses défauts. Il se souvenait du jour où sa mère avait été admise à l'hôpital pour la dernière fois. Malgré son jeune âge, il avait compris qu'elle n'en avait plus pour longtemps. Elle était devenue d'une fragilité terrifiante ; ses joues roses avaient perdu leur éclat et s'étaient creusées, ses bras et ses jambes s'étaient atrophiés en raison d'un alitement prolongé. Il avait l'habitude de se tenir sur le pas de sa porte quand elle dormait et la regarder, mémorisant chaque détail alors qu'elle s'éloignait de plus en plus. Un après-midi, alors que son père était aux champs et que les autres faisaient du cheval, elle l'avait appelé. Il ne savait même pas qu'elle était réveillée. Il se souvenait encore de la rugosité du parquet sous ses pieds nus alors qu'il traversait la pièce, et de la sensation de tous ses os pointant sous sa peau presque translucide quand il lui avait tenu la main. Elle avait ouvert les yeux et souri, et l'espace d'un instant il avait vu sa mère telle qu'il l'avait toujours connue : forte, aimante et belle. Mais elle était trop faible pour garder les yeux ouverts, et ils s'étaient refermés. Il avait tenu sa main longtemps après qu'elle soit devenue molle, espérant et priant pour qu'elle rouvre les yeux. Il s'était accroché à elle jusqu'à ce que son père le prenne par les épaules et l'éloigne. *Maman ! Reviens ! S'il te plaît ! Je ferai mieux ! Je t'aiderai plus avec les enfants ! J'aiderai papa au ranch !*

Même en cet instant, son corps luttait et se débattait contre le souvenir, tout comme il avait lutté et s'était débattu contre la puissante poigne de son père, jusqu'à ce qu'il soit épuisé et qu'il s'effondre dans ses bras aimants. Lorsqu'il s'était réveillé le lendemain, il avait couru jusqu'à la chambre de sa mère en espérant que ce ne soit qu'un cauchemar.

Après toutes ces années, il se souvenait encore du long grincement sinistre de la porte et du chagrin qui l'avait consumé à la vue du lit vide de sa mère.

# CHAPITRE VINGT-NEUF

— Kaylie, j'ai besoin de toi, déclara Max dans son Bluetooth.

Elle était presque arrivée à Allure quand elle s'était rendu compte qu'elle avait des choses à faire. Elle avait parlé à Treat tôt ce matin-là, mais désireuse de lui faire la surprise, elle ne lui avait pas dit qu'elle avait réservé un vol dans la matinée.

— Max, je ne savais pas que tu aimais les femmes, plaisanta Kaylie.

— C'est sérieux. J'ai besoin de ton aide, et j'en ai besoin maintenant. *S'il te plaît ?*

La voix de Kaylie s'adoucit.

— Qu'est-ce qu'il y a ? Il s'est passé quelque chose ?

— Non. Eh bien, si. Quelque chose d'énorme. Mais je ne peux t'en parler maintenant.

Elle n'avait jamais parlé à Kaylie de ce qui s'était passé avec Ryan, et ne voulait pas le faire maintenant, car elle était bien trop excitée et nerveuse pour songer, ne serait-ce qu'une seconde au passé.

— Tu peux me rejoindre au centre commercial ?

— Tu détestes faire du shopping.

— Sans blague ? C'est pour ça que j'ai besoin de toi. S'il te plaît, Kaylie ? Je mc déteste d'avoir l'air désespérée, mais c'est le cas. Alors veux-tu bien venir me retrouver avant que je change d'avis ?

Le dénouement de la situation avec Ryan avait été inattendu, et sur le chemin du retour, Max avait réalisé que les choses n'auraient pas pu mieux se passer. Les morceaux de son passé se remettaient en place, lui permettant de comprendre tout ce qu'elle avait mal interprété durant ces dernières années. Même si elle était toujours bouleversée par ce qu'ils avaient traversé, le fait de savoir que Ryan n'était pas maître de ses actes au moment des faits l'avait libérée de toute sa culpabilité. Elle ne se sentait plus responsable des actes de Ryan, pas plus que du désir de Treat de changer sa façon de diriger son entreprise afin de faire fonctionner leur relation.

Elle avait passé toutes ces années, accablée par le poids d'une culpabilité qu'elle ne méritait pas, et craignant injustement le pire chez les autres. Mais elle était déterminée à arranger les choses.

— Je serai là dans trente minutes, déclara Kaylie.

— Retrouve-moi au Victoria's Secret.

— Qui es-tu et qu'as-tu fait de Max ? demanda Kaylie en regardant autour d'elle.

— Tais-toi avant que je change d'avis.

Max n'avait volontairement jamais mis les pieds dans un magasin Victoria's Secret auparavant. Elle était restée à l'écart des endroits qui encourageaient l'idée que les femmes seraient des *jouets*. Mais alors qu'elle traversait la boutique très éclairée et bien trop rose, décorée de mannequins à moitié nus et de lingerie sexy, elle voyait tout cela à travers les yeux d'une femme équilibrée. Ou du moins à travers les yeux d'une femme qui sortait de sous le couvert des nuages. Elle commençait même à comprendre que la lingerie contribuait à posséder – et à profiter – de sa sexualité, et non à se faire exploiter et maltraiter.

Si rencontrer Ryan avait été un grand pas en avant, là c'était comme une haie géante, et elle avait l'impression d'avoir des ressorts aux pieds. Elle était déterminée à s'acheter une tenue séduisante qui ferait perdre la tête à Treat.

— Max, j'ai peur, la taquina Kaylie.

— Je veux une garde-robe qui enflammera Treat de la tête aux pieds, dit-elle avant de reprendre son sérieux et ajouter : Kaylie, rends-moi *bandante*.

— Ma grande, rien que de le dire te rend bandante.

Kaylie l'entraîna à l'arrière du magasin, où elle fouilla les étagères de lingerie en dentelle pour sélectionner des corsets, des camisoles, des soutiens-gorges en dentelle et des strings minuscules.

— On parle de quoi ? Quelques nuits, un week-end ? La saison ?

Max brandit sa carte de crédit.

— Tout ce qu'il faut. Je veux avoir tout ce que tu pourrais porter. Euh… peut-être. Sois quand même prudente avec cette suggestion, dit-elle en riant. Après ça, on ira acheter des vêtements à porter par-dessus tous ces trucs coquins.

— Max, ça fait beaucoup d'argent. Tu es sûre ? Être séduisante coûte cher.

Max leva les yeux au ciel.

— Je n'ai jamais été aussi sûre de quoi que ce soit de toute ma vie. Je porte les mêmes vêtements depuis des années, et j'ai un compte d'épargne à cinq chiffres que je ne dépenserai jamais. Si c'est pour Treat, ça en vaut *vraiment* la peine.

— Mais tu pourrais acheter quelques tenues et alterner.

— Je veux être sexy *tout* le temps. Ça ne veut pas dire que je vais arrêter de porter des jeans et des tee-shirts, mais je veux que tout ce que je porte en dessous, sept jours sur sept, soit capable de lui faire perdre la tête. Quand j'ouvre mon placard, je veux trouver des choses qui m'obligent à ne plus être la *Max efficace et fonctionnelle*, et qui me transforment en la *Max séductrice*. Je veux du *choix*. Et tu me connais assez bien pour savoir que ce sera la seule occasion. Je ne vais pas soudainement prendre du plaisir à faire du shopping. Je garderai sans doute tout ce que nous achèterons aujourd'hui jusqu'à mes cinquante ans. Et puis Treat se rend souvent à des soirées mondaines, et je veux le rendre fier en portant de jolies robes féminines.

— Non, tu veux juste l'exciter. Car ce que tu achèteras ici ne se verra pas pendant les soirées mondaines.

— Je veux l'exciter *et* le rendre fier, répliqua Max en souriant.

C'est tout ce que Kaylie avait besoin d'entendre pour se lâcher.

— En ce qui concerne les tenues de soirée, nous devrons le faire un autre jour. Tu ne peux pas trouver ce genre de robes dans un centre commercial. Concentrons-nous à lui défriser la moustache.

Max essaya tellement de tenues que sa tête en tournait. Vêtue d'une nuisette rose en dentelle, elle se regarda dans le miroir en se tournant sur les côtés.

— Waouh, regarde mes fesses. Et regarde ça, dit-elle en attrapant ses seins et les relevant. Ils sont pas mal, hein ?

— *Chaleur* torride.

Kaylie retira l'élastique de Max afin que ses cheveux retombent sur ses épaules.

— Tu es toujours magnifique, Maxy, mais là tu es incroyable. Il ne pourra jamais se détourner.

— Oh, ça n'a jamais été le souci, dit-elle avec un sourire timide.

Elles quittèrent finalement Victoria's Secret chargées de grands sacs de lingerie. Kaylie lui prit la main et l'entraîna dans « Hot Allure », un magasin de vêtements à la mode connu pour ses vêtements haut de gamme et séduisants. Là, elles fouillèrent les étagères et emportèrent d'énormes piles de vêtements dans la cabine d'essayage.

— Tu n'imagines pas depuis combien de temps je rêve de faire ça, déclara Kaylie. C'est comme si un fantasme de relooking se réalisait.

— Je me sens comme Julia Roberts dans *Pretty Woman*. Merci de ton aide. Je n'aurais jamais choisi la moitié de ces choses. Je ne suis toujours pas sûre que ça va d'ailleurs, ajouta-t-elle en tenant devant elle une robe rouge moulante qui semblait ne même pas pouvoir couvrir une seule de ses jambes.

— Ça s'étire. Fais-moi confiance, déclara Kaylie. J'ai un œil pour la mode et les silhouettes et, ma grande, on va parer la tienne de tenues les plus fabuleuses.

— On dirait que tu es en *transe* shopping, dit Max en riant.

Une heure et demie plus tard, elles s'effondraient sur un banc du centre commercial, entourées de sacs de robes, pantalons, jeans skinny, talons, lingeries et accessoires.

— Ton homme va être tellement excité tous les soirs de la semaine ! s'écria Kaylie.

— Oh oh. Kaylie.

— Quoi ? Oh non. Tu fais une de ces têtes. Tu as trop dépensé ? Doit-on en rendre une partie ? Pas la nuisette baby-doll. Chaque femme devrait avoir une nuisette baby-doll.

Max secoua la tête.

— J'ignore où est Treat. Je sais qu'il était chez son père, mais s'il n'y est plus ? Je veux le surprendre.

Kaylie sortit son téléphone portable et envoya un SMS.

— Que fais-tu ? demanda Max.

— J'ai une idée. C'est le cousin de Blake, donc je vais envoyer un SMS à Danica. Elle demandera à Blake, et il saura nous donner l'information.

— Merci la solidarité féminine, plaisanta Max.

Quand le téléphone de Kaylie vibra, elle vérifia le message.

— Elle dit d'attendre une minute.

Max soupira et rejeta la tête en arrière.

— Comment puis-je être si organisée au travail et si nulle pour les surprises ?

Son téléphone sonna à nouveau.

— C'est ça aussi être une femme. Nous ne pouvons pas être parfaites tout le temps, répliqua-t-elle avant de lire le message. Le destin est de ton côté ! Il est au ranch.

Max se leva aussitôt.

— C'est vraiment le destin.

— Calme-toi, yeux de biche. Qu'est-ce que tu comptes faire ?

Max ramassa autant de sacs qu'elle pouvait en porter et se dirigea vers la sortie. Kaylie prit le reste et se dépêcha de la suivre.

— Max !

— Chez moi, répliqua Max en levant ses sacs. Douche. Me faire belle. Retrouver mon homme !

# CHAPITRE TRENTE

À l'heure du dîner, Treat était épuisé. Son père se sentait infiniment mieux, mais il avait pratiquement fallu l'attacher à sa chaise pour suivre les consignes de repos de Ben. Chaque fois que Treat et ses frères et sœur tournaient la tête, leur père essayait de se rendre à la grange. Josh l'avait finalement attiré à l'intérieur en lui proposant de regarder un rodéo avec lui. À présent, Treat se détendait sur le porche tandis que Rex garait le tracteur dans la grange. Ils avaient travaillé du lever au coucher du soleil, et il restait encore les corvées du soir. Il devait reconnaître que Rex forçait son admiration : son frère courait toujours à pleine vapeur pendant que Treat buvait lentement son café afin de récupérer.

La porte-moustiquaire s'ouvrit derrière lui.

— Tu es toujours en vie ? demanda Savannah en s'asseyant près de lui sur la plus haute marche.

— À peine. J'avais oublié à quel point un ranch c'est épuisant. Je ne sais pas comment fait Rex.

— C'est un dur à cuir. Toi aussi, tu sais. Chacun l'est à sa propre façon.

— Je l'imagine, déclara Treat.

Le regard noisette de sa sœur était éteint. Il crut au départ que c'était à cause des problèmes de santé de leur père, mais il se souvint de ce que son père lui avait aboyé à l'hôpital.

— Tout va bien pour toi ? Que disait papa à propos de Connor ? Il faut que je m'occupe de son cas ? Parce que je me demande si Rex ne serait pas plus qualifié pour ça.

Sa sœur passa son bras sous le sien et posa sa tête sur son épaule.

— Personne n'est plus qualifié pour ça que toi. Tu as toujours été mon protecteur.

Son poids contre lui, lui rappela Max.

— Tu éludes la question, Vanny.

— C'est compliqué, dit-elle en soupirant.

— N'est-ce pas le cas pour tout ? demanda-t-il en pensant à Max.

— Je le suppose. Tu te souviens de la relation entre nos parents avant que maman ne tombe malade ? Je ne me souviens pas de grand-chose à part ce que tu m'as raconté.

Treat avait toujours essayé de garder le souvenir de leur mère vivace pour ses frères et sœur.

— Je me souviens de certaines choses, mais quand on est enfant, on ne se concentre pas sur la relation de ses parents, tu comprends ? Ce sont papa et maman. C'est tout. Maman était belle. Il y avait cette aura autour d'elle difficile à décrire. Elle était toujours heureuse, mais je me souviens qu'elle criait après papa quand il voulait t'endurcir. Je l'entends encore.

Il éleva la voix d'une octave.

« *Hal, c'est une fille. Une F-I-L-L-E. Elle n'a pas besoin de savoir enfoncer un clou. C'est à ça que servent les hommes* ».

Il rit à ce souvenir.

— Elle faisait ça ? demanda Savannah en souriant. J'aimerais pouvoir m'en souvenir.

— Elle t'a toujours traitée comme une petite chose précieuse. Elle voulait t'habiller avec des robes roses à froufrous et te mettre des rubans dans les cheveux, et papa lui disait qu'elle faisait de toi une poule mouillée.

Savannah fronça le nez.

— Des robes *roses* ? Je ne peux même pas l'imaginer. J'ai adoré grandir comme un garçon manqué. J'ai toujours pensé que papa faisait du si bon boulot avec nous.

— C'était le cas. Et elle aussi. Elle nous aimait tant. Même quand on était infernales et qu'on lui donnait du fil à retordre. Pendant une minute ou deux, ses yeux devenaient féroces, comme les tiens, et l'instant suivant, elle riait et plaisantait comme si nous étions des anges incapables du moindre mal.

— Vraiment ?

— Oui. Tu sais que c'est maman qui a instauré la tradition du barbecue, n'est-ce pas ?

Il regarda Rex qui se dirigeait vers eux. Son jean moulait ses puissantes cuisses et son chapeau était toujours baissé sur ses yeux. Il ressemblait tout à fait à un cow-boy.

— Je ne le savais pas, déclara Savannah. J'ai toujours connu ça.

— C'était maman.

Rex monta sur le porche et s'assit à côté de Savannah.

— C'était quoi, maman ?

— C'est elle qui a lancé la tradition du barbecue, répondit Savannah.

Rex retira son chapeau et passa une main dans ses cheveux épais, puis il remit son chapeau et s'essuya le visage avec sa main.

— Tu te souviens de ça ? Elle disait qu'on ne nourrissait que nos corps en mangeant tout le temps à l'intérieur et que nous devions aussi nourrir nos âmes.

Une chaleur adoucit le corps rigide de Rex, et pendant un bref instant, Treat vit le doux petit garçon qu'il avait été avant que sa mère ne tombe malade. Avait-il changé lui aussi ? Y avait-il eu un Treat avant et après la maladie ? Si oui, il n'avait aucun souvenir de cette personne.

— Parce que c'est à ça que servent le soleil, le vent, la neige et la pluie, ajouta Treat en citant leur mère.

— J'aurais aimé la connaître autant que vous, déclara Savannah en essayant sans succès de masquer son froncement de sourcils.

Treat passa son bras autour d'elle.

— Tu es exactement comme elle, dit Rex en se levant et se dirigeant vers la porte. Tu fais les corvées du soir avec moi ?

— Je ne manquerai ça pour rien au monde, rétorqua Treat.

— Pourquoi Max n'est pas avec toi ? demanda Savannah. Papa a dit que tu ne l'avais pas encore amenée ici.

— Parce que je suis égoïste, admit Treat. Je voulais l'avoir pour moi tout seul sans la pression de la famille.

Il ramassa une pierre et la lança dans la cour.

— Elle a dû s'occuper de quelques affaires ailleurs, et papa est tombé malade, alors…

— Elle t'aime *beaucoup*, dit sa sœur en s'approchant davantage. C'est ce que je veux pour toi. Que tu sois avec quelqu'un qui t'adore. Quelqu'un qui irait n'importe où pour être avec toi.

— On est deux dans ce cas. Je veux la même chose pour toi aussi.

Il se souvint alors de ce que Savannah avait dit à propos de la lecture entre les lignes, et demanda :

— Tu veux que Connor suive tes miettes de pain ?

Une brise balaya ses longs cheveux auburn, et pendant un instant elle fut le portrait craché de leur mère.

— Je ne sais pas, dit-elle tandis qu'une ombre traversait son regard. Souvent, je pense que oui. Mais parfois, je me demande si je ne me prépare pas à être blessée.

— S'il te plaît, dis-moi que tu ne parles pas de blessure physique, parce que je détesterais être célèbre pour avoir tué Connor Dean.

— C'est un papillon, pas un battant.

— Et toi tu es *fougueuse*. C'est ça le problème ? Que ça ne soit pas un battant ?

— Il ne s'agit que de planning et de folie, dit Savannah en posant une main sur son épaule. Parlons plutôt de toi.

— Non, merci.

Il s'était suffisamment analysé pour toute une vie. Tout ce qu'il voulait, c'était que Max l'appelle et lui dise qu'elle était rentrée. Sans elle, il n'aurait peut-être jamais affronté la culpabilité qui lui pesait depuis trop d'années.

— Nous ferions mieux de donner un coup de main pour le dîner, déclara-t-il en se levant et prenant la main de sa petite sœur.

Plus tard, en apportant une carafe de cidre à table, Treat se figea en voyant son père et Rex revenir de la grange. Rex arborait une expression pincée et leur père avait posé sa main sur son épaule. Treat pouvait pratiquement sentir ce poids sécurisant sur sa propre chair. Il connaissait le regard que son père lançait à Rex, et il était prêt à parier que la discussion avait un rapport avec lui.

Mieux valait prendre le taureau par les cornes.

Mais Savannah lui prit le bras avant qu'il puisse faire un pas.

— Laisse-les, dit-elle.

— Je suis sûr que c'est à propos de ce que j'ai dit hier soir.

— Pas du tout. Laisse-les.

— Comment le sais-tu ? demanda-t-il en plissant les yeux.

Savannah lui prit le cidre des mains et le posa sur la table en ignorant sa question.

— Savannah ?

— Laisse tomber, Treat, dit Hugh en apportant les couverts. Rex n'est pas aussi dur qu'il en a l'air. Il a du mal avec les problèmes de santé de papa.

Treat observa Rex. Ce dernier évitait manifestement le regard de leur père, qui au contraire, dévisageait son fils.

— Pourquoi ne m'a-t-il rien dit ? On a travaillé toute la journée ensemble et il n'a fait que m'engueuler.

Hugh haussa les épaules.

— Toi, tu l'aurais fait à sa place ? demanda Josh qui apportait les hamburgers en faisant signe à tout le monde de s'asseoir. Réfléchis, Treat. Il passe ses journées à trimer au ranch, et tout à coup tu débarques et tu t'attends à ce qu'il l'accepte ? Et pendant ce temps, la personne qu'il aime le plus au monde atterrit à l'hôpital. C'est beaucoup à gérer.

*Je n'ai à nouveau, pas été à la hauteur ?*

— Alors, quoi ? J'aurais dû lui demander la permission de revenir au ranch de ma propre famille ? J'ai cru toutes ces années que c'était ce qu'il voulait.

Ses frères et sœur échangèrent un regard signifiant que c'était peut-être *exactement* ce qu'il aurait dû faire.

— Très bien. Je comprends. Je vais lui parler, dit-il, décidé à rejoindre les autres.

— Treat ! s'écria Savannah. Il souffre. S'il te plaît, ne le pousse pas. Tu connais Rex. Quand il sera prêt, il te parlera. Il le fait toujours.

Faire du mal à ses frères et sœur était la dernière chose que Treat souhaitait. Alors quand son père et Rex se dirigèrent vers eux, Treat se détourna. Faisait-il plus de mal que de bien en étant là ?

Quelques minutes plus tard, Rex et Hal les rejoignirent à table. Rex prit un hamburger et un petit pain et passa en revue le reste des plats.

— Papa, tu as un suivi avec Ben la semaine prochaine. Je t'y emmènerai, proposa Treat.

— Je m'en occupe, dit Rex d'un ton bourru.

— Rex m'emmènera. Dis-moi ce qui se passe avec cette jolie gamine que j'ai rencontrée, déclara son père, essayant clairement d'éviter toute confrontation.

Il avait remué le nid à frelons avec Rex, et maintenant c'était à son tour d'attendre – tout comme Rex l'avait fait ces quinze dernières années.

— Il n'y a pas grand-chose à dire. Elle revient aujourd'hui, et chaque minute loin d'elle me paraît comme une éternité, dit-il en poignardant le steak que Savannah lui avait servi.

— Alors, lève ton gros derrière et va la chercher, déclara Rex, avant de prendre une grande bouchée de son hamburger. De quoi as-tu peur ?

— Rien ne me fait peur, petit frère. Je suis ici pour combattre les démons qui m'étouffaient toutes ces années, et je ne peux pas en dire autant pour toi.

Il savait qu'il ne devait pas pousser Rex, surtout devant la famille, mais il était à bout de nerfs et fatigué de jouer à cache-cache.

Rex se leva aussitôt.

— Qu'est-ce que c'est censé vouloir dire ? Je suis ici tous les jours à m'occuper de ce ranch pendant que tu fais ce qui te plaît. Au moins, je n'ai pas abandonné papa.

Treat sentit le regard de son père posé sur lui. Les autres les observaient sans la moindre trace d'inquiétude, et Treat comprit qu'ils savaient tous ce qui rongeait Rex depuis tout ce temps. Son père se leva lentement, mais ne fit aucun mouvement pour s'interposer entre eux.

— Je me suis déjà *excusé* d'être parti, hier soir. Tu te souviens ? Tu as quitté la pièce. Et pendant que tu construisais ta vie ici, j'ai construit la mienne, répondit Treat en se levant également et croisant le regard furieux de son frère.

— C'est vrai. Tu voyages tout le temps et tu vis une vie de loisir pendant que je me tape tout le boulot.

— Je ne vais pas jouer à compter les points avec toi en comparant nos carrières. Parle franchement, répondit Treat en réduisant la distance entre eux.

— Tu es *parti*, et tu m'as laissé seul à gérer tout ça.

Treat avait envie d'attraper ses énormes épaules et les secouer jusqu'à ce qu'il recrache ce qu'il ne disait pas.

— Dane est plus âgé que toi, ce n'était pas à *toi* de gérer tout ça.

— Dane n'était bon à rien et il n'avait aucune envie de travailler au ranch. J'avais quinze ans ! Comment étais-je censé veiller sur les trois enfants *et* m'occuper du ranch – et de papa ? Quinze ans, Treat. *Quinze ans !* s'écria-t-il, les yeux brillant de rage.

— J'étais à l'université, Rex. C'était ce que j'étais *censé* faire. C'était le projet *de papa* pour moi.

Il s'immobilisa alors que la véracité de ses paroles s'imposait dans son esprit.

*C'était le projet de papa pour moi. C'est la vérité.*

Il regarda son père, et vit la confirmation dans son regard. Il savait depuis le début ce qui travaillait Treat, mais comme toujours, il l'avait laissé se dépêtrer tout seul.

*Fait chier… Comment ai-je pu garder ça si longtemps ?*

Rex s'avança et Treat se prépara au coup qui ne manquerait pas de venir alors que les poings de Rex se fermaient.

— Je suis rentré chaque fois que tu appelais, Rex.

— C'est faux, s'exclama Rex les narines évasées.

— Qu'est-ce que tu racontes ?

— Je t'ai appelé quelques semaines après ton départ à l'université et j'ai dit que je n'y arriverais pas.

Les yeux de Rex lançaient des éclairs ; chaque mot était empreint de venin.

— Hugh avait pris ses distances, et Savannah avait disparu pendant le week-end. Je ne savais pas quoi faire.

— Quoi ? Quand ?

Il se souvenait vaguement d'un appel concernant Savannah. Ça semblait s'être passé il y a cent ans.

— C'était quand tu as dit que Savannah était allée à une fête et que tu ne la retrouvais pas ? J'ai laissé en plan la fille avec qui j'étais, et je suis retourné dans mon dortoir pour appeler les parents de ses amis. J'ai cru devenir fou à la chercher à des millions de kilomètres, et tu m'as appelé quelques heures plus tard pour me dire qu'elle était rentrée à la maison, que son amie avait menti pour lui causer des ennuis.

Treat prit une profonde inspiration et essaya de faire baisser sa colère d'un cran.

— Je pensais que tout allait bien après ça.

Rex souffla, le regard bouillonnant de rage.

— Rien n'allait.

— Comment aurais-je pu le savoir ? J'étais un gosse aussi, Rex. Que voulais-tu que je fasse ? Que je quitte l'université ? Que j'abandonne tout ce que papa avait prévu pour moi ? C'est ça que tu me reproches depuis toutes ces années ? N'est-ce pas exactement de ça que je me suis excusé hier soir ?

Ils se fixèrent, bombant le torse et se tapant silencieusement la poitrine en gonflant leurs plumes. Et soudain, avec la force d'un train à grande vitesse, Treat réalisa de quoi il s'agissait vraiment. Rex était certes plus jeune que Dane, mais après la perte de leur mère, lui et Treat avaient veillé sur Dane. Et quand la pression devenait trop forte à essayer d'être quelque chose que ni lui ni Treat ne réussissaient à être, et que Rex s'effondrait, Treat le remettait d'aplomb.

*Ce n'est pas étonnant que tu te sois senti abandonné. Et pas étonnant que j'ai eu l'impression de t'avoir abandonné.*

— Les garçons !

La voix sévère de Hal brisa leur duel.

— Vous voulez faire des reproches à quelqu'un ? Faites-les à moi. Je voulais que Treat réussisse. Il était trop scolaire et avait trop à accomplir dans la vie pour rester ici. Il m'aurait fait acheter d'autres ranchs à quatorze ans si je l'avais laissé faire, et peut-être que nous serions tous encore plus riches. Mais toi, Rex, tu es né pour diriger un ranch et tu le sais. Depuis le jour où tu as marché, tu as voulu me suivre partout. Tu t'asseyais avec moi pendant que je gérais les finances et tu montais avec moi où que j'aille. Le ranch est une sacrée responsabilité, et je comprends que tu en veuilles à tes frères – à tous – d'avoir pris la fuite.

Il posa alors une main sur l'épaule de Rex et ajouta, plus doucement cette fois.

— Mais fils, je t'ai donné le même choix qu'à eux. Combien de fois t'ai-je dit de partir et de t'acheter ton propre ranch, ou de trouver quelque chose qui ne serait qu'à toi ?

Rex détourna le regard.

— Quand je te parle, fils, ne détourne pas les yeux.

— Je ne voulais pas de mon propre ranch, s'exclama Rex en ramenant son regard à lui. C'est la famille. C'est là que se trouve maman, conclut-il en lançant un regard colérique à Treat.

Pour un étranger, voir ces deux hommes en colère qui se dévisageaient était synonyme de poings qui n'allaient pas tarder à voler. Mais Treat savait de quoi ils avaient l'air aux yeux de sa famille : deux frères s'efforçant de retrouver le chemin l'un vers l'autre.

Son père posa une main sur leurs épaules.

— Maintenant que vous avez vidé votre sac, laissez-moi vous dire comment ça va se passer. Si vous cherchez un coupable, ça sera moi. C'est moi qui vous ai élevés toutes ces années. Le deuil est une chose puissante et terrible. J'ai cru que vous finiriez par ne plus penser à la mort de votre mère, mais je me berçais d'illusions. Je suis bien placé pour le savoir, et je suis désolé. Nous avons tous fait de notre mieux, dit-il en regardant ses enfants, avant de fixer ses yeux emplis de compassion sur Rex et Treat. Nous avons fait mieux que n'importe quelle famille. Si Treat était resté, je me serais senti coupable de ne pas l'avoir laissé partir. Rex, tu as toujours été un cow-boy, et pas un clown de rodéo. J'ai toujours su que tu étais capable de le supporter, car oui, je savais que tu portais le poids du monde sur tes épaules, mais aussi que tu n'étais pas disposé à t'en séparer.

Rex détourna le regard.

— Je suis désolé, leur dit Treat. J'étais un gosse qui essayait de garder la tête hors de l'eau. C'est vrai que je vous ai aban-donnés parce que je me sentais coupable, mais, Rex, crois-moi, si j'avais su que tu te sentais aussi perdu, je serais revenu en courant. Après que Savannah fut rentrée à la maison, j'ai pensé qu'il s'agissait des mêmes histoires que d'habitude, avec des enfants perdus et en colère que j'avais laissés en partant à l'université.

Rex continua un long moment à regarder ailleurs, avant de tourner le visage vers son père.

— Désolé d'avoir gâché l'après-midi, papa. Je dois passer voir Hope, dit-il avant de se diriger vers la grange.

Treat fit un pas vers lui, mais son père le retint.

— Laisse-le. C'est ainsi que fonctionne Rex. Tu t'en souviens, n'est-ce pas ? Il évacuera sa frustration. Ça prendra du temps, mais maintenant tu sais de quoi il s'agit. Ça ne sera peut-être pas pour aujourd'hui ni pour la semaine prochaine, mais ça finira par retomber.

Treat s'assit à table, mais il était incapable de manger. Il savait que Rex ne pourrait pas continuer à l'éviter éternellement maintenant qu'il était rentré à la maison. Il pourrait s'acheter une maison pas loin, voyager un peu et louer un bureau, mais il n'abandonnerait plus jamais sa famille. Et il en avait également assez d'attendre Max. Il était temps de prendre son destin en main.

— Désolé d'avoir été un tel con quand j'étais enfant, déclara Dane.

— Tu n'étais qu'un enfant, dit Treat en se levant à nouveau. Je dois m'occuper de quelque chose.

Puis sans un autre mot, il se dirigea vers la maison.

Quelques minutes plus tard, il était dans la voiture et quittait le parking, quand Rex monté sur Hope lui coupa le chemin. Treat appuya sur les freins et sauta de la voiture.

— Qu'est-ce que tu fais ? Tu veux que Hope se fasse tuer ?

Rex calma le cheval surpris avant de répondre :

— Je sais toutes ces conneries que tu as dites là-bas. Je ne suis pas un idiot.

— Non, effectivement, déclara Treat.

Ils se jaugèrent à nouveau, et Treat eut le sentiment que ça se reproduirait souvent.

— Tout comme toi, j'ai porté ce fardeau toutes ces années.

Treat hocha la tête en réponse. C'était difficile de se livrer et il ne comptait pas empêcher Rex de le faire aussi.

— Je sais que tu ne m'as pas laissé tomber. Ni maman ni papa non plus. Je comprends, admit Rex. En vérité, je n'aurais pas voulu que tu abandonnes ce pour quoi tu étais fait. J'étais juste…

— Aussi perturbé que nous tous ?

Rex s'accrocha aux rênes de Hope, et Treat eut l'envie irrésistible de le serrer dans ses bras, mais il avait peur de bouger, car Rex s'était construit une coquille aussi épaisse qu'une brique. Treat avait conscience d'avoir fait d'incroyables progrès dans leur relation. Les choses prendraient peut-être des années à revenir à la normale, mais c'était un bon début.

Rex hocha la tête.

— Je suis content que tu sois à la maison, mais je dirige toujours le ranch.

— D'accord.

— Tu es loin d'être en forme pour ce genre de travail exténuant, ajouta Rex d'un ton bourru. Il te faudra des mois pour te remettre à niveau – physiquement en tout cas.

— D'accord.

Tous les muscles du corps endolori de Treat pouvaient en témoigner, même si c'était sa fierté qui en prenait un coup face à son petit frère.

— Très bien alors.

— Très bien.

— Où vas-tu ? demanda Rex en faisant reculer le cheval.

— Je vais chercher ma copine. Je reviendrai pour t'aider aux corvées du soir.

Rex hocha la tête.

— Prends ton temps, mon frère. Crois-le ou non, je suis content que tu restes.

Treat passa une main sur le museau de Hope et jura avoir vu le beau reflet de sa mère dans les yeux du cheval, un sourire approbateur aux lèvres.

# CHAPITRE TRENTE ET UN

Max s'évalua une dernière fois dans le miroir. Ses cheveux étaient brillants et gonflés. Le pantalon en cuir moulant qu'elle portait n'était peut-être pas parfait pour se rendre au ranch, mais il était parfait pour attirer l'attention de Treat. Elle se dit que les jambières de cow-boy étaient en cuir, donc son pantalon n'était pas si inapproprié. Par contre, les bottes à talons aiguilles à hauteur de genou n'étaient sûrement *pas* appropriées, ce qui les rendait justement parfaites. Elle voulait que Treat remarque les changements et l'éveil sexuel qu'elle sentait éclore à l'intérieur.

Elle se tourna sur le côté pour inspecter sa silhouette. Kaylie avait raison à propos du soutien-gorge push-up. Qui aurait cru que ses seins pouvaient avoir l'air si gais ? Ou qu'un soutien-gorge pourrait affiner et allonger son torse ? Waouh, elle était capable d'être vraiment *chaude*.

Max fit de son mieux pour tenir sur ses talons, mais lorsqu'elle atteignit la poignée de porte, sa confiance commença à s'effriter.

*J'ai l'air ridicule. Il aime mon apparence, quoi que je porte. Qu'est-ce que je suis en train de faire ?*

Quel était son but ? *Treat.* Non, ce n'était pas lui son but, mais être la femme qu'il méritait. Être *entière* et accepter tous les aspects d'elle-même qu'elle avait cru tout ce temps devoir ignorer. Elle voulait que Treat la voie comme une femme qui n'avait pas été brisée et qu'il sache que son passé lui appartenait. Il y aurait peut-être des moments où elle déraperait ou manquerait d'assurance, mais elle voulait qu'il la voie en confiance, *maintenant*. Et s'il voulait se rendre en Thaïlande, elle trouverait un moyen de l'accompagner.

Elle ouvrit la porte de la chambre et un flash la fit reculer alors que Kaylie prenait une photo.

— Qu'est-ce que… ?

Elle était tellement concentrée à se préparer qu'elle avait oublié que Kaylie l'attendait.

— Je n'ai pas pu m'en empêcher ! Je voulais tellement entrer, mais je savais que tu ne me laisserais jamais t'aider à t'habiller après m'avoir laissée choisir tous tes vêtements.

Ses yeux s'écarquillèrent en la regardant et elle s'exclama :

— Oh, Max, tu es un péché ! Regarde-toi. Non pas que tu aies besoin de t'habiller comme ça, pourtant *regarde-toi* ! Aucun homme ne pourra jamais te résister comme ça.

Max sourit à cet encouragement presque trop enthousiaste.

— Je peux t'emmener, s'il te plaît ? Je suis tellement nerveuse. Et s'il me trouvait ridicule ?

— Max, respire profondément parce que j'ai une question très importante à te poser.

Max s'exécuta et expira lentement.

— D'accord, laquelle ?

— Es-tu vraiment prête pour ça ?

Max repensa à tout ce qu'elle avait essayé d'ignorer. Faisait-elle une erreur ? Non, elle était sûre que non.

— Toute ma vie, j'ai cru que faire des compromis dans une relation ne pouvait que mener au ressentiment. Mais si Treat veut changer sa façon de faire des affaires, c'est à lui de décider. Et s'il ne change rien, je demanderai à Chaz de travailler à distance.

— Qu'est-ce que tu racontes ? Je parlais de tes vêtements qui crient « *baise-moi à en perdre la tête* ».

— Oh, dit Max en baissant les yeux sur sa tenue. Je ne parlais pas de ça. Est-ce que je suis prête à baiser à en perdre la tête ? Oui, si c'est avec Treat.

— Clairement, rétorqua Kaylie en souriant. Maintenant, de quoi parlais-tu ? Toutes les relations exigent des compromis. Tu le sais, n'est-ce pas ? L'endroit où tu vis ? Qui surveille les enfants pour que l'autre puisse faire autre chose ? Qui sera au-dessus ? Qui finira le premier au lit…

— Kaylie ! J'essaie d'être sérieuse, souffla Max.

— Je sais. Je suis un peu confuse, mais tant que tu n'as aucune réserve quant à son amour pour toi.

Les joues de Max se réchauffèrent et elle posa sa main sur son cœur.

— Il est prêt à tout abandonner pour moi. Je veux lui montrer que je ferai la même chose pour lui.

— J'espère que je n'ai jamais l'air en pâmoison comme ça devant Chaz, parce que je ne comprends rien à ce que tu dis. Allez, je vais fermer pour toi, dit Kaylie avant de jeter un coup d'œil dans la chambre qui semblait avoir vomi des vêtements. Je vais même *désexploser ton* placard avant.

Max l'embrassa sur la joue.

— Tu es la meilleure.

En sortant, elle se retourna et dit :

— Merci de m'avoir demandé si j'étais sûre. Tu es une amie géniale.

— Oui, je suis la meilleure, déclara Kaylie en secouant ses cheveux. Maintenant, sors d'ici.

Max dévala les escaliers en talons aiguilles comme si elle avait couru avec toute sa vie. Son esprit était fixé sur un seul objectif : retrouver Treat.

# CHAPITRE TRENTE-DEUX

Treat roula à fond jusqu'à l'appartement de Max. La circulation était fluide et il s'y rendit en un temps record. Il vola jusqu'au parking et chercha rapidement du regard sa voiture alors qu'il courait vers les marches en les prenant deux à deux. Il se sentait plus léger qu'il ne l'avait jamais été depuis des années.

Il frappa deux fois, puis encore deux fois sans attendre sa réponse. Il n'avait aucune idée de ce qu'il dirait, mais il le saurait en voyant ses beaux yeux.

La porte s'ouvrit et Treat retint son souffle.

— Qu'est-ce que tu as oubl…

— Kaylie ?

— Treat ?

Il regarda par-dessus son épaule.

— Où est Max ?

Un sourire se dessina sur les lèvres de Kaylie.

— Elle se dirige vers le ranch de ton père.

— De mon père…

— Oui ! Allez ! Elle est partie il y a dix minutes. *Allez !*

Il dévala les marches, puis fila vers l'autoroute.

Au moment où Max s'arrêta devant la maison du père de Treat, elle était si nerveuse qu'elle pouvait à peine réfléchir. Elle vit un des frères monté à cheval qui se dirigeait vers le parking. Alors qu'il s'approchait, elle nota que c'était Rex, celui avec les gros muscles. Non pas qu'ils ne soient pas tous d'un physique incroyable dont elle n'aurait jamais soupçonné l'existence, mais les biceps de Rex avaient la taille d'un ballon de football.

Il tira sur les rênes alors que Max descendait de voiture. Elle se rendit compte qu'il montait Hope et prit cela comme un bon signe.

— Max ? dit-il en parcourant son corps d'un regard appréciateur.

*Pouah !* Elle avait oublié sa tenue. Avec ses seins en avant qui disaient bonjour au monde entier et son pantalon en cuir qui ne laissait rien à l'imagination, elle se sentait comme une idiote.

— Rex, n'est-ce pas ?

— Oui, c'est ça. Tu viens de rater Treat. Il est parti te chercher.

— Moi ?

*Oh mince !*

Rex haussa les épaules.

— C'est ce qu'il a dit, dit-il tandis que ses yeux dérivaient à nouveau sur ses seins.

Max s'éclaircit la voix et Rex releva à nouveau le regard.

— Merci, dit-elle sèchement avant de remonter dans la voiture et se jurant de ne *plus jamais* chercher à surprendre Treat.

Il n'y avait pas plus catastrophique qu'elle en matière de surprises. La prochaine fois, elle n'aurait qu'à écrire « *SURPRISE NULLE EN VUE – NE BOUGE PAS !* » sur une enseigne en néon rouge. Elle attacha sa ceinture de sécurité en repensant à la façon dont Rex l'avait lorgnée. Elle était venue pour séduire Treat, et maintenant Rex devait la prendre pour une traînée !

*Pouah !* Elle enclencha la marche arrière et enfonça la pédale au sol, pressée de s'éloigner, quand elle fut propulsée contre le volant et que le bruit du métal écrasé résonna à ses oreilles.

*Non, non, non, non, non.*

Hébétée et secouée, elle retint ses larmes et vit tout le reste du clan Braden courir vers elle. Qu'avait-elle fait ?

Rex ouvrit la portière d'un geste sec.

— Est-ce que ça va ?

— Est-ce qu'elle va bien ? cria quelqu'un.

— Éloignez-vous d'elle.

*Treat ?*

— Je m'en occupe, déclara Treat.

Il poussa Rex de la portière et la prit dans ses bras. *Treat. Mon Treat à moi.* Max enregistrait les voix, mais elle était trop choquée par l'accident pour penser à autre chose que les bras de Treat.

— Je vais appeler une ambulance.

— Attends. Voyons d'abord si elle va bien.

— Que s'est-il passé ?

— Max ? demanda la voix douce et émue de Treat. Regarde-moi ma douce.

Elle le regarda dans les yeux tandis qu'il l'aidait à se relever.

— Est-ce que ça va ? demanda-t-il.

Elle vit la voiture de Treat dont l'avant avait été écrasé par l'arrière de la sienne.

— Je pense que oui, murmura-t-elle.

Puis en plein milieu de tout ce remue-ménage, de l'inquiétude et des Braden qui la palpaient, des mots inattendus franchirent ses lèvres.

— Tu as dit que tu m'aimerais à travers tout.

*Qu'arrive-t-il à ma voix ? Pourquoi est-ce que je chuchote ?*

— Quoi, ma douce ? demanda Treat.

— Tu as dit que tu m'aimerais à travers tout, répéta Max, un peu plus fort cette fois. Cette nuit-là à Wellfleet, où je t'ai dit que quand j'avais peur ou que je manquais d'assurance, mes murs s'érigeaient, et que j'aurais besoin que tu m'aimes malgré tout (*Pourquoi est-ce que je pleure ?*). Et tu as dit que tu m'aimerais à travers tout, Treat. *Tout !* Tu as promis.

— Oh oh, fit Dane.

— Bien sûr, Max, dit-il en la serrant contre lui.

La fratrie la regardait d'un œil fixe tandis que son père observait attentivement son fils. Le regard de Max passa en boucle de Hal à Treat. Elle se fichait de savoir si elle se ridiculisait ou si Hal envoyait des messages télépathiques à Treat pour lui dire qu'elle faisait peur. Elle avait besoin qu'il sache à quel point sa promesse comptait pour elle.

— Max, je tiens toujours mes promesses. Tu dois être vraiment secouée. Essaie de m'entendre, ma douce.

— Je t'entends ! Tu as tenu ta promesse et pour moi ça veut dire que tu m'aimais même si j'étais brisée.

— Brisée ? répéta Dane.

Savannah le fit taire.

— Tu n'as jamais été brisée, chérie. Pas à mes yeux, la rassura Treat d'une voix qui parut comme une tendre caresse pour le cœur bouleversé de Max. Je sais que tu t'inquiètes, alors écoute-moi s'il te plaît. Je ne gâche pas ma vie pour toi. Je n'abandonne pas la Thaïlande ou quoi que ce soit.

— Je ne comprends pas, dit-elle, les yeux brillants de larmes.

— Je réorganise simplement ma façon de travailler. Je vais aider mon père au ranch – pour un certain temps, en tout cas –

et m'installer pour de bon. Mais peu m'importe où, du moment que tu es avec moi.

Il essuya les larmes sur la joue de Max d'une douce caresse du doigt.

— J'ai tué mes démons, Max. Tout comme toi. Nous sommes destinés à être ensemble.

Max tremblait de tout son corps. Elle ferma les yeux pour essayer de se calmer.

— Ouvre les yeux, ma douce, l'exhorta Treat avant de poursuivre. Le monde peut bien nous mettre à l'épreuve, je ne bougerai pas. Ça suffit. C'est ce que nous sommes : Treat et Max. Pas Treat Braden et Max Armstrong, deux personnes distinctes. Ce n'est plus toi et moi ; c'est *nous*.

*Nous.* Elle essuya la rivière de larmes qui coulait sur ses joues alors qu'elle essayait de se souvenir de tout ce qu'elle voulait lui dire.

— Je voyagerai.

— Quoi ?

— Tout ce qu'il faudra faire pour ton entreprise. Je voyagerai avec toi. Je peux travailler de n'importe où.

— Max, nous allons régler tout ça, dit-il.

Entre les nuits blanches, la folie des dernières vingt-quatre heures et l'accident, elle n'arrivait plus à penser correctement. Tout se mélangeait. Treat l'aimait. Il l'aimait ! Elle était dans ses bras. C'était réel. Ce n'était pas un rêve.

Puis Treat la relâcha et, pendant un instant, le monde s'arrêta. Son regard passa de Savannah à Josh qui souriait. Dane avait posé une main sur l'épaule de Hugh et Rex souriait comme un idiot. Ce furent alors les yeux emplis de larmes de Hal qui ramenèrent le regard de Max vers Treat, mais il ne se tenait plus devant elle.

— Max, dit-il en lui prenant la main, un genou posé à terre.
Elle haleta.

— Treat ?

— Max, je serais honoré si tu me laissais t'aimer pour le
restant de tes jours, à travers tes peurs, les disputes et tous les
moments incroyables, jusqu'à ce que je prenne mon dernier
souffle. Et ensuite, je t'attendrai sur l'autre rive de cette vie folle.

Il se releva et plongea dans son regard.

— Je t'aime de tout mon cœur et de toute mon âme, Max.
Je veux réaliser tes rêves et voir ton ventre s'arrondir de nos
enfants. Et quand on sera vieux et grisonnants, je veux te voir
porter cette écharpe que nous avons achetée à Wellfleet et nous
souvenir de notre baiser derrière les buissons. Veux-tu
m'épouser, ma douce ? Veux-tu être ma femme et me laisser être
le mari que tu mérites ?

Savannah saisit le bras de Josh, et ce petit mouvement tira
Max de sa stupeur.

— Tu es sûr ? demanda-t-elle.

— Tu es une femme belle et prudente. Oui, je suis affirmatif.

Max se jeta dans ses bras. Sa poitrine lui faisait mal à la suite
du coup qu'elle avait reçu, mais ça lui était égal. Il la souleva, et
elle enroula ses jambes autour de sa taille.

— Oui ! Oui oui ! répéta-t-elle.

— J'ai hâte de concevoir sa robe ! s'exclama Josh.

Le rire de Treat, mêlé aux acclamations de sa famille et aux
cris de bonheur de Savannah, emplit l'air. Il sourit en effleurant
ses lèvres des siennes.

— Je t'adore, Max Armstrong, dit-il avant de lui donner un
baiser qui lui fit oublier toute douleur.

— On dirait qu'il va y avoir un mariage ! dit son père.

— Je t'aime, dit-elle alors que Treat la reposait au sol et sortait un sac en velours de sa poche.

— Max, juste pour être clair, veux-tu m'épouser ? demanda-t-il, taquin.

— Absolument, à cent pour cent, oui.

Il glissa à son doigt la plus belle des bagues en diamant jaune, lui coupant ce qui lui restait de souffle.

Treat tenait la main tremblante de Max et ne voulait plus jamais la relâcher. De toutes les affaires qu'il ait jamais eu à traiter, de toutes les stations balnéaires acquises, il n'avait jamais ressenti une telle exaltation. C'était comme si l'univers s'était remis en place et que lui et Max étaient à l'endroit parfait au bon moment.

Rex poussa son frère afin de serrer Max dans ses bras après avoir passé son corps en revue. C'est alors que Treat remarqua enfin ce que portait Max. Son corps réagit instantanément en la voyant dans une tenue aussi moulante et sexy. Malheureusement, à la façon dont Rex la tenait, il supposa que sa silhouette avait également fait réagir son frère. Il l'éloigna aussitôt en le saisissant par le col.

— C'est bon, recule. Va te trouver ta propre fiancée.

Il aimait la sensation de ce mot dans sa bouche. *Fiancée.*

Savannah se plaça entre eux et passa ses bras autour de Treat.

— Enfin ! Je l'aime ! chuchota-t-elle avant d'ajouter plus fort : Elle va te tenir en haleine.

Elle se tourna alors vers Max avec un large sourire et

l'étreignit avec force.

— Je voulais une sœur depuis si longtemps.

Treat soutint le regard de Max par-dessus l'épaule de sa sœur avant qu'ils passent de frère en frère. Il était impatient de remettre la main de Max dans la sienne ; là où était sa place.

Hal embrassa la jeune femme.

— C'était la bague de ma femme. Elle et moi ne pourrions pas être plus heureux de la voir sur ton doigt. Bienvenue dans la famille, chérie.

Max toucha la magnifique pierre.

— Merci pour cet honneur et de me donner la joie d'être un jour une Braden.

— C'est la décision de ma femme, déclara Hal après avoir jeté un regard à Hope.

Savannah secoua la tête, mais son sourire radieux demeura.

Une fois les félicitations distribuées, et que Treat récupéra enfin Max, il lui chuchota à l'oreille :

— Cette tenue va me faire faire des choses très lubriques, ici et maintenant.

— Alors, elle a rempli son objectif, répondit Max en souriant.

# CHAPITRE TRENTE-TROIS

Pendant que leur père rentrait chercher une bouteille de champagne et que tout le monde inspectait les dégâts sur les voitures, Treat profita des quelques instants de calme pour s'occuper de sa fiancée. Ils étaient en train de s'embrasser quand un bruit de sabots sur les pavés attira leur attention. Au-delà des voitures embouties, une femme chevauchant un étalon noir ralentit pour s'arrêter au bout de l'allée. Elle portait une robe blanche évasée qui était remontée autour de ses cuisses. Quand elle repoussa ses longs cheveux noirs derrière l'épaule, Treat put distinguer son visage.

Il s'avança alors vers Rex, qui se trouvait à quelques mètres et tenait les rênes de Hope.

— C'est Jade Johnson ?

Rex se retourna, salivant pratiquement à sa vue.

— Mon Dieu…

Il monta sur Hope et regarda Jade par-dessus son épaule. À l'époque où Rex était au lycée, il avait eu un énorme coup de cœur pour Jade. Mais Earl Johnson était alors l'objet de la rancune de leur père, et Treat avait mis fin à cette amourette en pensant que Rex ne voulait que le fruit défendu. Mais en le voyant la regarder en ce moment, Treat se demanda s'il ne s'était pas trompé.

— Jade Johnson était notre voisine, expliqua Savannah à Max. Elle a déménagé d'ici il y a un certain temps.

— On dirait que quelqu'un a bousillé vos voitures ! hurla Jade.

Les yeux de Rex se rétrécirent et il serra davantage les rênes de Hope. Hugh leva les yeux de l'endroit où il était accroupi près du pare-chocs écrasé et regarda Treat mal à l'aise. Treat jeta un coup d'œil à la maison et scruta le porche à la recherche de leur père. S'il les surprenait en train de parler à un Johnson, ils n'en entendraient jamais la fin.

— Ravi de te revoir, Jade, dit Hugh avec nonchalance.

— Pas tout à fait une Ferrari, n'est-ce pas ? le taquina Jade en faisant référence à son métier de pilote de course, avant de se tourner vers Rex. Heureusement que tu n'étais pas à cheval, hein ?

Les muscles de la mâchoire de Rex tiquèrent. Il descendit de Hope en marmonnant dans sa barbe.

— Je pense qu'elle te parle, Rex, dit Max.

Hugh prit la parole devant le silence de Rex :

— Nous allons envoyer cette épave au garage de ton voisin.

Jimmy Palen possédait le meilleur atelier de carrosserie de Weston et vivait de l'autre côté de la propriété des Johnson.

— Jimmy sera content d'entendre ça.

Le sourire de Jade disparut rapidement lorsqu'elle jeta un coup d'œil à Rex, qui la foudroyait à présent du regard.

— À bientôt, dit-elle avec un signe de la main avant de lancer son cheval au galop.

Une fois hors de portée de voix, Treat frappa la jambe de Rex.

— Qu'est-ce qui t'arrive ? Tu n'avais pas besoin d'être aussi impoli.

— Je parlerai à un Johnson quand les cochons auront des ailes, déclara Rex en se détournant.

— Qu'est-ce que c'était que ça ? demanda Max qui jouait toujours avec sa bague de fiançailles.

Elle ne s'était pas arrêtée depuis que Treat l'avait glissée à son doigt.

— Hatfields et McCoys, plaisanta Savannah. Rex est amoureux d'elle, expliqua-t-elle avant de baisser la voix. Il ne le sait pas encore. Les hommes Braden ont la tête dure.

— Pas tous, déclara Treat en prenant Max dans ses bras.

— Tu es dur, mais pas au niveau de la tête, chuchota-t-elle en rougissant.

— Est-ce que ces vêtements ont transformé ma douce petite amie en ma coquine fiancée ? demanda-t-il.

— C'est plutôt ce qu'il y a *sous* les vêtements, murmura-t-elle diabolique.

Le sang de Treat s'échauffa.

— Qu'est-ce qu'il y a sous ses vêtements ?

Le regard séducteur, elle posa un doigt sur ses lèvres.

— C'est un secret. Je t'emmènerais bien chez moi pour te montrer, mais nous n'avons pas de voitures, et je suis à peu près sûre que tu ne peux pas affréter un avion pour ça.

Treat lui prit la main et se dirigea vers Rex et Hope, puis il souleva Max et la posa sur le cheval, gagnant le rire le plus séduisant qu'il ait jamais entendu, avant de grimper derrière elle.

— Où allons-nous ? demanda-t-elle avec un beau sourire.

— Je ne pourrai peut-être pas affréter un avion, mais je peux certainement détourner un cheval, dit-il en enroulant son bras autour d'elle.

Max se retourna et pressa ses lèvres contre les siennes, sous les encouragements de ses frères et sœur.

— Emmène-moi, cow-boy, dit Max.

D'un léger coup de talon, il indiqua à Hope de les emmener afin de célébrer leurs fiançailles comme il se devait, et Treat remercia sa bonne étoile d'avoir affrété cet avion et d'avoir trouvé sa femme.

Découvrez un aperçu du prochain tome des Braden
*Un amour interdit*

# CHAPITRE UN

Rex Braden s'éveilla avant l'aube, comme tous les dimanches matin depuis vingt-six ans, depuis celui qui avait suivi la mort de sa mère, quand il n'avait que huit ans. Il ignorait ce qui l'avait réveillé en sursaut, le tout premier dimanche après sa mort, mais il était persuadé que c'était le chuchotement de sa voix qui l'avait conduit jusqu'à l'écurie pour le pousser à monter sur Hope, le cheval que son père avait acheté pour elle lorsqu'elle était tombée malade. Au cours des années qui avaient suivi, si Hope était forte et solide, on ne pouvait pas en dire autant de sa mère.

Dans la grisaille du petit jour, l'air était encore glacial, comme c'était habituel, en été, dans le Colorado. L'après-midi, les températures dépasseraient les vingt degrés. Rex enfonça son Stetson sur sa tête et se courba contre le froid tout en prenant la direction de l'écurie.

Les autres chevaux piaffaient d'envie d'être libérés, eux aussi, alors qu'il passait devant leur box, mais comme tous les dimanches matin, Rex se concentrait exclusivement sur Hope.

— Comment tu vas, ma belle ? lui demanda-t-il de sa voix douce et grave.

Il installa soigneusement la selle, flattant l'épaisse robe de la jument. Son pelage roux s'était éclairci et présentait désormais des taches blanches le long de la mâchoire et des épaules.

Hope enfouit son museau contre son torse imposant avec un petit hennissement. À cause de cette habitude, la plupart de ses tee-shirts étaient élimés au niveau du plexus solaire. Rex aidait son père au ranch depuis sa plus tendre enfance, et après l'obtention de son diplôme universitaire, il était revenu pour y travailler à plein temps. À présent, c'était lui qui menait la barque… enfin, autant que l'on puisse mener quoi que ce soit sous l'autorité de fer de Hal Braden.

— On fait notre petit tour habituel, d'accord, Hope ?

En plongeant son regard dans les grands yeux bruns de la jument, il eut une fois de plus l'impression de voir le beau visage de sa mère lui sourire, ce visage dont il se souvenait, avant que la maladie n'éteigne l'éclat de sa peau et de ses yeux. Ses mains sur la forte mâchoire de Hope, il déposa un baiser sur la peau douce entre ses naseaux. Puis il retira son chapeau et posa son front sur ce même point sensible, fermant juste assez longtemps les paupières pour graver ce moment dans sa mémoire.

Après quoi, ils partirent au trot sur le sentier battu, dans l'épaisse forêt aux abords du ranch familial qui courait sur deux cents hectares. Rex avait grandi en jouant dans ces mêmes bois avec ses cinq frères et sœur. Il connaissait les moindres recoins de cette vaste nature et pouvait en suivre tous les chemins les yeux bandés. Ils atteignirent bientôt la fin abrupte du sentier, à la limite de la propriété adjacente. La frontière entre le ranch Braden et le terrain vacant serait certainement invisible aux yeux de certains. L'herbe s'y confondait et les arbres de part et d'autre avaient l'air identique, mais pour Rex, la différence était nette. Du côté des Braden, la terre vibrait de vie et semblait même respirer, tandis que de l'autre côté, on la sentait en manque, comme si elle aspirait à autre chose.

Par instinct, Hope savait qu'elle devait revenir sur ses pas, comme tant de fois auparavant. Mais aujourd'hui, Rex tira tout en douceur sur les rênes pour qu'elle s'arrête. Puis il prit une profonde inspiration alors que le soleil commençait à se lever, le cœur serré à la vue des cent vingt hectares mornes et silencieux de ce ranch à jamais inoccupé. Quarante-cinq ans plus tôt, son père et Earl Johnson, un voisin et ami d'enfance, avaient acheté ensemble cette parcelle entre leurs deux propriétés dans l'espoir de la revendre un jour avec d'importants bénéfices. Après cinq ans de disputes perpétuelles, à savoir qui paierait pour subdiviser en plusieurs lots ou à qui il convenait de vendre, Hal et Earl avaient chacun campé sur leurs positions, refusant obstinément de céder les terres. Leur différend n'était toujours pas résolu à ce jour. L'acharnement implacable que mettaient les Hatfield et les McCoy à protéger l'honneur de leurs familles n'était rien en comparaison avec la loyauté farouche qui coulait dans les veines des Braden. Ils avaient été élevés pour être fidèles avant tout envers leur famille. Rex éprouva une pointe de culpabilité en regardant cette propriété, et une fois de plus, il regretta de ne pas pouvoir l'acquérir.

Avec un petit coup de talons, il tira la bride sur la droite et Hope quitta le chemin pour longer les limites de la propriété en direction de la rivière. Rex serra les dents et ses biceps se contractèrent alors qu'ils descendaient la pente escarpée vers le fond du ravin. Lorsqu'ils atteignirent enfin la rive rocailleuse, l'eau y était aussi lisse que du verre. Rex contempla le ciel, où les tons gris cédaient la place à du bleu et du rose pastel. Cela faisait des années qu'il entamait sa journée quelques heures avant l'aurore, et il n'avait encore jamais croisé âme qui vive pendant ses promenades à cheval. Il aimait beaucoup cela.

Ils prirent ensuite la direction du sud en longeant le ruisseau jusqu'à Devil's Bend. Là, le ravin formait un angle net pour contourner la colline et le courant devenait plus abondant, formant une retenue d'eau profonde juste avant de tomber à pic par-dessus la bordure rocheuse pour atterrir six mètres plus bas sur un lit de pierres. Il ralentit en entendant des éclaboussures et jeta un œil sur l'eau à la recherche d'un éventuel castor, mais il n'y avait aucun barrage en vue.

Juste après avoir tourné au coin du rocher, Rex tira sur ses rênes pour arrêter Hope. Jade Johnson était là, au bord de l'eau, dans un short en jean coupé court juste au-dessus du creux de ses cuisses. Il ne l'avait vue qu'une seule fois, ces dernières années, et c'était quelques semaines plus tôt. Elle montait alors son étalon, sur la route, et s'était arrêtée au bout de leur allée. Rex balaya son corps du regard avant de déglutir péniblement. Son tee-shirt couleur crème épousait ses à merveille ses courbes affriolantes, offrant un contraste sublime avec ses cheveux d'un noir de jais qui lui tombaient presque jusqu'à la taille. Ils étaient exactement de la même couleur que la robe de son étalon, qui attendait non loin de là, sa jambe pliée au genou.

Jade ne l'avait pas encore aperçu. Il aurait dû faire opérer un demi-tour à Hope et s'en aller avant qu'elle ne le voie, mais elle était si belle qu'il restait comme hypnotisé, son corps réagissant à sa présence de telle sorte qu'il poussa un juron tout bas. Jade Johnson était la fille rebelle d'Earl Johnson. Elle était inaccessible – comme elle l'avait toujours été et le serait toujours. Mais cela n'empêchait pas son pouls de s'emballer ni l'entrejambe de son jean de devenir plus étroit sous l'effet d'un brusque désir. Après quinze ans à s'être efforcé de ne pas penser à elle, à présent qu'il voyait ses épaules se soulever et retomber à chacune de ses respirations, il se demandait malgré lui ce que cela ferait de glisser les doigts dans son épaisse crinière, ou encore quelle sensation auraient ses seins pressés contre son torse nu. Il sentait l'excitation de l'interdit se heurter à sa profonde loyauté envers son père – et il était tout bonnement incapable d'y résister, tel le connard qui résultait inéluctablement de ces émotions contradictoires.

Jade Johnson savait qu'elle n'aurait pas dû emmener Flame dans le ravin, mais elle s'était réveillée après un rêve agité et torride juste avant l'aube. Elle avait trop besoin de se changer les idées et d'oublier ces pulsions qu'elle réprimait depuis trop longtemps déjà. *Foutu Weston, au fin fond du Colorado !* Comment une femme de trente et un ans pouvait-elle espérer une quelconque relation avec le sexe opposé, dans une ville où tout le monde était au courant des petites affaires des autres ? Elle croyait avoir une vie bien sur les rails. Après son diplôme de vétérinaire, dans l'Oklahoma, elle avait passé sa licence d'acupuncture vétérinaire tout en étudiant le shiatsu équin, puis elle avait accepté un poste à plein temps dans un cabinet pour animaux de ferme, avec des horaires aménagés lui permettant de terminer ses études en parallèle. Elle avait fréquenté le fils du propriétaire, Kane Law, et en ouvrant son propre cabinet un an plus tard, elle pensait que leur avenir commun était tout tracé. Comment aurait-elle pu se douter que son succès représenterait une menace pour lui et qu'il deviendrait si possessif qu'elle devrait mettre fin à leur relation ? Elle n'avait pas eu d'autre choix que de rentrer au pays, après qu'il eut refusé de cesser de la harceler. Maintenant, elle était de retour depuis quelques mois, et elle commençait à se dire qu'elle avait peut-être commis une erreur en revenant dans cette petite ville. Elle avait obtenu sans encombre sa licence pour exercer dans le Colorado, mais au lieu d'ouvrir un vrai cabinet, elle travaillait en fonction des besoins, au jour le jour, se déplaçant elle-même dans les fermes des environs pour soigner les animaux, le temps de réfléchir à l'endroit où elle voulait s'établir pour tout recommencer à zéro.

Elle lança une grosse pierre dans l'eau avec un grognement, furieuse contre elle-même d'avoir fait courir un tel risque à Flame dans la pente raide. Elle savait que c'était une mauvaise idée, mais Flame était un solide pur-sang arabe, avec un mètre cinquante au garrot et la croupe la plus puissante qu'elle ait jamais vue. Flame réagissait aux ordres plus rapidement qu'aucun autre cheval de sa connaissance, tournant, changeant de direction et partant au galop en un clin d'œil. Avec son dos court, ses os costauds et ses reins incroyablement musclés, il paraissait indestructible. Ainsi, quand il avait trébuché, le cœur de Jade avait failli rater un battement. L'étalon avait rapidement retrouvé l'équilibre, mais le rythme de sa foulée avait changé après cela, et lorsqu'elle était descendue de sa selle, elle avait constaté qu'il prenait plutôt appui sur sa jambe avant droite.

Maintenant, elle ne pouvait pas rentrer sous peine de le blesser encore plus.

*Fait chier !* Elle se pencha pour ramasser un autre rocher dans ses bras et le jeter dans l'eau, exprimant toute sa frustration. Ses cheveux tombaient comme un rideau devant son visage et elle les repoussa sur son épaule d'une main sale avant de ramasser l'énorme pierre, puis... *oh, merde.* Elle laissa tomber le rocher et plissa les yeux en apercevant Rex Braden, sur sa jument.

*Il ne manque pas de culot, celui-là, à me reluquer comme si j'étais un morceau de viande.* Cela dit, cet homme était un rêve éveillé pour toute femme amatrice de cow-boys, avec son jean moulant qui épousait la forme de ses cuisses et révélait une jolie bosse derrière la fermeture éclair. Elle parcourut du regard son tee-shirt foncé très près du corps avant de s'en vouloir en prenant conscience qu'elle venait, sans le faire exprès, de passer la langue sur ses lèvres. Elle essaya de se détourner de son visage bronzé, parsemé d'une barbe si sexy qu'elle avait envie de tendre la main pour caresser sa mâchoire ciselée, mais ses yeux refusaient d'obtempérer.

— Qu'est-ce que tu regardes ? lâcha-t-elle enfin au fils de l'homme qui avait causé à son père des années de tourments.

En revenant en ville, elle espérait que les choses avaient changé. Elle était passée par le ranch Braden, un après-midi, alors qu'elle montait Flame. Rex et sa famille étaient devant, rassemblés autour d'un accident qui venait de se produire dans leur allée, avec deux voitures embouties. Elle avait essayé de savoir s'ils avaient besoin d'aide, de briser la glace après la dispute larvée qui avait commencé avant sa naissance, mais si son frère, Hugh, avait daigné lui adresser la parole, Rex s'était contenté de plisser ses yeux sombres et ardents en serrant les dents, sa mâchoire constamment crispée. Il était hors de question qu'elle accepte d'être traitée de la sorte, surtout par Rex Braden. Et pourtant, en dépit de tous ses efforts pour oublier son beau visage, c'était le seul homme auquel elle pensait à la faveur de la nuit, quand la solitude s'installait et que son corps aspirait à un contact humain. Et c'était toujours son visage qui l'accompagnait vers les sommets, quand elle se laissait aller sous les draps.

— Pas toi, en tout cas, répondit-il en levant le menton.

Bien droite dans ses nouvelles bottes Rogue, Jade planta les mains sur ses hanches.

— On dirait bien que tu me regardes, pourtant.

Avec un sourire en coin, Rex désigna l'eau de la tête.

— Tu redécores le ravin ?

— Non !

Elle s'approcha de Flame et passa la main sur son flanc. *Pourquoi lui ? De tous les hommes qui peuvent monter jusqu'ici, pourquoi faut-il que je tombe sur le seul qui fasse battre mon cœur comme celui d'une gamine ?*

— Je me détends, c'est tout.

Elle était incapable de détacher les yeux de ses biceps saillants. Même adolescent, il avait l'habitude nerveuse de contracter en même temps la mâchoire et les bras – et, comme Jade s'en rendit compte, cela produisait toujours sur elle le même effet.

— Ton étalon boite ? demanda-t-il d'une voix rauque et grave.

Chaque fois qu'il parlait, c'était tellement sensuel.

— Non.

*Bon sang, où est passée ma répartie ?* Elle avait trois ans de moins que Rex, à l'école, et depuis qu'elle le connaissait, il

302

n'avait pas dû lui adresser plus de quelques mots. Elle fronça les sourcils en se rappelant chaque fois qu'elle s'était pâmée en entendant ces syllabes grondantes, même si elles étaient généralement assorties d'un grognement dédaigneux, qu'elle avait toujours attribué à la fameuse dispute précédant sa naissance.

— Bon, très bien.

Il fit pivoter sa jument et la reconduisit sur le chemin par lequel il était arrivé.

Jade regarda son large dos qui s'éloignait. *Merde. Et si personne d'autre ne vient ?* Elle leva les yeux vers le soleil qui évoluait lentement dans le ciel, estimant qu'il n'était que 6 h 30 ou 7 h. Personne d'autre ne s'aventurerait dans le ravin. Elle s'en voulut de ne pas avoir emporté son téléphone. Elle n'aimait pas être joignable en permanence. Elle le gardait pendant la journée, mais ce matin, elle avait eu envie de partir se promener sans source de distraction. Maintenant, elle se retrouvait coincée, et il était son seul espoir. Elle devait ramener Flame à la maison, c'était plus important que n'importe quelle bisbille familiale ou ses propres sentiments contradictoires, entre haine et désir, envers ce prétentieux qui s'apprêtait à disparaître sur le chemin.

Elle secoua la tête et donna un coup de pied dans la terre, regrettant de ne pas avoir mis ses bottes d'équitation. Le bout de ses nouvelles Rogue était déjà éraflé et sale. *Est-ce que cette journée pouvait plus mal commencer ?*

— Attends ! lança-t-elle.

Il ne s'arrêta même pas, comme s'il ne l'avait pas entendue.

— J'ai dit : *attends* !

Il finit par arrêter son cheval sans toutefois se retourner.

— C'est à moi que tu parles ? Je croyais que tu parlais à ton cheval boiteux, répondit-il, jetant un coup d'œil par-dessus son épaule.

*Enfoiré.*

— Il s'appelle Flame, et c'est le meilleur cheval de la région, alors surveille ton langage.

La jument reprit aussitôt sa progression nonchalante.

— Attends un peu !

*Fait chier !* Elle serra les dents, réprimant l'envie de l'insulter copieusement, avant de jeter un œil vers Flame. Il s'appuyait toujours sur sa jambe valide, ce qui fit flancher sa résolution.

— Attends, s'il te plaît.

Une fois de plus, il arrêta sa monture.

— Je dois le ramener à la maison et je ne peux pas le faire toute seule.

Elle donna un nouveau coup de pied dans la terre tandis qu'il retournait son cheval pour revenir vers elle. Il dévisageait Jade de ses yeux noirs perçants, les dents toujours serrées.

— Tu peux m'aider à le ramener ?

De près, ses muscles étaient encore plus volumineux, mieux définis qu'elle ne l'avait pensé. Son cou aussi était plus épais. Tout en lui respirait la virilité. Elle croisa les bras pour se calmer les nerfs dans le silence qui s'éternisait.

Enfin, elle reprit :

— Écoute, si tu ne peux pas…

— On se calme et on respire, dit-il d'un ton neutre et mesuré.

— Tu n'es pas obligé d'être aussi impoli.

— Je ne suis pas non plus obligé de t'aider, rétorqua-t-il, l'imitant en croisant les bras à son tour.

— Bon, tu as raison. Excuse-moi. Pourrais-tu m'aider à le ramener, s'il te plaît ? Il n'arrivera pas à remonter cette côte.

— Et comment veux-tu que je fasse ?

Il jeta un œil vers le sentier escarpé qui remontait à quelques mètres derrière elle, jusqu'au sommet de la crête rocheuse.

— Tu n'aurais pas dû descendre ici. Et d'abord, pourquoi tu montes un étalon ? Ce sont des créatures tellement capricieuses. Qu'est-ce qui t'est passé par la tête ? Une fille comme toi n'est pas de taille à diriger un tel cheval sur ce genre de terrain.

— Une fille comme moi ? Je te ferai dire que je suis vétérinaire et que j'ai travaillé toute ma vie avec des chevaux.

Sentant ses joues virer au rouge, elle croisa un peu plus les bras, déhanchée dans cette posture provocatrice qu'elle avait adoptée pendant toute son adolescence.

— À ce qu'il paraît.

Il baissa le menton et la regarda par en dessous, dans l'ombre de son Stetson.

— À l'évidence, cette formation de vétérinaire ne t'a pas servi à grand-chose, je me trompe ?

*Grrr !* Ce type était exaspérant. Jade pinça les lèvres et s'éloigna en grommelant :

— Laisse tomber. Je vais le faire toute seule.

— C'est ça, dit-il.

Elle sentait son regard dans son dos alors qu'elle récupérait les rênes de Flame et tentait de le conduire sur la pente raide. Le cheval tout en muscles ne fit que trois pas avant de s'arrêter net. Elle grogna en gémissant, suppliant l'étalon d'avancer, mais Flame était blessé et il s'obstina. Son visage s'embrasa de plus belle.

— Bon, continue de ton côté. Moi, je reviens te chercher dans une heure avec ton cheval boiteux, lança-t-il.

*Dans une heure, génial.* Elle avait envie de lui demander de se dépêcher, mais elle savait qu'atteler le van prendrait un certain temps et elle ignorait par quelle route il rejoindrait le ravin. Impuissante, elle le regarda s'éloigner. Elle se sentait bête, honteuse et furieuse, mais aussi follement attirée par ce bel enfoiré.

Poursuivez votre lecture avec *Un amour interdit*

**Tombez sous le charme de Tru et Gemma dans *Sous l'armure de ton cœur***

**Condamné pour un crime qu'il n'a pas commis, il a revêtu la peau d'un tueur, mais son cœur est resté plein d'amour…**
Tombez sous le charme de Truman Gritt dans Sous l'armure de ton cœur, une romance sexy et riche en émotions. Une histoire d'amour magnifique pour ceux qui aiment les héros farouchement loyaux, les héroïnes intelligentes et vives, la famille, les motards, les bébés et plus encore !

Truman Gritt ne reculera devant rien pour protéger sa famille. Y compris passer des années en prison pour un crime qu'il n'a pas commis. À sa libération, la vie qu'il connaissait a été bouleversée par l'overdose de sa mère, et Truman décide d'élever les enfants qu'elle a abandonnés. À la fois dur et secret, Truman s'efforce de sauver son frère encore plus abîmé que lui. Il n'a jamais eu besoin d'aide dans sa vie, et quand la belle Gemma

Wright essaie d'intervenir, il refuse tout net. Pourtant, Gemma a l'art et la manière de se frayer un chemin dans la vie des gens et elle finit par percer l'armure en acier de son cœur. Quand le passé sombre de Truman entre en conflit avec son avenir, sa loyauté est mise à rude épreuve et il va devoir prendre la décision la plus difficile de sa vie.

*Amour sublime*, **une collection romantique et familiale**

**Les Braden de Weston**
Au cœur de l'amour
Un amour interdit
Notre amitié brûlante
Un océan d'amour
Un amour si puissant

**Les Whiskey : Les Dark Knights de Peaceful Harbor**
Sous l'armure de ton cœur
Comme une étincelle
Fou de désir
En toi, un refuge
Du bonheur à volonté
Amours rebelles
Aime-moi dans mes ténèbres
À nos horizons
À l'état brut

## Vous découvrez à peine *Les Braden* et la grande collection romantique et familiale *Amour sublime* ?

J'espère que vous avez aimé votre rencontre avec les Braden autant que j'ai aimé écrire leur histoire. S'il s'agit de votre premier tome des *Braden*, de nombreuses histoires d'amour vous attendent, avec des héros et des héroïnes loyaux, pétillants et sexy. *Les Braden* est l'une des nombreuses séries que comprend *Amour sublime*, une grande collection romantique et familiale. Chaque tome d'*Amour sublime* peut être lu indépendamment des autres ou avec les autres livres de la série. Aucun des livres ne se termine sur un suspense ou un problème non résolu. Les personnages de chaque série se retrouvent dans les tomes suivants, de sorte que vous assisterez à tous les mariages, à toutes les fiançailles et les naissances. Si vous découvrez la série en français, sachez que de nombreux tomes sont en cours de traduction et seront disponibles très bientôt.

*Les Whiskey : Les Dark Knights de Peaceful Harbor* est une série déjà traduite et disponible à la lecture. Restez à l'affût des nouvelles parutions. Si vous lisez en anglais, vous pouvez commencer par le tout début de la grande collection familiale *Amour sublime*, par le tome totalement GRATUIT de SISTERS IN LOVE (au format numérique) ou par une autre série aussi amusante qu'émouvante comme *The Remingtons*, qui commence par le tome GAME OF LOVE, également gratuit.

Retrouvez ci-dessous le lien pour télécharger plusieurs premiers tomes de différentes séries entièrement GRATUITS
www.MelissaFoster.com/LIBFree

Consultez la page de Melissa Foster :

Reader Goodies

— Téléchargez une liste complète de la série *Amour sublime*

— Téléchargez gratuitement les ordres de lecture, la bibliographie des différentes séries, les membres de chaque famille et plus encore

www.MelissaFoster.com/RG

# Autres livres par Melissa
# (en anglais)
# English Editions

## <u>LOVE IN BLOOM SERIES</u>

### SNOW SISTERS
*Sisters in Love*
*Sisters in Bloom*
*Sisters in White*

### THE BRADENS at Weston
*Lovers at Heart, Reimagined*
*Destined for Love*
*Friendship on Fire*
*Sea of Love*
*Bursting with Love*
*Hearts at Play*

### THE BRADENS at Trusty
*Taken by Love*
*Fated for Love*
*Romancing My Love*
*Flirting with Love*
*Dreaming of Love*
*Crashing into Love*

### THE BRADENS at Peaceful Harbor
*Healed by Love*
*Surrender My Love*
*River of Love*
*Crushing on Love*
*Whisper of Love*
*Thrill of Love*

**THE BRADENS & MONTGOMERYS at Pleasant Hill –
Oak Falls**

*Embracing Her Heart*
*Anything for Love*
*Trails of Love*
*Wild Crazy Hearts*
*Making You Mine*
*Searching for Love*
*Hot for Love*
*Sweet Sexy Heart*
*Then Came Love*
*Rocked by Love*
*Falling For Mr. Bad* (Previously *Our Wicked Hearts*)
*Claiming Her Heart*

**THE BRADEN NOVELLAS**

*Promise My Love*
*Our New Love*
*Daring Her Love*
*Story of Love*
*Love at Last*
*A Very Braden Christmas*

**THE REMINGTONS**

*Game of Love*
*Stroke of Love*
*Flames of Love*
*Slope of Love*
*Read, Write, Love*
*Touched by Love*

## SEASIDE SUMMERS
*Seaside Dreams*
*Seaside Hearts*
*Seaside Sunsets*
*Seaside Secrets*
*Seaside Nights*
*Seaside Embrace*
*Seaside Lovers*
*Seaside Whispers*
*Seaside Serenade*

## BAYSIDE SUMMERS
*Bayside Desires*
*Bayside Passions*
*Bayside Heat*
*Bayside Escape*
*Bayside Romance*
*Bayside Fantasies*

## THE STEELES AT SILVER ISLAND
*Tempted by Love*
*My True Love*
*Caught by Love*
*Always Her Love*
*Wild Island Love*

## THE RYDERS
*Seized by Love*
*Claimed by Love*
*Chased by Love*
*Rescued by Love*
*Swept Into Love*

*Crazy, Wicked Love*
*The Wicked Truth*
*His Wicked Ways*

## SILVER HARBOR
*Maybe We Will*
*Maybe We Should*
*Maybe We Won't*

## WILD BOYS AFTER DARK
*Logan*
*Heath*
*Jackson*
*Cooper*

## BAD BOYS AFTER DARK
*Mick*
*Dylan*
*Carson*
*Brett*

## HARBORSIDE NIGHTS SERIES
Includes characters from the Love in Bloom series
*Catching Cassidy*
*Discovering Delilah*
*Tempting Tristan*

### More Books by Melissa
*Chasing Amanda* (mystery/suspense)
*Come Back to Me* (mystery/suspense)
*Have No Shame* (historical fiction/romance)
*Love, Lies & Mystery* (3-book bundle)
*Megan's Way* (literary fiction)
*Traces of Kara* (psychological thriller)
*Where Petals Fall* (suspense)

# Découvrez Melissa

www.MelissaFoster.com

Melissa Foster est une auteure primée, dont les best-sellers figurent aux classements du *New York Times* et de *USA Today*. Ses livres sont recommandés par le blog littéraire de *USA Today*, le magazine *Hagerstown*, *The Patriot* et de nombreuses autres revues. Melissa a également peint et fait don de plusieurs fresques murales pour l'hôpital des enfants malades à Washington, DC.

Retrouvez Melissa sur son site web ou discutez avec elle sur les réseaux sociaux. Melissa aime parler de ses livres avec les clubs de lecture et les groupes de lecteurs. N'hésitez pas à l'inviter à vos événements. Les livres de Melissa sont disponibles dans la majeure partie des boutiques en ligne, en version papier et numérique.

Melissa écrit aussi des romances édulcorées sous le nom de plume Addison Cole.

Ingram Content Group UK Ltd.
Milton Keynes UK
UKHW010654050623
422889UK00005B/755